서북방언의 친족어 연구

황대화 · 양오진

제이앤씨

Publishing Company

서북방언의 친족어 연구

刊 行 辭

이 책은 한반도의 서북해안 방언, 즉 평안도, 황해도 방언, 경기도의 개성지역어를 망라한 방언 연구로 저자가 직접 조사한 자료에 입각한 것이다. 이 지역의 방언은 한국어의 역사적 연구에서 고구려 언어의 명맥을 이어가는 방언이다. 따라서 마땅히 주목을 받아야 함에도 불구하고 이 지역이 북한 영역이어서 그에 대한 연구가 거의 없었다.

저자 황대화 교수는 중국에서 한국어에 대하여 가장 활발하게 연구하고 있는 조선족 연구자의 하나로서 북한 김일성종합대학에서 수학하여 학위를 수득하였다. 이 연구서는 저자가 김일성종합대학 재학 중에 지도교수인 김영황 박사와 함께 이 지역의 방언을 현지 조사하고 그 조사 노트에 의거하여 집필한 것으로 이 지역의 방언연구에는 더 할 나위 없는 귀중한 연구서라고 할 수 있다.

필자는 김영황 교수로부터 직접 1980년대의 현지 방언 조사에 대하여 들은 바가 있다. 당시 북한지역의 자유로운 여행이 허가된 몇 안 되는 연구자 가운데 하나였던 김교수는 당시 김일성종합대학 언어학과의 강좌장으로써 이 책의 저자를 조수로 하여 한반도의 서북해안 지역의 방언을 조사하였다고 한다. 현지 방언 조사할 때에 있었던 재미있는 에피소드를 여럿 들었지만 장황하여 여기서는 생략하겠거니와 고구려어를 비롯한 고대한국어에 관심이 있었던 김교수는 방언조사의 제이론을 섭렵하고 그 방법에 따라 방언을 조사하였음을 누차 필자에게 자랑하였다.

그동안 서북방언에 대한 한국에서의 연구는 주로 動亂 이후의 失鄕民들을 제보자로 하여 조사된 것이 있다. 그리고 문헌 자료나 북한 연구자들의 연구 보고서를 간혹 이용한 것도 없지 않다. 그러나 실제로 방언 연구는 좋은 조사계획을 세우고 그에 따라 전문적인 조사자가 충실하게 조사에 임하는 것이 최선의 방법이다.

예를 들면 프랑스의 Jules Gilliéron(1854-1926)이 1896년부터 Edmond Edmont을 시켜서 프랑스 방언을 조사하여 1910년에 L'Atlas linguistique de France(프랑스 언어지도)의 작성에 드디어 성공한 것을 상기할 수 있다. 그는 "Chaque mot a son histoire(각개의 낱말은 독자의 역사가 있다)"라는 유명한 모토를 가졌으며 이것은 오직 현지 조사에 의하여 파악할 수가 있었던 것이다.

반면에 독일의 Georg Wenker(1852-1911)는 49,363개의 초등학교에 10개의 문장을 서면조사하여 각 지역의 방언차를 밝혀내려고 하였고 그에 의거하여 Deutscher Sprachatlas(독일 언어지도)를 작성하려 하였으나 결과는 실패로 끝났다. 실패의 이유는 문장의 예를 조사시킨 것도 실패 요인의 하나이겠지만 무엇보다도 치명적인 원인은 자신이 직접 현지 조사에 임하지 않고 초등학교 교사의 서면조사에 의존한 탓이라고 대부분의 언어학사에서는 지적하고 있다.

방언 연구에서 널리 알려진 성공과 실패의 두 예를 보면서 김영황 교수가 방언 조사의 무용담을 北京에서 들을 때에 마치 Gilliéron이 Edmont을 시킨 것처럼 이 책의 저자로 하여금 현지 조사에 임하게 한 것이 아닌가 하는 생각을 하면서 미소를 지었던 생각이 난다. 김 교수는 이 방언 조사를 바탕으로 하여 <조선어 방언학>, <고구려어 연구>를 집필하였고 그의 고대 한국어 연구의 여기저기에서

이 방언을 예로 하였다.

　이러한 연구가 한국에서는 자유롭게 이용될 수 없음을 안타깝게 생각하였는데 이제 황대화 교수가 일부이지만 이때의 방언 조사에 입각하여 하나의 연구서를 집필하여 간행하게 되었으니 필자가 항상 궁금하게 여겨오던 1980-90년대 서북해안지방의 방언의 모습이 조금이나 그 모습을 볼 수 있게 되어 참으로 다행스럽게 생각한다.

2009년 3월 1일
정 광

卷頭言

北韓의 西北地域語에 대한 현지딥사가 있은 지도 어느덧 12년이란 세월이 흘렀다. 그러나 이러저러한 여건 부족으로 그 소중한 1차적 원시자료를 그대로 묵혀두면서 못내 속을 태우던 중 때마침 "2007년도 남북학술교류 지원사업"에 선정되어 「북한의 서해안 지역 방언 조사」라는 課題名으로 이에 대한 연구가 이루어지게 되었다. 뒤늦게나마 그 결실이 이렇게 맺어지게 되어 마치 오랫동안 어깨를 지지누르던 큰 짐을 내려놓은 듯 자못 홀가분한 기분이다.

주지하는 바와 같이 북한의 서북지역어에 대한 연구는 아직 미흡한데가 적지 않다. 특히는 언어의 지역적 차이나 지리적 분화를 여실히 보여주는 親族名稱에 대한 연구는 거의 공백으로 남아 있다. 본 연구는 현지답사를 통해 녹취된 平北 지역의 龍川, 義州와 平南 지역의 文德, 安州의 친족명칭을 중심으로 自然語를 그대로 정리 전사하여 문자화하기에 힘썼다. 단, 전사 과정에서 일부 비문장적인 것들에 대해서는 독자들이 쉽게 이해하고 잘 활용할 수 있도록 약간의 수정을 거치었고, 녹음 상태가 좋지 않아 전사가 불가능하고 내용상으로 특별한 의미를 지니지 않는 일부 말마디들은 제외하였다.

이 자료는 주로 친족명칭의 전사에 중점을 두면서도 이 지역어의 音韻論, 形態論, 統辭論 등 분야의 연구에도 일정한 자료로 이용될 수 있도록 3단으로 구성하였다. 즉 제1단은 지역어의 발화 음성대로 한글 자모로 표기하였고 제2단은 제1단의 음성형에 대한 기저형을 어간과 어미로 분철하여 표기하였으며 제3단은 제2단의 표기 내용을 표준어로 대역하거나 보충설명을 주면서 보다 이해하기 쉬운 문장으로 만들었다.

이 전사 자료는 서북지역어 친족명칭의 특성을 구명하고 言語分化의 모습을 엿볼 수 있는 言語地圖를 작성하는데 이용될 수 있을 것으로 기대되며, 아울러 바야흐로 진행되고 있는 남북 지역어 조사 사업과 "겨레말 큰사전" 편찬에도 일조가 되기를 바라마지 않는다.

오늘 이처럼 서북지역어 자료가 빛을 볼 수 있게 되기까지는 많은 분들의 도움이 있었다. 무엇보다 먼저 韓國學術振興財團의 지원과 성원에 깊은 감사를 드린다. 다음으로 고령임에도 불구하고 쪽잠으로 지친 몸을 달래시며 조사에 애써주신 은사님께 깊은 감사를 드리며, 이 연구를 위하여 방언 제보자가 되어 주신 여러분들께 심심한 감사를 드린다.

2009년 1월 25일
저 자

제1장
서 론

1.1 조사지역

1.2 제보자 및 조사자

서북방언의 친족어 연구

서북방언의 친족어 연구

제1장 서 론

1.1 조사 지역

平安北道와 平安南道 두 지역의 親族名稱의 상호 비교를 위해 평안북도와 평안남도에서 각각 두 지역을 조사지로 선정하였다. 조사지점의 선정은 오래된 역사를 가진 고장이며 도시와 멀리 떨어져 있고 다른 고장과 접촉이 적은 지방을 선정하는 것을 원칙으로 하였다.

평안북도에서는 龍川郡과 義州郡이 조사지역으로 선정되었다. 룡천군은 鴨綠江이 西海로 나가는 곳에 있다. 즉 북한 서해안의 최북단 마을이다. 의주군은 그곳에서 압록강을 약간 거슬러간 지점에 위치한다. 두 마을은 인접해 있고 서해안 최북단의 두 마을이라고 할 수 있다. 평안남도에서는 文德郡과 安州郡이 조사지역으로 선정되었다. 현재 행정구역으로 문덕군은 안주시에 편입되어 있으나 과거에 두 마을은 인접해 있는 서로 다른 마을이었다. 문덕군은 평안남도 최북단의 해안마을이고 안주군은 문덕군 동쪽에 인접해 있는 마을이다. 이 두 조사 지역이 인접해 있는 품세는 평안북도의 두 조사지역인 룡천군과 안주군이 인접한 품세와 비슷하다. 이처럼 평안남도 최북단의 두 마을이 선정된 것인 언어 중심지인 平壤으로부터의 거리가 고려된 것이다.

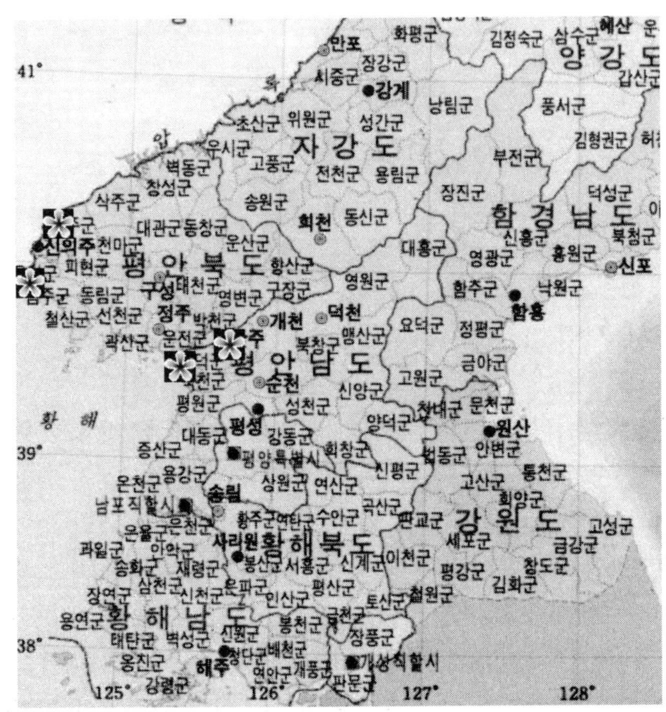

그림 1 〈조사 지역의 지리적 위치〉
별표된 곳이 조사 지역이다. 좌에서 우로 평안북도의 용천과 의주, 평안
남도의 문덕과 안주이다.

1.2 제보자 및 조사자

1) 제보자

제보자는 조사지점에서 선정하게 되는데 대개 마을에 도착한 후
그곳의 책임자를 찾아 담당 관할지 내에 거주하고 있는 사람의 인적
사항을 자세히 알아본 다음 아래와 같은 조건을 갖춘 방언보유자를
선정하는 것을 원칙으로 하였다.

ㄱ) 그 고장에서 태어난 사람이어야 한다. 그렇지 않더라도 그곳에서 유년기부터 자란 장기 거주인인 경우엔 제보자로 선정한다.

ㄴ) 외지에서의 생활 경험이 없거나 짧아야 한다.

ㄷ) 부부가 둘 다 같은 방언 구역 출신이어야 한다.

ㄹ) 연령은 가능하면 60세 이상이어야 하며 70세 이상이면 이상적이다. 그러나 이 조건을 만족하는 제보자의 섭외가 여의치 않을 경우 50세 이상도 제보자로 선정할 수 있다.

ㅁ) 교육의 성노는 부학이나 소학교 졸업 정도가 가장 좋으나 조사 항목에 따라서 중졸 이상의 학력도 제보자로 선정할 수 있다.

ㅂ) 치아 상태가 좋아 발음이 명확하고 귀가 밝고 건강에 문제가 없는 사람이어야 한다.

ㅅ) 위의 조건을 만족하는 사람 중에서도 여성을 우선적으로 선정하고, 각 조사지점의 제보자는 2인 이상으로 한다.

그러나 이번 지역어 조사에서는 지칭어와 호칭어의 복잡성과 다양성을 고려하여 제보자에 고학력자들이 다수 포함되었다.

이번 조사에 큰 도움을 준 각 지역별 제보자의 인적 사항은 다음과 같다.

표 1 〈제보자 인적 사항〉

조사지점	제보자	성별	연령	출생지	학력	직업	조사 일자
평안북도 룡천군 룡천읍	박봉운	남	63	룡천군 견일리	대졸	교사	1996.8.21
	백인년	남	63	룡천군 량서리	고졸	교사	
	장명진	여	82	룡천군 장산리	무학	농업	
평안북도 의주군 의주읍	최덕관	남	66	의주군 연하리	소졸	농업	1996.8.22
	이덕홍	남	73	의주군 의주읍	무학	농업	
	송니련	남	6?	의주군 의주읍	중졸	상업	
	안순일	여	71	태천군	대졸	기사장	
	채영순	여	69	의주군 의주읍	중졸	간호원	
	박귀녀	여	82	의주군 의주읍	무학	노동자	

평안남도 문덕군 문덕읍	백병섶	남	64	문덕군 문덕읍	중졸	공직자	1996.8.27
	송형희	여	59	평양/25년	고졸	노동자	
	신봉성	여	61	숙천군/40년	중졸	농업	
	한창근	남	62	평원군/36년	중졸	사무원	
	김주막	남	65	문덕군 문덕읍	전문	교사	
	이용범	남	67	문덕군 문덕읍	야학	농업	
평안남도 안주군 안주읍	김덕숙	여	74	함북/20년	대졸	교사	1996.8.28
	조인순	여	70	안주군 안주읍	대졸	교사	
	장철수	남	70	안주군 안주읍	중졸	상업	
	장찬수	남	68	신의주/	대졸	교사	

2) 조사자

황대화 중국해양대학교 교수

김영황 김일성종합대학 교수, 후보원사

제2장
평북지역의 친족어

서북방언의 친족어 연구

서북방언의 친족어 연구

제2장 평북지역의 친족어

2.1 평북 룡천 지역어 전사 자료

- **조사 지점**
  평안북도 룡천군 룡천읍

- **조사 시간**
  1996년 8월 21일

- **제보자**
  박봉운 남 63세 평북 룡천군 견일리 출생 학력: 대졸 직업: 교사
  백인년 남 63세 평북 룡천군 량서리 출생 학력: 고졸 직업: 교사
  장명진 여 82세 평북 룡천군 장산리 출생 학력: 무학 직업: 농업

- **조사자**
  황대화(중국해양대학 교수)
  김영황(김일성종합대학 교수)

- **기호 및 약자**　　■ = 제보자 발화 음성에 따른 표기
　　　　　　　　　　② = 어간과 어미의 분철 표기
　　　　　　　　　　③ = 표준어 대역 및 보충 설명
　　　　　　　　　　남 = 남성제보자　　　　　~ = 비음
　　　　　　　　　　여 = 여성제보자　　　　　: = 장음
　　　　　　　　　　다 = 제보자 다수　　　　― = 절음

남 **① 예, 이르미 박 봉우님니다. 박-봉-운.**
② 예, 이름이 박 봉운입니다. 박 봉 운.
③ 예, 이름이 박 봉운입니다. 박 봉 운.

① 예순세사림니다.
② 예순세살입니다.
③ 예순세 살입니다.

① 백인려님니다. 백-인-련, 니을 련째. 예순세 살.
② 백인련입니다. 백 인 련, 니을 련재. 예순세 살.
③ 백인련입니다. 백 인 련, 이을 연자. 예순세 살.

① 용천군 양서림니다.
② 룡천군 양서립니다.
③ 용천군 양서리입니다.

① 룡천군 겨닐리, 견-일-리.
② 룡천군 견일리, 견 일 리.
③ 용천군 견일리, 견 일 리.

① 예, 그 양서리에서 중하꾜 삼항년 다니고 고중에 가따가 군대에 동원돼때씀니다.
② 예, 그 양서리에서 중학교 삼학년 다니고 고중에 갓다가 군대에 동원됏댓습니다.
③ 예, 그 양서리에서 중학교 삼학년 다니고 고중에 갔다가 군대에 동원됐었습니다.

■ 동원돼따가 오십칠런도 시비뤌따레 제대돼서.

② 동원됐다가 오십칠넌도 십일월달에 제대돼서.

③ 동원됐다가 오십 칠넌도 십일월 달에 제대돼서.

■ 오심넌도 나와따가 오십칠런도 제대돼서 주로 교원생활 해
씀니다.

② 오십넌도 나왓다가 오십칠넌도 제대돼서 주로 교원생활 햇
습니다.

③ 오십년도 나왔다가 오십 칠년도 제대돼서 주로 교원생활을
했습니다.

■ 교원 생활하메 그다메 사로청 일꾼 좀 해다가 그다메.

② 교원생활하메 그담에 사로청 일꾼 좀 해다가 그담에.

③ 교원생활을 해오다가 그 다음에 사로청 간부로 좀 일을 하
다가 그다음에.

■ 사십쌀부터 계속 교원생화를 하다가 그저 이버네 제대돼씀
니다. 허허허.

② 사십살부터 계속 교원생활을 하다가 그저 이번에 제대됏습
니다. 허허허.

③ 사십 살부터 계속 교원생활을 하다가 그저 이번에 퇴직하
게 됐습니다. 허허허.

■ 교장 해씀니다.

② 교장 햇습니다.

③ 교장직을 했습니다.

❶ 동부고등대하꾜에 요 북쪽 천탕에.
② 동부고등대학교에 요 북쪽 첫탕에.
③ 동부고등대학교의 요 북쪽 첫머리에.

❶ 난 그 견이레서 출쌩해 개주구 중하꾜를 양서중하꾜에 조럽 타씀니다.
② 난 그 견일에서 출생해 개주구 중학교를 양서중학교의 졸업 탔습니다.
③ 나는 그 견일리에서 출생해 가지고 중학교는 양서중학교의 졸업장을 탔습니다.

❶ 타개주구 그다음 고급중하꾜라는 조럽 타구 그다메 군대는 안 나가씀니다.
② 타가지구 그 다음 고급중학교라는 졸업 타구 그담에 군대는 안 나갓습니다.
③ 타가지고 그 다음 고급중학교 졸업장을 타고 그 다음에 군대는 안 나갔습니다.

❶ 평양철또대하게 조러배씀니다.
② 평양철도대학에 졸업햇습니다.
③ 평양철도대학을 졸업했습니다.

❶ 육씸년도에 조럽 타개주구 내내 교원생활 하다가 지금 그저 시오, 한 삼심년똥안.
② 육십년도에 졸업 타개주구 내내 교원생활하다가 지금 그저 십오, 한 삼십년동안.

③ 육십년도에 졸업장을 타가지고 내내 교직생활을 하다가 지
금 그저 십오 년, 한 삼십년 동안.

**① 그저 내내 교원생활, 육씸년도부터 교원생활 하다가 장년
도에 제대 바다씀니다.**
② 그저 내내 교원생활, 육십년도부터 교원생활 하다가 작년
도에 제대 받앗습니다.
③ 그저 내내 교원생활을 하다가 육십년부터 교원생활을 하나
가 작년에 은퇴했습니다.

① 이자 가티 이서씀니다.
② 이자 같이 잇엇습니다.
③ 이제 (말씀하신 분과) 같은 직장에서 일했습니다.

① 여기서 용처네서 그저 태어나서 용처네서 태를 무꼬
② 여기서 용천에서 그저 태어나서 용천에서 태를 묻고
③ 여기 용천에서 태어나서 용천에서 태를 묻고

① 그저 동명까지바께 앙 가따 오세때누만.
② 그저 동명까지밖에 안 갓다 오셋대누만.
③ 그저 동명까지밖에 안 갔다 오셨다는구먼.

여 **① 동명 가따가 딸레 지베 더 황해남도두 가따 오구.**
② 동명 갓다가 딸네 집에 더 황해남도두 갓다 오구.
③ 동명에 갔다가 딸네 집이 있는 저 황해남도도 갔다 오고.

■ 야든둘 야든둘요.
② 야든둘, 야든둘요.
③ 여든 둘, 여든 둘이에요.

■ 장명진.
② 장명진.
③ 장명진.

■ 예? 그때가 하꾜이씁니까요?
② 예? 그때가 학교잇습니까요?
③ 예? 그때 (무슨) 학교가 있습니까요?

■ 예? 출썽뉴리? 출쌩지래? 출쌩지래 제넌 거기를 긴매라 핸는데 지끔 당산니루 돼씁띠다래. 제네 긴매 긴매 핸는데 거기를.
② 예? 출석률이? 출생지래? 출생지래 젠엔 거기를 긴매라 햇는데 지금 당산니루 됏습디다래. 젠에 긴뫼 긴뫼 햇는데 거기를.
③ 예? 출석률이? 출생지가? 출생지를 전에는 거기를 긴뫼라 했는데 지금 장산리로 됐습디다그려. 전에 거기를 긴뫼 긴뫼라고 했는데.

답 **■ 당산니.**
② 당산니.
③ 장산리.

여 ① 당산니.

② 당산니.

③ 장산리.

남 ① 저네 당산니라 그래서요. 마자요.

② 전에 당산니라 그랫어요. 맞아요.

③ (지금 장산리를) 전에 당산니라 그랬어요. 맞아요.

① 이 아바이드른?

② 이 아바이들은?

③ 이 바깥노인들은?

① 아니, 더 데려옵씨다.

② 아니, 더 데려옵시다.

③ 아니, (제보자를) 더 데려옵시다.

여 ① 예? 잉가니 며칭가요? 잉가니 서임니다.

② 예? 인간이 몇인가요? 인간이 서입니다.

③ 예? 식구가 몇인가요? 식구가 셋입니다.

① 우리넝가믄 업씀니다. 딸허구 사라요. 딸허구 사우허구 서이, 일가 서이서 삼니다.

② 우리넝감은 없습니다. 딸허구 살아요. 딸허구 사우허구 서이, 일가 서이서 삽니다.

③ 우리 영감은 돌아가고 없습니다. 딸하고 살아요. 딸하고 사위하고 셋, 일가 셋이 삽니다.

① 예? 무슨 말쓰민디? 하하하.

② 예? 무슨 말씀인디? 하하하.

③ 예? 무슨 말씀인지? 하하하.

남 **① 그저네는 말쓰미라구 그랜는데 옛날부터 하던 말씀.**

② 그전에는 말씀이라구 그랫는데 옛날부터 하던 말씀.

③ 그전에는 (말을) 말씀이라고 그랬는데 옛날부터 하던 말씀.

① 기케 그래야디 사투리 표현하머 모르디.

② 그렇게 그래야디 사투리 표현하머 모르디.

③ 말을 꼭 말씀이라고 그래야지 사투리라고 표현하면 무슨
  말인지 모르지.

여 **① 아버지요? 농사요 농사.**

② 아버지요? 농사요 농사.

③ 아버지 말이에요? 농사를 했어요 농사.

① 우리 아바지 이르미 먼:가요?

② 우리 아바지 이름이 먼:가요?

③ 우리 아버지 이름이 무엇인가요?

**① 제네요? 제네 아바지라 그러구두 허구 아부니미라 그러구
  두 허구.**

② 젠에요? 젠에 아바지라 그러기두 허구 아부님이라 그러기
  두 허구.

③ 전에요? 전에 (아버지를) 아바지라 그러기도 하고 아부님

이라 그러기도 하고.

(남) **1 여기 주로 아바니라 그래. 예, 아바니라구 그래.**
　2 여기 주로 아바니라 그래, 예, 아바니라구 그래.
　3 여기 주로 (아버지를) 아바니라 그래. 예, 아바니라고 그래.

1 아부님.
　2 아부님.
　3 (경칭으로 아버지를) 아부님.

(여) **1 아부니미라.**
　2 아부님이라.
　3 (아버지를 직접 부를 때) 아부님이라.

1 예? 부를 때 아부님 차띠요 머.
　2 예? 부를 때 아부님 찾디요 머.
　3 예? 부를 때 아부님(하고) 찾지요 뭐.

1 제네는 아바니라 안 해씀니다. 아부니미라 그래씀니다. 아버님, 허허허.
　2 젠에는 아바니라 안 햇습니다. 아부님이라 그랫습니다. 아버님 허허허.
　3 전에는 (아버지를) 아바니라 안 했습니다. 아부님이라 그랬습니다. 아버님 허허허.

1 아바지라 부르구요.

② 아바지라 부르구요.

③ (일반적으로 크게 높이지 않을 경우 아버지를 보통) 아바지
라 부르고요.

1 아바지라 그래서. 아바지라 마니 써.

② 아바지라 그랫어. 아바지라 많이 써.

③ (아버지를 보통) 아바지라 그랬어. 아바지라 많이 해.

1 오마니요? 엄매라 그래씀니다.

② 오마니요? 엄매라 그랫습니다.

③ 어머니요? (어머니를) 엄매라 그랬습니다.

남 **1 오마니라는 건 엄매, 엄매라 그래쑈 그저네.**

② 오마니라는 건 엄매, 엄매라 그랫요 그전에.

③ 오마니라는 건 엄매, (그전에) 엄매라 그랬어요.

1 쪼그마니 자랄 땐 엄매, 엄매.

② 쪼그마니 자랄 땐 엄매, 엄매.

③ 어려서 자랄 때는 (어머니를) 엄매, 엄매.

여 **1 오마닌 시어마니를 오마니라 그래씀니다. 오마니 엄매라구.**

② 오마니는 시어마니를 오마니라 그랫습니다. 오마니 엄매라
그라구.

③ 오마니는 시어머니를 오마니라 그랬습니다. (전에) 오마니
를 엄매라 그러고.

① 시어마니는 오마니, 오마니라 그러구 엄매는 엄매라 그러구.
② 시어마니는 오마니, 오마니라 그러구 엄매는 엄매라 그러구.
③ 시어머니는 오마니, 오마니라 그러고 엄매(친어머니)는 엄매라 그러고.

囲 ① 엄매라구 그래시요 저네. 엄매, 어머니를 엄매라구.
② 엄매라구 그랫이요 전에. 엄매, 어머니를 엄매라구.
③ 전에 (친어머니를) 엄매라고 그랬어요. 엄매, (친)어머니를 엄매라고.

① 엄매, 엄매, 엄매, 옴매는…
② 엄매, 엄매. 옴매는…
③ 엄매, 엄매. 옴매는 (안 쓰임).

① 여기서두 엄매하구 오마니라 하구 두 가지입니다.
② 여기서두 엄매하구 오마니라 하구 두 가지입니다.
③ 여기서도 (어머니를) 엄매라 하고 오마니라 하고 두 가집니다.

① 그 나이 좀 중년배 여성이 자기 노는 배 여성 어머니를 이자 오마니라구 주로 많이 부릉거 가씀니다.
② 그 나이 좀 중년배 여성이 자기 노는 배 여성 어머니를 이자 오마니라구 주로 많이 부른 거 같습니다.
③ 그 나이가 좀 든 중년배 여성이 자기와 노는 동년배 여성의 어머니를 주로 이제 말한 오마니로 많이 쓰이는 것 같습니다.

① 아이드른 엄매, 그저 엄매 그저 그러케 그러탄 마리여. 자

기 어머니에게는 엄매 엄매.

② 아이들은 엄매, 그저 엄매 그저 그렇케 그렇단 말이여. 자기 어머니에게는 엄매 엄매.

③ 아이들은 엄매, 그저 엄매 그저 그렇게 부른단 말이여. 자기 어머니에게는 엄매 엄매.

■ 예.

② 예.

③ 예.

■ 그저 오마니라 그럽니다 오마니. 예, 오마니.

② 그저 오마니라 그럽니다 오마니. 예, 오마니.

③ (어머니를)그저 오마니라 그럽니다. 예, (커서는) 오마니.

■ 아버지 형님? 크나바지, 크나바니.

② 아버지 형님? 큰아바지, 큰아바니.

③ 아버지 형님? 큰아바지, 큰아바니.

여 ■ 제네 크라바지라 안 그래씁니다. 큰바바지라 그래씁니다.

② 젠에 클아바지라 안 그랫습니다. 큰바바지라 그랫습니다.

③ 전에 (백부를) 클아바지라 안 그랬습니다. 큰바바지라 그랬습니다.

남 ■ 지그믄 크나버지, 크나바지, 크나바니.

② 지금은 큰아버지, 큰아바지, 큰아바니.

③ (백부를) 지금은 큰아버지, 큰아바지, 큰아바니.

여 **1 큰바바지예, 이러케.**
  2 큰바바지예, 이렇게.
  3 (백부를 부를 때) 큰바바지예, 이렇게.

남 **1 예. 크나바지.**
  2 예. 큰아바지.
  3 예. (지금은 백부를 부를 때) 큰아바지.

여 **1 아, 큰지오마니. 오마니, 큰지오마니.**
  2 아, 큰지오마니. 오마니, 큰지오마니.
  3 아, (백모를) 큰지오마니. 오마니, 큰지오마니.

남 **1 큰지오마니, 큰지보마니.**
  2 큰지오마니, 큰집오마니.
  3 (백모를) 큰지오마니, 큰집오마니.

1 큰지비라 그럽니다.
  2 큰집이라 그럽니다.
  3 (백부를) 큰집이라 그럽니다.

1 근데 그 바르믄 안 됐단 마립니다.
  2 근데 그 발음은 안 됐단 말입니다.
  3 그런데 그 ('집'이란) 발음은 안 된단 말입니다.

여 **1 예? 큰지오마니.**
  2 예? 큰지오마니.

③ 예? (백모를 직접 부를 때도) 큰지오마니.

❶ 예? 아바지 아바지? 근 크라바지.
② 예? 아바지 아바지? 근 클아바지.
③ 예? 아버지의 아버지? 그건 클아바지.

❶ 예? 크라바지 그리디요 머.
② 예? 클아바지 그러디요 머.
③ 예? (할아버지를 직접 부를 때도) 클아바지라고 그러지요 뭐.

❶ 예. 크라바지.
② 예. 클아바지.
③ 예.(할아버지의 지칭과 호칭은 모두) 클아바지.

❶ 큼마니, 큼마니.
② 큼마니, 큼마니.
③ (할머니를) 큼마니, 큼마니.

남 **❶ 클마니.**
② 클마니.
③ (할머니를) 클마니.

여 **❶ 클마니.**
② 클마니.
③ (할머니를 직접 부를 때도) 클마니.

1 크라바지 아바지요? 노크나바지라 글디.
2 클아바지 아바지요? 노큰아바지라 글디.
3 할아버지의 아버지요? (증조부를) 노큰아바지라 그러지.

1 노크나바지.
2 노큰아바지.
3 (증조부를) 노큰아바지.

1 노큼마니.
2 노큼마니.
3 (증조모를) 노큼마니.

남 **1 노클마니.**
2 노클마니.
3 (증조모를) 노클마니.

여 **1 징조하라바이. 예, 징조하라버지.**
2 징조할아바이. 예, 징조할아버지.
3 (고조부를) 징조할아바이. 예, 징조할아버지.

남 **1 고종하라버지라구 글잔턴가? 고종크라바지**
2 고종할아버지라구 글잖던가? 고종클아바지.
3 (고조부를) 고종할아버지라고 그러지 않던가? 고종클아바지.

**1 노:크라바지라는 앙그래딴 마립니다. 예, 노노 그러먼 항가
네서……**

② 노:클아바지라는 안 그랫단 말입니다. 예, 노노 그러면 향간
에서……

③ (지칭과 호칭으로) 노:클아바지라고는 안 그랬단 말입니다.
노노 그러면서 향간에서……

■ 크나버지람도 크나바지라구 허구 바름상 길치 앙코 노:크
라바지, 노:클마니.

② 큰아버지란도 큰아바지라구 허구 발음상 길치 않고 노:클
아바지, 노:클마니.

③ 큰아버지라는 것도 큰아바지라고 하고 (증조뻘에서만은)
발음상 그렇지 않고 (증조부는) 노: 클아바지, (증조모는)
노:클마니.

■ 고조하라버지 고조크라바지.
② 고조할아바지 고조클아바지.
③ 고조할아버지는 고조클아바지.

■ 그저 클마니루 그러케, 우에 치 하능거는 가씀니다.
② 그저 클마니루 그렇게, 우에 치 하는 거는 같습니다.
③ (고조할머니도) 그저 클마니로 그렇게, (앞에 '고조'를 붙이)
이는 것은 같습니다(즉 '고조클마니'라고 함).

여 ■ 예? 자기 시아바지?
② 예? 자기 시아바지?
③ 예? 자기 시아버지?

남 **1 가시아바지.**
  2 가시아바지.
  3 (장인을) 가시아바지.

여 **1 어, 가소마니.**
  2 어, 가소마니.
  3 어, (장모를) 가소마니.

  1 가시아바지, 가시오마니.
  2 가시아바지, 가시오마니.
  3 (장인, 장모를) 가시아바지, 가시오마니.

남 **1 가시아바지, 가시오마니 그거요.**
  2 가시아바지, 가시오마니 그거요.
  3 (장인, 장모를) 가시아바지, 가시오마니라고 하는 거요.

여 **1 가시아바지, 가시오마니.**
  2 가시아바지, 가시오마니.
  3 (장인과 장모를) 가시아바지, 가시오마니.

  1 예?
  2 예?
  3 예?

  1 그저 아바니 그저 오마니 그저 그러디 머.
  2 그저 아바니 그저 오마니 그저 그러디 머.

③ (직접 부를 때) 그저 아바니, 오마니 그저 그러지 뭐.

남 **❶ 그런 건 업씀니다. 가시아바니, 가시오마니 이래.**
② 그런 건 없습니다. 가시아바니, 가시오마니 이래.
③ (가세바지나 가소마니와 같은) 그런 말은 없습니다. 가시아
바니, 가시오마니 이래.

여 **❶ 예?**
② 예?
③ 예?

❶ 시아바지, 시오마니, 시아바니, 시아부니, 아부님.
② 시아바지, 시오마니, 시아바니, 시아부니, 아부님.
③ (시아버지, 시어머니를) 시아바지, 시오마니, 시아바니, 시
아부니, 아부님.

❶ 부를 때 아부님 글케 해띠 머.
② 부를 때 아부님 글케 햇디 머.
③ (직접) 부를 때 아부님 그렇게 했지 뭐.

❶ 오마니 그러디.
② 오마니 그러디.
③ (시어머니를 직접 부를 때) 오마니라고 그러지.

❶ 누구요?
② 누구요?

③ 누구요?

① 허허허, 그야 머 후도마니라 글디요 머.
② 허허허, 그야 머 훗오마니라 글디요 머.
③ (계모를) 허허허, 그야 뭐 훗오마니라 그러지요 뭐.

[남] **① 그거뚜 후다바지라구 그러디.**
② 그것도 훗아바지라 그러디.
③ (계부) 그것도 훗아바지라 그러지.

[여] **① 이부다바지라 그래디.**
② 이붓아버지라 그래디.
③ (계부를) 이붓아바지라 그러지.

[남] **① 이부다바지란 모뿌는데 후다바지 그저 글케 해.**
② 이붓아바지란 못부는데 훗아바지 그저 글케 해.
③ (계부를 직접 부를 경우) 이붓아바지라고는 못 부르는데 훗
아바지 그저 그렇게 해.

① 그저 아버지라 그래요.
② 그저 아버지라 그래요.
③ (계부를 직접 부를 경우) 그저 아버지라 그래요.

[여] **① 부를 때야 그저 아버지, 아버지.**
② 부를 때야 그저 아버지, 아버지.
③ (계부를 직접) 부를 때야 그저 아버지, 아버지.

① 아바지.

② 아바지.

③ (계부를 직접 부를 때) 아바지.

① 오마니.

② 오마니

③ (계모를 직접 부를 때) 오마니.

① 예? 그 무슨 마린디?

② 예? 그 무슨 말인디?

③ 예? 그 무슨 말인지?

① 아, 왜할머니? 왜클마니라 김니다. 왜크라바지.

② 아, 왜할머니? 왜클마니라 깁니다. 왜클아바지.

③ 아, 외할머니? 왜클마니라 그럽니다. (외할아버지는) 왜클
아바지.

囲 **① 왜클마니.**

② 왜클마니.

③ (외할머니를) 외클마니.

여 **① 예? 왜큰마니, 왜크라바지.**

② 예? 왜큰마니, 왜클아바지.

③ 예? (외할머니. 외할아버지를) 왜큰마니, 왜클아바지.

① 아버지 동생 삼춘.

② 아버지 동생 삼춘.
③ 아버지 남동생을 삼춘.

■ 장개 가서두 그저 삼추이디요 머.
② 장개 가서두 그저 삼춘이디요 머.
③ (삼춘은) 장가 가서도 그저 삼춘이라고 부르지요 뭐.

■ 삼춘 삼춘 그게 차씨.
② 삼춘 삼춘 그케 찾디.
③ 삼춘 삼춘 그렇게 (부르며) 찾지.

남 ■ 대개 여기서 앙그럼니다.
② 대개 여기서 안 그럽니다.
③ 대개 여기서 안 그럽니다.

■ 지역마다 야까네 차이는 이씀니다. 대개 삼추니 통이럼니다.
② 지역마다 약간에 차이는 잇습니다. 대개 삼춘이 통일입니다.
③ 지역마다 약간의 차이는 있습니다. 대개 (삼촌을) 삼춘이라
   합니다.

■ 그래두 삼추니라. 근데 그 좀 수주니 인는 정도먼 삼추니라
   글고 그대멘 지귀를 낟추어 부를 때는 삼춘이라 그러디 앙
   쿠 이름만 막 불러 내티는 그런 경우가 만씀니다.
② 그래두 삼춘이라. 근데 그 좀 수준이 잇는 정도먼 삼춘이라
   글고 그 댐엔 직위를 낮추어 부를 때는 삼춘이라 그러디 않
   구 이름만 막 불러 내티는 그런 경우가 많습니다.

③ (삼춘이) 자기보다 나이가 적어도 삼춘이라. 그런데 인격이 좀 괜찮은 정도면 삼춘이라 부르고 그러나 그렇지 못하여 낮추어 부를 때는 삼춘이라 부르지 않고 이름만 막 불러대는 그런 경우가 많습니다.

■ **지바네 관계돼요.**
② 집안에 관계돼요.
③ (호칭은) 집안에 관계돼요.

■ **예, 그는 왜삼추님니다. 삼초니 아니구 삼춘.**
② 예, 그는 왜삼춘입니다. 삼촌이 아니구 삼춘.
③ 예, 외가 쪽은 왜삼춘입니다. 삼촌이 아니고 삼춘.

■ **예, 그러케 부르는 경우래 꽤 이씀니다. 그러케 부르는 거이 때루 이씀니다. 점잔케 그래두 그 가조게서 그 점잔케 좀 존대허는 마른요 크나바지, 자그나바지.**
② 예, 그렇게 부르는 경우래 꽤 잇습니다. 그렇게 부르는 거이 때루 잇습니다. 점잖게 그래두 그 가족에서 점잖게 좀 존대허는 말은요 큰아바지, 작은아바지.
③ 예, (여기서도 결혼한 삼촌을 작은아바지라고) 그렇게 부르는 경우가 꽤 있습니다. 그렇게 부르는 경우가 때로 있습니다. (보통 삼춘이라고) 그래도 그 가족에서 점잖게 좀 존대하는 말은 큰아바지, 작은아바지입니다.

■ **자근 오마니, 크노마니. 지금도 군관하다가 제대된 사모님드리 쫌 그를 배와딴 마림니다. 그럴 때에 그저 자기 자식**

뜨를 자그나버지네 친구를 부를 때 "야, 자그나바지네 지베 좀 가따 오라." 이러케.

② 작은오마니, 큰오마니. 지금도 군관하다가 제대된 사모님들이 좀 글을 배왓단 말입니다. 그럴 때에 자기 자식들을 작은아버지네 친구를 부를 때 "야, 작은아바지네 집에 좀 갓다오라." 이렇게.

③ 지금도 군관하다가 제대된 사모님들이 글을 좀 배웠단 말입니나. 이런 사모님들은 자기 자식들을 시켜 작은아버지뻘 되는 친구들을 부를 때 "야, 작은아바지네 집에 좀 갔다오라" 이렇게(말한단 말입니다).

[여] **❶ 자그노마니, 크노마니. 그러면 그거 그 첩 어더서 사는거 개구 글잔씁니까?**

② 작은오마니, 큰오마니. 그러면 그거 그 첩 얻어서 사는거 개구 글잖습니까?

③ 작은오마니, 큰오마니. 그러면 작은오마니는 첩을 얻어서 사는 걸 가지고 그러잖습니까?

[남] **❶ 하하하.**

② 하하하.

③ 하하하.

[여] **❶ 삼추노마니, 삼춘 그저 그러디요 머.**

② 삼춘오마니, 삼춘 그저 그러디요 머.

③ (숙모와 숙부를) 삼춘오마니, 삼춘 그저 그러지요 뭐.

남 **1 예, 대개 안 씁니다.**
2 예, 대개 안 씁니다.
3 예, (여기서는 숙모, 숙부와 같은 한자어 친족어는) 대개 안
　　씁니다.

여 **1 아드료? 제 난 아드료? 마다들 그저.**
2 아들요? 제 난 아들요? 맏아들 그저.
3 아들 말이에요? 제가 난 아들 말이에요? (맏이를) 그저 맏
　　아들이라고 하지요.

1 둘째아들, 세이째아들 그저 그러디.
2 둘째아들, 셋째아들 그저 그러디.
3 (순서로 말하면) 둘째아들, 셋째아들 그저 그러지.

1 마디라 부르디. 부를 때? 부를 때는 그저 이름 차띠요 머.
2 맏이라 부르디. 부를 때? 부를 때는 그저 이름 찾디요 머.
3 (맏아들을) 맏이라 부르지. 부를 때? 찾을 때는 그저 이름
　　을 부르지요 뭐.

1 장개가서두 이름 차띠요 머.
2 장개갓어두 이름 찾디요 머.
3 장가갔어도 이름을 부르며 찾지요 뭐.

1 허허허, 그러머 그때 아무가이 아바지라 글디요 머.
2 허허허, 그러머 그때 아무가이 아바지라 글디요 머.
3 허허허, 그러면 그때 아무개 아바지라 그러지요 뭐.

1 자소네 이르믈 불러서 아바지.

2 자손에 이름을 불러서 아바지.

3 자손의 이름을 붙여서 (아무개) 아버지.

1 그럼, 예. 아무가이 오마니라 그러디.

2 그럼, 예. 아무가이 오마니라 그러디.

3 그럼, 예. (며느리를) 아무개 오마니라 그러지.

1 예? 내 우싸라믈? 내 오래비, 내 안해 마림니까?

2 예? 웃사람을? 내 오래비, 내 안해말입니까?

3 예? 윗사람을? 내 오빠, 내 (오빠) 아내 말입니까?

1 우싸라믄 헝니미라 부르구 헝님, 아래싸라믄 오리미라 부
르구 오리미.

2 웃사람은 헝님이라 부르구 아랫사람은 오리미라 부르구 오
리미.

3 (오빠의 처인) 윗사람은 헝님이라 부르고 헝님, (남동생의
처인) 아랫사람은 오리미라 부르고 오리미.

1 시형 안해두 헝니미라 그러구 또 저 친 오리베 안해두 헝니
미라 그러구.

2 시형 안해두 헝님이라 그러구 또 저 친 오리비에 안해두 헝
님이라 그러구.

3 시형 아내도 헝님이라 그러고 또 저 친 오빠의 아내도 헝님
이라 그러고.

남 **① 예, 맞아요.**
② 예, 맞아요.
③ 예, (손위시누이를 형님, 손아래시누이를 오리미라 하는 게)
맞아요.

여 **① 헝니미디요, 우싸라믄. 아래는 동생.**
② 형님이디요, 웃사람은. 아래는 동생.
③ (동기간) 윗사람은 형님이지요, 아래는 동생.

① 오리미.
② 오리미.
③ (손아래올케를) 오리미.

① 남잔 적으니라 안 그럽니다. 동생이라 그럽니다 동생이라구.
② 남잔 적은이라 안 그럽니다. 동생이라 그럽니다 동생이라구.
③ (형제간에 아래인) 남자는 적은이라 안 그럽니다. 동생이라
그럽니다 동생이라고.

① 여자는 저그니 저그니, 아래는 저그니.
② 여자는 적은이 적은이, 아래는 적은이.
③ 여자 형제간에는 (동생을) 적은이 적은이, 손아래는 적은이.

**① 여자끼리 아래싸라믄 저그니라 그러구 우싸라믄 형이라 그
러구.**
② 여자끼리 아랫사람은 적은이라 그러구 웃사람은 형이라 그
러구.

③ 여자끼리 아랫사람은 적은이라 그러고 윗사람은 형이라 그
러고.

① 남자 때요? 그뚜 가띠요 머 형. 그뚜 동생이구.
② 남자 때요? 긋두 가띠요 머 형. 긋두 동생이고.
③ 남자일 때요? 그것도 같지요 뭐 (이상은)형이고 (아래는)
동생이고.

남 **① 적으니라 글디.**
② 적은이라 글디.
③ (남자 형제간에도 동생을) 적은이라 그러지.

여 **① 저그니라 글기두 하구 누구래 무르먼 동생이라 글기두 하구.**
② 적은이라 글기두 하구 누구래 물으면 동생이라 글기두 하구.
③ (남자형제간에도 동생을) 적은이라 그러기도 하고 누가 물
으면 동생이라 그러기도 하고.

남 **① 내가 형에 색씬데 그 형수가 시동생보구 저그니라 근다구.
존대해 주면서두 나추씀니다.**
② 내가 형에 색신데 그 형수가 시동생보구 적은이라 그런다
구. 존대해 주면서두 낮춧습니다.
③ 내가 형의 색신데 그 형수가 시동생보고 적은이라 그런다
고. 존대해 주면서도 낮췄습니다.

① 근데 그 그때보면 언니 이런 마를 써따고 봄니다 언니.
② 근데 그 그때보면 언니 이런 말을 썻다고 봅니다 언니.

③ 그런데 그때 보면 언니 이런 말을 썼다고 봅니다 언니.

여 ❶ 예? 언니요? 제넨 언니라 안 그래씀니다 제넨. 제넨 형이라 그래씀니다.

② 예? 언니요? 젠엔 언니라 안 그랫습니다 젠엔. 전엔 형이라 그랫습니다.

③ 예? 언니요? 전에는 언니라 안 그랬습니다 전에는. 전에는 형이라 그랬습니다.

❶ 제네루 말하면요, 제네루 말하면 남편동생 제대루 말하면 그 여러 가지 마립니다.

② 젠에루 말하면요, 젠에루 말하면 남편동생 제대루 말하면 그 여러 가지 말입니다.

③ 전에 말로 하면요, 전에 말로 하면 남편동생을 제대로 말하면 그 여러 가지 말입니다.

❶ 처메는 무사니 시아라 글디 앙쿠요, 도롱님요 도롱님.

② 첨에는 무사니 시아라 글디 않구요, 도롱님요 도롱님.

③ 처음에는 무엇인가 하니 (시동생을) 시아라 그러지 않고요, 도롱님요 도롱님.

❶ 그대멘 또 무사닙니다. 시아, 시아.

② 그댐엔 또 무사닙니다. 시아 시아.

③ 그리고 또 뭐라고 합니다. (시동생을) 시아, 시아라고 합니다.

❶ 시아, 시아래 남편 아래래 시아.

② 시아, 시아래 남편 아래래 시아.
③ 시동생, 시동생은 남편의 손아래가 시동생.

① 당개가면 저그니.
② 당개가면 적은이.
③ (시동생이) 장가가면 (시아라 하지 않고) 적은이.

[남] **① 서쏘게서는 스방니빈데.**
② 저쪽에서는 스방님인데.
③ 저쪽에서는 서방님이라고 하는데.

① 평북또 마른 저그니, 저그니.
② 평북도 말은 적은이, 적은이.
③ 평북도 말은 (동생을 부를 때 보통) 적은이, 적은이.

[여] **① 남자가? 남자래 제 처에 동생마림니까?**
② 남자가? 남자래 제 처에 동생말입니까?
③ 남자가? 남동생이 제 처를 보고 말입니까?

① 아주머니, 아주머니.
② 아주머니, 아주머니.
③ (형수를) 아주머니, 아주머니.

① 아주머니라구 부릅니다.
② 아주머니라구 부릅니다.
③ (형수를 직접 부를 때도) 아주머니라고 부릅니다.

남 ① 아주마니라구 불러. 항가네서는 아주마니라구 불러 아주마니.
② 아주마니라구 불러. 항간에서는 아주마니라구 불러 아주마니.
③ (형수를 보통) 아주마니라구 불러. 향간에서는 아주마니라고 불러 아주마니.

여 ① 예? 아바지래 헝젠데 아바지 네동생, 아바지 네동생 고무디 머.
② 예? 아바지래 헝젠데 아바지 네동생, 아바지 네동생 고무디 머.
③ 예? 아버지의 형제인데 아버지 여동생, 아버지 여동생은 고무지 뭐.

① 노푼 뉘 마림니까? 우에 네자 다 고뭄니다.
② 높은 누이 말입니까? 우에 네자 다 고뭅니다.
③ (아버지) 손위누이 말입니까? 손위 여자는 다 고무입니다.

① 고무, 시집가서두 고무. 둘째꼬무 셋째꼬무 그저 마꼬무.
② 고무, 시집가서두 고무. 둘째고무, 셋째고무 그저 막고무.
③ (출가 전 고모도) 고무, 시집가서도 고무. (서열에 따라 말하면) 둘째고무, 셋째고무 그저 (막내고모를) 막고무.

남 ① 여기서 둘채하지? 둘채라 그러지 대체로.
② 여기서 둘채하지? 둘채라 그러지 대체로.
③ 여기서 (둘째를) 둘채라 하지? 대체로 (둘째를) 둘채라 그러지.

여 ① 고무 남편마림니까? 작쑤김니다.
② 고무 남편말입니까? 작숙입니다.

③ 고모 남편말입니까? 작숙이라고 합니다.

① 작쑤김니다. 작쑤기라 그래요.
② 작숙입니다. 작숙이라 그래요.
③ (고모부는) 작숙입니다. 작숙이라 그래요.

① 오마니 네동생요? 이몸니다.
② 오마니 네농생요? 이놉니다.
③ 어머니 여동생 말이에요? 이모입니다.

① 어머니 머요? 나이가 마는 이모요? 그 가씀니다 그저 이모.
② 어머니 머요? 나이가 많은 이모요? 그 같습니다 그저 이모.
③ 어머니 뭐요? (어머니보다) 나이가 많은 이모요? 그 같습니
다 그저 (다) 이모.

① 마디모, 자그니모 그저 둘째이모.
② 맏이모, 작은이모 그저 둘째이모.
③ (어머니 자매를 서열에 따라) 맏이모, 작은이모 그저 둘째
이모.

① 이모삼춘.
② 이모삼춘.
③ (이모부를) 이모삼춘.

**① 이모부라구. 이제 누구래 무를 때는 이모부라 글구 차즐 때
는 삼추니라구 그러구.**

② 이모부라구. 이제 누구래 물을 때는 이모부라 글구 찾을 때
　는 삼춘이라구 그러구.
③ 이모부라고. 이제 누가 물을 때는 이모부라 그러고 찾을 때
　는 삼춘이라고 그러고.

① 어머이 동무드료? 허허허.
② 어머이 동무들요? 허허허.
③ 어머니 동무들을 어떻게 부르느냐고요? 허허허.

① 어머니 동무들 그저 머 어떠케 부르가쓰니까? 오마니, 오
마니 그저.
② 어머니 동무들 그저 머 어떻게 부르갓습니까? 오마니, 오마
　니 그저.
③ 어머니 동무들을 그저 뭐 어떻게 부르겠습니까? 그저 오마
　니, 오마니 합니다.

① 예? 안 써요.
② 예? 안 써요.
③ 예? (어머니 동년배들에게는 아주마니란 말) 안 써요.

남 **① 그 자시게 이르믈 다라서 누구 어머니.**
② 그 자식에 이름을 달아서 누구 어머니.
③ 그 자식의 이름을 달아서 누구 어머니라고 합니다.

① 누구 오마니, 자식뜨리 이스니꺼니. 예를 드러서 영처리라
먼 영처리 오마니, 그러케 이르믈 따서 불러요.

② 누구 오마니, 자식들이 잇으니꺼니. 예를 들어서 영철이라면 영철이 오마니, 그렇게 이름을 따서 불러요.

③ (동네 아낙네를 부를 때) 자식들이 있으니까 누구 오마니. 예를 들어서 (아들의 이름이) 영철이라면 영철이 오마니, 그렇게 (자녀의) 이름을 따서 불러요.

❶ 예, 아주머니라 글디요 머. 대개 무슨 머 흠 업슬 찌게는 아주마니 이램니다.

② 예, 아주머니라 글디요 머. 대개 무슨 머 흠 없을 찍에는 아주마니 이랩니다.

③ 예, (친구 아내를) 아주머니라 그러지요 뭐. 대개 무슨 뭐 스스럼없는 사이에서는 아주마니 이럽니다.

❶ 또 그러지 아나야 할 경우에는 이 사라미 아드리 이따구면 누구 엄마 머 이러케 이르믈 불러서 그러케 허허허.

② 또 그러지 않아야 할 경우에는 이 사람이 아들이 잇다구면 누구 엄마 머 이렇게 이름을 불러서 그렇게 허허허.

③ 또 그러지 않아야 할 경우에는 이 사람이 아들이 있다고 하면 누구 엄마 뭐 이렇게 이름을 불러서 그렇게 허허허.

❶ 아주마니, 아주마니 평북또 마른 그저 아주마니야.

② 아주마니, 아주마니 평북도 말은 그저 아주마니야.

③ (친구 아내를) 아주마니, 아주마니 평북도말은 그저 아주마니야.

❶ 예, 아주마이, 아주마이.

② 예, 아주마이, 아주마이.

③ 예, (친구의 아내를) 아주마이, 아주마이.

여 **❶ 아래싸람 개주구요? 동생이라 그러디.**

② 아랫사람 가지고요? 동생이라 그러디.

③ 아랫사람 보고요? 동생이라 그러지.

남 **❶ 여 평북또는 아우라는 소리 안 해요.**

② 여 평북도는 아우라는 소리 안 해요.

③ 여기 평북도는 아우라는 말을 안 해요.

❶ 기러게 대먼 그 자시기 한나 이찌 앙카쏘? 이슬 때는 아이 이르믈 부르먼서 부른단 마리여.

② 기렇게 대먼 그 자식이 한나 잇지 않갓소? 잇을 때는 아이 이름을 부르면서 부른단 말이여.

③ 그렇게 되면 그 자식이 하나 있지 않겠소? (아이가) 있을 때는 아이 이름을 붙여서 부른단 말이여.

❶ 누구 아버지, 누구 아바지. 또 아무개 아버지 예, 그럼

② 누구 아버지, 누구 아바지. 또 아무개 아버지 예, 그럼

③ (자녀의 이름을 붙여) 누구 아버지 누구 아바지. 또 아무개 아버지 예, 그럼.

여 **❶ 동생 색씨요? 동생 색씨래 데수라 그래 데수.**

② 동생 색시요? 동생 색시래 데수라 그래 데수.

③ 동생 색시요? 동생 색시를 데수라 그래 데수.

1 데수니미라 글디요.
2 데수님이라 글디요.
3 (직접 부를 때는) 데수님이라 그러지요.

1 아 이름, 그럼.
2 아 이름, 그럼.
3 (아이가 있을 때는) 아이 이름(을 붙여서) 그럼.

1 남편 형요? 시형.
2 남편 형요? 시형.
3 남편 형요? 시형.

남 **1** 시형.
2 시형.
3 (남편의 형을) 시형.

여 **1** 형님. 남편 안해 마리디요? 형님요.
2 형님. 남편 안해 말이디요? 형님요.
3 형님. 시형의 아내 말이지요? 형님이라 해요.

남 **1** 형님, 형님하디 그저.
2 형님, 형님하디 그저.
3 (시형의 아내를 부를 때) 형님, 형님하지 그저.

여 **1** 예? 허허허, 남펴니라 하게띠요 머.
2 예? 허허허, 남편이라 하겟디요 머.

③ 예? 허허허, (같이 사는 남자를) 남편이라 하겠지요 뭐.

① 여보, 그러잔능가?
② 여보, 그러잖는가?
③ (부를 때) 여보, 그러지 않는가?

① 여보, 아무가이 아바지 이래 해까띠 머.
② 여보, 아무가이 아바지 이래 햇갓디 머.
③ (자기 남편을) 여보, 아무개 아버지 이렇게 불렀겠지 뭐.

남 **① 우리 언나 아바지.**
② 우리 언나 아바지.
③ 우리 어린애 아버지.

① 늘그니드리 경우에는 우리 영감 우리 영감.
② 늙은이들이 경우에는 우리 영감 우리 영감.
③ 늙은이들의 경우에는 (자기 남편을) 우리 영감, 우리 영감.

① 넝가미라구 그래. 우리 넝감, 우리 넝감.
② 넝감이라구 그래. 우리 넝감, 우리 넝감.
③ (나이가 많아서는 자기 남편을) 넝감이라고 그래. 우리 넝
　감, 우리 넝감.

① 우리 노친네.
② 우리 노친네.
③ (나이가 많아서 자기 아내를) 우리 노친네.

여 **1 제녠 네쩌게야 녕감, 녕가미라 앙그러구 첨디, 첨디 급뗘다레 넨나레.**

2 젠엔 넷적에야 녕감 녕감이라 안 그러구 첨디, 첨디 급디다레 넷날에.

3 전에 옛적에야 영감을 녕감이라 안 그러고 첨지, 첨지 그럽디다 그려 옛날에.

1 첨디라 그러구두 두상대기라 그러구두 하하하.

2 첨디라 그러구두 두상대기라 그러구두 하하하.

3 (자기 영감을) 첨지라 그러기도 하고 두상대기라 그러기도 하고 하하하.

남 **1 두상대기.**

2 두상대기.

3 (영감을 달리) 두상대기.

여 **1 넨날 쌍소리말.**

2 넷날 쌍소리말.

3 옛날 상소리.

남 **1 그 쌍말해요.**

2 그 쌍말해요.

3 그 상말해요.

1 남자 늘그니를 녕가미라 하지.

2 남자 늙은이를 녕감이라 하지.

③ 남자 늙은이를 넝감이라 하지.

여 **1 남자 늘그니.**
② 남자 늙은이.
③ (넝감이란) 남자 늙은이.

남 **1 남잔 넝가미라 하지 머.**
② 남잔 넝감이라 하지 머.
③ (나이 많은) 남자는 넝감이라 하지 뭐.

여 **1 네자마림니까? 남자에 네자. 제네 늘그니라 해씀니다.**
② 네자말입니까? 남자에 네자. 젠에 늙은이라 햇습니다.
③ 여자말입니까? 남자의 여자. 전에 (나이 많은 여성을) 늙은
이라 했습니다.

1 예, 넝가미라구 기랫디. 늘그니라구.
② 예, 넝감이라구 기랫디. 늙은이라구.
③ 예, (바깥노인은) 넝감이라고 그랬지. (안노인은) 늙은이라고.

남 **1 노친네라 글디. 노친네라 그래찌 머.**
② 노친네라 글디. 노친네라 그랫지 머.
③ (안노인을) 노친네라 그러지. 노친네라 그랬지 뭐.

여 **1 제네 늘그니라 그래씀니다. 즈끔 노친네라 글디.**
② 젠에 늙은이라 그랫습니다. 즈끔 노친네라 글디.
③ 전에 (안노인을) 늙은이라 그랬습니다. 지금 노친네라 그러지.

■ 늘그니래 이거 대접-해서 허는 마리에요.
② 늙은이래 이거 대접해서 허는 말이에요.
③ 늙은이란 말은 대접해서 하는 말이에요.

■ 대접-해서.
② 대접해서.
③ (상대를) 대접해서.

🈚 ■ 늘그니는 남녀 공통으루 늘그니라 글구 노친네라 근다구.
② 늙은이는 남녀 공통으루 늙은이라 글구 노친네라 그런다구.
③ 남녀 노인을 통틀어 늙은이라 하고 (안노인은) 노친네라 그
런다고.

■ 자기 안해는 다 노친네라 그래 노친네.
② 자기 안해는 다 노친네라 그래 노친네.
③ (나이가 지긋해서) 자기 아내를 다 노친네라 그래 노친네.

■ 그저 늘그니라 글디 머. 늘그니라 글면 자기 안해보구는 노
친네라 한단 마리야.
② 그저 늙은이라 글디 머. 늙은이라 글면 자기 안해보구는 노
친네라 한단 말이야,
③ 그저 늙은이라 그러지 뭐. 늙은이라 그러면서 자기 아내보
고는 노친네라 한단 말이야

■ 그럼, 예.
② 그럼, 예,

③ 그럼, 예.(나이 많은 모든 남자를 넝감)

1 그저 이 평북 사는 사람들 그저 서루 그저 나이 마는 사라
믈 늘그니, 늘그니 그러케 합떠다레 머.

② 그저 이 평북 사는 사람들 그저 서루 그저 나이 많은 사람
을 늙은이, 늙은이 그렇게 합디다레 머.

③ 그저 이 평북 사람들은 그저 서로 그저 나이 많은 사람을
늙은이, 늙은이 그렇게 말합디다 뭐.

여 **1 제네루 말해슬 때 늘그니라구 해쑈 늘그니. 부를 때 노친네**
라 허디요 머.

② 젠에로 말햇을 때 늙은이라구 햇쑈 늙은이. 부를 때 노친네
라 허디요 머.

③ 예전의 말로는 늙은이라고 했어요 늙은이. 부를 때 노친네
라 하지요 뭐.

남 **1 우리 노친네, 노친네.**

② 우리 노친네, 노친네.

③ (나이 지긋한 중년 이상 남성이 자기 아내를 말할 때) 우리
노친네, 노친네.

1 그저 누구 엄매, 엄매 기래찌 머 옌나레야.

② 그저 누구 엄매, 엄매 그랫지 머 옛날에야.

③ (중년 이상 남성이 자기 아내를 말할 때) 그저 누구 엄매,
누구 엄매 그랬지 뭐 옛날에야.

여 ① 우리 낸들 여기 안 와써? 그러케 차띠 머. 움무레 가따오먼.

② 우리 낸들 여기 안 왔어? 그렇게 찾디 머. 우물에 갓다오면.

③ 우리 집사람 여기 안 왔어? 그렇게 찾지 뭐. 우물에 갔다
오면.

남 ① 우리 내:ㄴ들, 내:ㄴ드리라 그래요, 내:ㄴ들.

② 우리 내:ㄴ들, 내:ㄴ들이라 그래요, 내:ㄴ들.

③ (자기 아내를 시칭할 때)우리 내:ㄴ들, 내:ㄴ들이라 그래요,
내:ㄴ들.

① 우리 내:ㄴ들 안 와쏘? 아이 이르미 이따먼 아이 이르믈
(부르면서) 우리 영처리 어마니 안 와쏘? 그저 그러케두 불
구. 그다메 또 영처리어마니라 하머 좀 존대허는 마리요 그
건 또.

② 우리 내:ㄴ들 안 왓소? 아이 이름이 있다면 아이 이름을 (부
르면서) 우리 영철이 어마니 안 왓소? 그렇게두 불구. 그담에
또 영철이어마니라 하머 좀 존대허는 말이요 그건 또.

③ 우리 집사람 안 왔어? 아이 이름이 있다면 아이 이름을 (부
르면서) 우리 영철이 어마니 안 왔소 그렇게도 부르고. 그
다음에 또 영철이 어마니라고 하면 좀 존대하는 말이요 그
건 또.

① 쩌가먼 우리 낸들 안 와쏘?

② 쩍하면 우리 낸들 안 왓소?

③ (자기 아내를 낮잡아 말할 때) 쩍하면 우리 낸들 안 왔소?

■ **우리 에미네라구 글기두 해요.**
② 우리 에미네라구 글기두 해요.
③ (자기 아내를 낮잡아 말할 때) 우리 에미네라고 그러기도 해요.

■ **우리 이미네. 이미네, 이미네 글디.**
② 우리 이미네. 이미네, 이미네 글디.
③ (자기 아내를 낮잡아 말할 때) 우리 이미네. 이미네, 이미네 그러지.

■ **예. 그럼, 우리 이미네. 낟차서 부르는 허허허.**
② 예. 그럼, 우리 이미네. 낮차서 부르는 허허허.
③ 예. 그럼요, 우리 이미네. (자기 아내를) 낮추어서 부르는 (지칭어) 허허허.

여 ■ **야! 하잔씀니까?**
② 야! 하잖습니까?
③ (현재 젊은 층들에서 자기 아내를 직접 부를 경우) 야! 하잖습니까?

남 ■ **야! 허허허. 야! 그래.**
② 야! 허허허. 야! 그래.
③ (현재 젊은 층들에서 자기 아내를 직접 부를 경우) 야! 허허허. 야! 그래.

여 ■ **옌나레는 안 그래씀니다.**
② 옛날에는 안 그랫습니다.

③ 옛날에는 (자기 아내를 직접 부를 경우 '야'라고) 안 그랬습니다.

① 여보! 이케 차자띠요.
② 여보! 이케 찾앗디요.
③ (자기 아내를) 여보! 이렇게 찾았지요.

① 예, 늘그니늘끼리두 여보, 여보.
② 예, 늙은이들끼리두 여보, 여보.
③ 예, 늙은이들끼리도 (서로 부를 때) 여보, 여보.

남 **① 여보, 여보 그래요. 평북또 사라믄 다 여보, 여보 그러기 때무네…**
② 여보, 여보 그래요. 평북도 사람은 다 여보, 여보 그러기 때문에…
③ 여보, 여보 그래요. 평북도 사람은 다 여보, 여보 그러기 때문에…

여 **① 제네는 다 여보, 여보 핸는데 지끄미야 머.**
② 젠에는 다 여보 여보 햇는데 지끔이야 머.
③ 전에는 (부부간에 서로) 다 여보 여보 했는데 지금이야 뭐.

① 옌나렌 그저 여보, 여보. 노미 이떤 업떤 그저 여보쏘리가 마니 해띠요 머.
② 옛날엔 그저 여보, 여보. 놈이 잇던 없던 그저 여봇소리가 많이 햇디요 머.

③ 옛날에는 그저 여보, 여보. 남이 있든 없든 그저 여보 소리를 많이 했지요 뭐.

① 야가 마나요, 노미 이떤 업떤 야가 마나요.

② 야가 많아요, 놈이 있던 없던 야가 많아요.

③ (지금은 자기 아내를 부를 때) 야가 많아요. 남이 있든 없든 야가 많아요.

① 남자드리 여자들보군 야가 마나요.

② 남자들이 여자들보군 야가 많아요.

③ 남자들이 여자들(을 부를 경우) 야가 많아요.

① 지금 사투리 그저 '야' 주로 마니 쓰지요.

② 지금 사투리 그저 '야' 주로 많이 쓰지요.

③ (자기 아내를 부를 경우) 지금 사투리로 그저 '야'를 주로 많이 쓰지요.

① 예, 나이에 꽝게업써요.

② 예, 나이에 관계없어요.

③ (예전에 잘 쓰이던 부부간의 호칭어 '여보'는) 예, 나이에 관계없어요.

① 삼추니라 허디요. 요샌 삼추니라 그래요.

② 삼춘이라 허디요. 요샌 삼춘이라 그래요.

③ (남편의 동년배 친구를) 삼춘이라 하지요. 요새는 삼춘이라 그래요.

■ 그저 나이 좀 마느면 그저 하라바지라 글기두 허구 가트면 삼추니라 글기두 허구.
② 그저 나이가 많으면 그저 할아바지라 글기두 허구 같으면 삼춘이라 글기두 허구.
③ 그저 나이가 많으면 그저 할아바지라 그러기도 하고 같으면 삼춘이라 그러기도 하고.

■ 음, 삼춘.
② 음, 삼춘.
③ (부를 때도) 음, 삼춘.

■ 시집뜰 가따가 오머 메라구 말하는 가요?
② 시집들 갓다가 오먼 메라구 말하는 가요?
③ 시집들 갔다가 오면 뭐라고 말하는 가요?

■ 그 무시라 말하는가요? 짐나니들 온다 글디 머. 오먼 짐나니들 와따.
② 그 무시라 말하는가요? 집난이들 온다 글디 머. 오먼 집난이들 왔다.
③ (마을 아낙네들을) 무엇이라 하는가요? 집난이들 온다 그러지 뭐. 오면 집난이들 왔다.

【남】 ■ 짐나니들 온다.
② 집난이들 온다.
③ 아낙네들 온다.

여 **1 누이, 누이 허지머.**
2 누이, 누이 허지 머.
3 (손위누이를) 누이, 누이 하지 뭐.

1 예.
2 예.
3 예.(보통 평칭으로 '누이'라고 부름)

1 좀 대접-하면 누니미라 하구.
2 좀 대접하면 누님이라 하구.
3 좀 대접해서 말하면 누님이라 하고.

남 **1 존대하게 대면 누니미라 하구. 보통 누이, 누이 그저 그래.**
2 존대하게 대면 누님이라 하구. 보통 누이, 누이 그저 그래.
3 존대하게 되면 누님이라 하고. 보통 그저 누이, 누이라 그래.

여 **1 남자보단 아래 녀동생. 어릴 때 이름뚜 차꾸 누구래 무르먼 누이동생이라 글디 머.**
2 남자보단 아래 녀동생. 어릴 때 이름두 찾구 누구래 물으먼 누이동생이라 글디 머.
3 어려서 여동생을 찾을 때는 이름도 부르고 누가 물으면 누이동생이라 그러지 뭐.

남 **1 오래비.**
2 오래비.
3 (예전에는 오빠를) 오래비.

여 ■ **오빤 그 중가네 나띠. 처으멘 오래비, 오래비 해띠.**
② 오빤 그 중간에 낫디. 처음엔 오래비, 오래비 햇디.
③ 오빠라는 말은 중도에 생겨났지. 이전에는 (오빠를) 오래비, 오래비 했지.

■ **옌나렌 오래비, 오래비 해시요. 처으멘 드꾸 오빠래 뭔고 머.**
② 옛날엔 오래비, 오래비 햇이요. 처음엔 듣구 오빠래 뭔고 머.
③ 옛날엔 (오빠를) 오래비, 오래비 했어요. (오빠란 말을) 듣고 처음에는 오빠가 뭔고 했지요 뭐.

남 ■ **오즈메 좀 전쟁 때무네 오래비, 오래비 그래서.**
② 오즘에 좀 전쟁 때문에 오래비, 오래비 그랫어.
③ 요즘에 쓰이는 오빠란 말은 전쟁 때 들어온 말이고 (전에는) 오래비, 오래비 그랬어.

■ **그때야 그저 이름 불러때띠 머.**
② 그때야 그저 이름 불럿댓디 머.
③ 어릴 때야 그저 이름 불렀었지 뭐.

■ **오래비라 합니다.**
② 오래비라 합니다.
③ (예전에는 장가 전의 오빠도) 오래비라 합니다.

■ **지끄믄 오빠라 하지.**
② 지끔은 오빠라 하지.
③ 지금은 오빠라 하지.

1 소누 오빠니까니 헝니미지요.

② 손우 오빠니까니 헝님이지요.

③ 오빠니까 (오빠의 처는) 헝님이지요.

1 부를 때두 헝니미라구 불러요.

② 부를 때두 헝님이라구 불러요.

③ (오빠의 아내를) 부를 때도 헝님이라고 불러요.

1 근 여자래요. 오레미라 그래요 오래미.

② 근 여자래요. 오레미라 그래요 오레미.

③ 그건 여자간이에요. (남동생의 처를) 오레미라 그래요 오레미.

1 지끔두 그저 오레미, 오레미.

② 지끔두 오레미, 오레미.

③ 지금도 (남동생의 아내를) 오레미, 오레미 해요.

1 저보단 아래싸라믈 직쩝 부를 때두 오레미라 기러디요.

② 저보단 아랫사람을 직접 부를 때도 오레미라 기러디요.

③ 자기보다는 아래인 남동생의 아내를 직접 부를 때도 오레미라 그러지요.

1 오누이

② 오누이

③ 오누이

1 형. 그저네 형이란 거 지끄른 언니.

② 형. 그전에 형이란 거 지끔은 언니.
③ 형. 그전에 형이라 부르던 것이 지금은 언니.

① 지끔 언니라 글디 그저네 형, 형 그래씀니다.
② 지끔 언니라 글디 그전에 형, 형 그랫습니다.
③ 지금 언니라 그러지 그전에는 형, 형 그랬습니다.

[여] **① 예? 메니리라.**
② 예? 메니리라.
③ 예? (아들의 처를) 메니리라.

① 아들 색씨요? 메누리라 그래써요. 그전부턴 메누리.
② 아들 색씨요? 메누리라 그랬어요. 그전부턴 메누리.
③ 아들 색시요? (그전부터) 메누리라 그랬어요.

[남] **① 메누리.**
② 메누리.
③ 며느리.

[여] **① 부를 때두 메누리라 하지 머.**
② 부를 때두 메누리라 하지 머.
③ (직접) 부를 때도 메누리라 하지 뭐.

① 메누리드리 마느면 큰메누리, 자근메누리.
② 메누리들이 많으면 큰메누리, 작은메누리.
③ 며느리들이 많으면 큰며느리, 작은며느리.

남 **1 아 이스먼 아이 이름 불러 아 에미야**
2 아 잇으면 아 이름 불러 아 에미야
3 (며느리가) 아이가 있으면 아이 이름을 부르면서 아무개 에미야.

여 **1 부를 때 아 이스먼 아 이름 부르무선 아무개 어마니 이러케 찬띠.**
2 부를 때 아 잇으면 아 이름 부르무선 아무개 어마니 이렇게 찾디.
3 (며느리를) 부를 때 아이가 있으면 아이 이름을 부르면서 아무개 어마니 이렇게 찾지.

1 아이 업쓸 때야 메니리 그저.
2 아이 없을 때야 메니리 그저.
3 아이 없을 때야 그저 메니리(라 부르지)..

1 아이 업쓸 때 그저 맘메니리, 자근메니리 그러티.
2 아이가 없을 때 그저 만메느리, 작은메느리 그렇지.
3 아이가 없을 때는 맏며느리, 작은며느리 그렇게 부르지.

남 **1 우까나야 이리케, 우까나라구.**
2 웃간아야 이렇게, 웃간아라구.
3 (애가 있기 전 며느리를 부를 경우 보통) 웃간(윗방)아야 이렇게, 웃간아라고.

1 욷간아야, 내러오라.

② 웃간아야, 내러오라.
③ (며느리를 부를 때) 웃간(윗방)아야, 내려오너라.

여 ❶ 사오.
② 사오.
③ 사위.

❶ 사우라 글디 머.
② 사우라 글디 머.
③ (사위를) 사우라 그러지 뭐.

❶ 사우디요 머 사우, 따레 남펴니니까.
② 사우디요 머 사우, 딸에 남편이니까.
③ (사위를 직접 부를 때) 사우지요 뭐, 딸의 남편이니까.

❶ 부를 때두 그저 자식 업쓰떠게야 사우라 글디요. 이케 올라
   올 거트머 사우 온다구 그러디요.
② 부를 때두 그저 자식 없을떡에야 사우라 글디요. 이케 올라
   올 겉으머 사우 온다구 그러디요.
③ (사위를) 부를 때도 그저 자식이 없을 적에야 사우라 그러
   지요. 이렇게 올라올 것 같으면 사우 온다고 그러지요.

❶ 그 때두 사우지요.
② 그 때두 사우지요.
③ (사위를 직접 부를 경우) 그 때도 사우지요.

남 ① **사우야.**
② 사우야.
③ 사우야.

① **아이 이슬찌게는…아이 업슬 때는 '사우야' 하구.**
② 아이 있을 찍에는…아이 없을 때는 '사우야' 하구.
③ 아이가 있을 적에는 (아무개 아바지라고 하고) 아이가 없을 때는 '사우야' 하고.

여 ① **제네 겨론등록뚜 아이 나아야 하지 안 나:면…**
② 젠에 결혼등록두 아이 낳아야 하지 안 낳:면…
③ 전에 결혼등록도 아이를 낳아야 하지 안 낳으면 (딱히 뭐라고 부를 수 없어 직접 '사우야'로 부르게 되었다고 함)

① **송구두 체넨데 무슨 머 결혼등록-헐 무슨 딱찌라두…**
② 송구두 체넨데 무슨 머 결혼등록 헐 무슨 딱지라두…
③ 아직도 처녀인데 무슨 뭐 결혼등록을 할 무슨 구실이라도 (있소)?

① **누구 아바지, 아이 아버지.**
② 누구 아바지, 아이 아버지.
③ (사위를 부를 때 자녀가 있으면 자녀 이름을 붙여) 누구 아바지, 아이 아버지(라고 함).

① **지그메 와서 아버지라는 말 쓰디 머. 아바지, 아바지 해띠.**
② 지금에 와서 아버지라는 말 쓰디 머. 아바지, 아바지 햇디.

③ 지금에 와서 아버지라는 말을 쓰지 뭐. (예전에는) 아바지,
아바지 했지.

**① 지끄믄 머 아버지, 아이들두 안 부르고 그저 아버지, 아버
지 헙띠다레.**
② 지끔은 머 아버지, 아이들두 안 부르고 그저 아버지, 아버
지 헙디다레.
③ 지금은 뭐 자기 남년을 부를 때 아이들 이름도 안 붙이고
그저 아버지, 아버지 합디다 그려.

① 지그믄 달라저서, 수타 달라제띠.
② 지금은 달라젓어, 숱아 달라젯디.
③ 지금은 (말이) 달라졌어, 숱하게 달라졌지.

**① 처으메 아바지라 그래서 난 저 아버지루 기케 드러서요. 아
바지, 아바지해디 머.**
② 처음에 아바지라 그래서 난 저 아버지루 기케 들엇어요. 아
바지, 아바지 해디 머.
③ 처음에 아버지라 그래서 난 자기 아버지를 부르는 걸로 그
렇게 들었어요. 아바지, 아바지하지 뭐.

**① 그럼-요, 머 이르믈 부르메 아바지래는 소리 아니 해요. 그
저 아바지, 아바지 해요. 지끄믄.**
② 그럼요, 머 이름을 부르메 아바지래는 소리 아니 해요. 그
저 아바지, 아바지 해요. 지끔은,
③ 그럼요, 뭐 (자녀의) 이름을 붙여 아무개 아바지라고 부르

지 않아요. 지금은 (자기 남편을 부를 때도) 그저 아바지, 아바지해요.

■ 마다들.
② 맏아들.
③ 맏아들.

■ 마다드를 당소니, 당소니이기도 하디. 옌나레야 우리 당소니, 우리 당소니 햇디 머.
② 맏아들을 당손이, 당손이이기도 하디. 옛날에야 우리 당손이, 우리 당손이 햇디 머.
③ 맏아들을 당손, 당손이라 하기도 하지. 옛날에야 (장손을) 우리 당손, 우리 당손이라고 했지 뭐.

■ 장소니라는 장짜를 가지구 당소니, 당소니 하지 머.
② 장손이라는 ‘장’자를 가지구 당손이, 당손이 하지 머.
③ 장손이라는 ‘장’자를 가지고 당손이, 당손이 (‘당’으로 발음) 하지 뭐.

■ 가띠, 짐나니라구 그러구 그저 아무가이 오마니라 그러구.
② 같디, 집난이라구 그러구 그저 아무가이 오마니라 그러구.
③ (시집간 딸을 부를 때) 같지, 집난이라고 그러고 그저 아무개 오마니라 그러고.

■ 아들 이슬 찌겐 다 아드리름 부르구 아무가이 엄마.
② 아들 잇을 찍엔 다 아들이름 부르구 아무가이 엄마.

③ (시집간 딸을 부를 때) 자녀들이 있을 적에는 다 자녀 이름을 부르며 아무개 엄마.

남 **① 제 딸보구 다 짐나니, 짐나니라 해.**
② 제 딸보구 다 집난이, 집난이라 해.
③ (시집간) 제 딸보고 다 집난이, 집난이라 해.

① 우리마섬나니 옴나나. 우리둘째짐나니 옴니다. 미따른 마쩜나이라 하구 둘째따른 우리둘째짐나니라 하구.
② 우리 맏집난이 옵니다. 우리 둘째집난이 옵니다. 맏딸은 맏집난이라 하구 둘째딸은 우리 둘째집난이라 하구.
③ (시집간 딸을 보고) 우리 맏집난이 옵니다. 우리 둘째집난이 옵니다. 맏딸은 맏집난이라 하고 둘째딸은 우리 둘째집난이라 하고.

여 **① 아드레 아드료? 아드레 아드를 뭐이라 하는가요? 손주.**
② 아들에 아들요? 아들에 아들을 뭐이라 하는가요? 손주.
③ 아들의 아들 말이에요? 아들의 아들을 무엇이라고 하는가요? 손주.

① 부를 때 그저 이름 부르지요.
② 부를 때 그저 이름 부르지요.
③ (손자를) 부를 때 그저 이름 부르지요.

남 **① 보닌 누이에 남편.**
② 본인 누이에 남편.

③ 본인 누이의 남편.

■ 예? 뉘에 남편-요? 매부디요.
② 예? 뉘에 남편-요? 매부디요.
③ 예? 누이의 남편을요? 매부지요.

■ 예, 아래두 매부구 우두 매부구.
② 예, 아래두 매부구 우두 매부구.
③ 예, (누이의 남편은 자기보다) 손아래도 매부고 손위도 매부고.

■ 매부라구 그래.
② 매부라구 그래.
③ (직접 부를 때도) 매부라고 그래.

■ 남자드른 매부라 그러구. 마냐게 여자 꺼트먼 아즈바니, 아즈바니 해대쇼.
② 남자들은 매부라 그러구. 만약에 여자 꼍으먼 아즈바니, 아즈바니 해댓요.
③ 남자들은 (누이의 남편을) 매부라 그러고. 만약에 여자 같으면 (형부를) 아즈바니, 아즈바니 했어요.

■ 형에 남편.
② 형에 남편.
③ 언니의 남편.

❶ 근 다 매부야. 예, 가씀니다.
② 근 다 매부야. 예, 같습니다.
③ (손아래누이의 남편에 대해서도) 그건 다 매부야. 예, 같습니다.

❶ 그 존대 받터 쓰는 건 말쓰미 매형이라구.
② 그 존대 받터 쓰는 건 말씀이 매형이라구.
③ (이상 매부일 경우) 그 존대 받쳐 쓰는 말은 매형이라고.

❶ 존대 받터서 말하는 마른 매형이라 하구.
② 존대 받터서 말하는 말은 매형이라 하구.
③ (이상 매부일 경우) 존대 받쳐서 부르는 말은 매형이라 하고.

남 **❶ 조카.**
  ② 조카.
  ③ 조카.

여 **❶ 음.**
  ② 음.
  ③ 음.

남 **❶ 그럼, 촌수에 따라서.**
  ② 그럼, 촌수에 따라서.
  ③ 그럼, 촌수에 따라서.

❶ 그건 그저 그 촌수가 그케 된 거 조칸 조카에요.
② 그건 그저 그 촌수가 그케 된 거 조카는 조카에요.

③ 그건 그저 그 촌수가 그렇게 되었으니 조카는 조카예요.

1 부를 때는 그저 조카라 글디 안쿠 아이 이스니꺼니 아이 이르믈 부르머서 그저.

② 부를 때는 그저 조카라 글디 않구 아이 잇으니꺼니 아이 이름을 부르머서 그저.

③ (나이가 많이 이상인 조카를) 부를 때는 그저 조카라 그러지 않고 자녀가 있으니까 자녀 이름을 부르면서 (누구 아바지라) 그저.

1 그저 부모라 그래요.

② 그저 부모라 그래요.

③ (아버지, 어머니를 통틀어) 그저 부모라 그래요.

1 호래비.

② 홀애비.

③ 홀아비.

여 **1** 과부댁, 허허허.

② 과부댁, 허허허.

③ (홀어미를) 과부댁, 허허허.

남 **1** 과부, 허허허.

② 과부, 허허허.

③ (홀어미를) 과부, 허허허.

❶ 그니까 남자 늘그니나 여자 늘그니나 다 늘그니라 할 때는 가튼 통용어를 쓰지 안능가? 가튼 마를 쓰지 안나?

② 그니까 남자 늙은이나 여자 늙은이나 다 늙은이라 할 때는 같은 통용어를 쓰지 않는가? 같은 말을 쓰지 않나?

③ 그러니까 남자 늙은이와 여자 늙은이를 다 늙은이라 하지 않는가? 남녀에 관계없이 노인을 모두 늙은이라고 하지 않는가?

❶ 가튼 말 쓰지.

② 같은 말 쓰지.

③ 같은 말 쓰지.(성별에 관계없이 나이 많은 사람은 모두 늙은이)

❶ 두상태기.

② 두상태기.

③ (영감태기와 비슷한 뜻으로 나이가 지긋한 자기 남편을 습관적으로 부를 경우) 두상태기.

여 **❶ 근 노친네가 하는 마리야.**

② 근 노친네가 하는 말이야.

③ 그 (두상태기라는) 건 노친네가 하는 말이야.

남 **❶ 노친네가 두상태기라 한단 마리야, 자기 남펴늘.**

② 노친네가 두상태기라 한단 말이야, 자기 남편을.

③ 노친네가 자기 남편을 두상태기라 한단 말이야.

여 ① 첨디라 그래디.
② 첨디라 그래디.
③ (예전에는 영감을) 첨지라 그러지.

① 옌나레야 다 늘그니.
② 옛날에야 다 늙으니.
③ (할머니도) 옛날에야 다 늙으니.

① 하라버지뻘 돼는 하라버지보고야 하라버지라 글디 머.
② 할아버지뻘 돼는 할아버지보고야 할아버지라 글디 머.
③ 할아버지뻘 되는 할아버지보고야 할아버지라 그러지 뭐.

① 하라버지 중가네, 크다 크다 옌나레 크다하디 클마니.
② 할아버지 중간에, 크다 크다 옛날에 크다 하디 클마니.
③ 할아버지는 중도에 (나온 말이고) 옛날에 (어머니보다) 크
다고 해서 (할머니를) 클마니.

남 ① 크라바지, 클마니.
② 클아바지, 클마니.
③ 할아버지, 할머니.

① 예, 그런 거 다 크라바지, 클마니.
② 예, 그런 거 다 클아바지, 클마니.
③ 예, 자기 할아버지, 할머니가 아니지만 동네 노인을 다 클
아바지, 클마니(라고 함).

여 **1 다 크라바지, 크라바지 해서요.**
　2 다 클아바지, 클아바지 했어요.
　3 (할아버지뻘 되는 노인을) 다 클아바지, 클아바지라고 했어요.

남 **1 예, 삼춘.**
　2 예, 삼춘.
　3 예, (아버지뻘 되는 사람은) 삼춘.

1 삼춘-오마니.
　2 삼춘 오마니.
　3 (어머니뻘 되는 사람은) 삼춘오마니.

1 시집 가기 전 여자.
　2 시집 가기 전 여자.
　3 시집 가기 전 여자.

여 **1 장레 체네, 장레 체네.**
　2 장레 체네, 장레 체네.
　3 (곧 결혼할 여자를) 장레 체네, 장레 체네.

1 새색씨, 새색씨 안 그랜나 머? 옌날두 이래 와서요.
　2 새색시, 새색시 안 그랫나 머? 옛날두 이래 왔어요.
　3 (곧 시집가는 처녀보고) 새색시, 새색시라 안 그랬나 뭐? 옛날부터 이렇게 (말해) 왔어요.

1 체네, 이제 시집가는 체네보구.

2 체네, 이제 시집가는 체네보구.
3 처녀, 곧 시집가는 처녀보고.

1 장레 체네, 장레 체네라 하죠. 장레 체네라 급띠다레 머.
2 장레 체네, 장레 체네라 하죠. 장레 체네라 급디다레 머.
3 (곧 결혼할 여자를) 장레체네 장레체네라 하지요. 장레체네
라 그럽디다 뭐.

1 그때 체네니까 장레체네.
2 그때 체네니까 장레체네.
3 그때 (곧 시집갈) 처녀니까 장레체네.

남 **1 장레체네. 처녀라는 거 체네라 그래자나.**
2 장레체네. 처녀라는 거 체네라 그래잖아.
3 장레처녀. 처녀라는 걸 체네라 그러잖아.

1 그니까 결혼식-한 여성을 보구 머이라나?
2 그니까 결혼식한 여성을 보구 머이라나?
3 그러니까 결혼식을 한 여성을 보고 뭐라 하나?

1 새색씨라 글디 머.
2 새색씨라 글디 머.
3 (가지 결혼한 여성을) 새색시라 그러지 뭐.

여 **1** 새색씨라 글디.
2 새색시라 글디.

③ (가지 결혼한 여성을) 새색시라 그러지.

🈁 **❶ 가지 시집까스니까 새색씨라 한단 마리야.**
② 가지 시집갓으니까 새색시라 한단 말이야.
③ 가지 시집갔으니까 새색시라 한단 말이야.

❶ 갖 결호난 남자를 옌나레 어터케 써씀니까?
② 갖 결혼한 남자를 옛날에 어떻게 썻습니까?
③ 가지 결혼한 남자를 옛날에 어떻게 불렀습니까?

❶ 새스방.
② 새스방.
③ (가지 결혼한 남자를) 새스방.

🈀 **❶ 아무개찝 새스방, 새스방.**
② 아무갯집 새스방, 새스방.
③ 아무개 집 새서방, 새서방.

🈁**❶ 그럼, 새스방님. 그뚜 또 존경해서 새스방니미라 하지. 새스방, 새스방.**
② 그럼, 새스방님. 긋두 또 존경해서 새스방님이라 하지. 새스방, 새스방.
③ 그럼, 새서방님. 그것도 또 존경해서 새서방님이라 하지. (새신랑을) 새스방, 새스방.

❶ 만메느리, 둘째메느리.

2 맏메느리, 둘째메느리.
3 맏며느리, 둘째며느리.

1 동세, 마똥세, 둘째동세.
2 동세, 맏동세, 둘째동세.
3 동서, 맏동서, 둘째동서.

여 **1 형니미라구 그러나?**
2 형님이라구 그러나?
3 (윗동서를) 형님이라고 그러나?

남 **1 저그니, 그러디 안쏘?**
2 적은이, 그러디 않소?
3 (손아래동서를) 적은이, 그러지 않소?

여 **1 아우동세.**
2 아우동세.
3 (윗동서가 손아래동서를 부를 경우) 아우동세.

1 세째너꺼니 세째동세라 하지 머.
2 셋째너꺼니 셋째동세라 하지 머.
3 셋째니까 (부를 때) 셋째동세라 하지 뭐.

남 **1 그뚜 동서가니지 머.**
2 긋두 동서간이지 머.
3 그것도 동서간이지 뭐.

■ 그 동서가님니다. 동서 간 동세.
② 그 동서간입니다. 동서 간 동세.
③ 그 동서간입니다. 동서 간 동서.

■ 예.
② 예.
③ 에.(동서 간을 동세라 함.)

■ 체네는 그저 시집까기 저네 체네라 글구 시집깐 다메 처녀
라 안 해요.
② 체네는 그저 시집가기 전에 체네라 글구 시집간 담에 처녀
라 안 해요.
③ 처녀는 그저 시집가기 전에 체네라 그러고 시집간 다음에
처녀라 안 해요.

■ 그저 여기 평북또 사투리는 다 그저 여자들 체네, 체네 해요.
② 그저 여기 평북도 사투리는 다 그저 여자들 체네, 체네 해요.
③ 그저 여기 평북도 사투리는 (시집가지 않은) 여자들을 죄다
체네, 체네라 해요.

[여] ■ 마딸란 건 아무가찝 아개라 그래시요 아개. 둘째따른 자간
녠. 아개, 자간녠.
② 맏딸 난 건 아무갓집 아개라 그랫이요 아개. 둘째딸은 작안
녠. 아개, 작안녠.
③ (어릴 때) 맏딸을 아무개 집 아개라 그랬어요 아개. 둘째딸
은 작안녠. 아개, 작안녠.

❶ 큰따른 아개, 둘째따른 자간녠. 아개, 자간녠

② 큰딸은 아개, 둘째딸은 작안녠. 아개, 작안녠.

③ 큰딸은 아개, 둘째딸은 작은녠. 아개, 작은녠.

❶ 자간네니라 그래서요.

② 작안녠이라 그랫어요.

③ (둘째딸을) 작안녠이라 그랬어요.

남 **❶ 자간네.**

② 작안네.

③ (둘째딸은) 작안네.

❶ 그저 자근년, 자근년 그걸 자간녠, 자간녠.

② 그저 작은년, 작은년 그걸 작안녠, 작안녠.

③ 그저 작은년, 작은년을 작안녠, 작안녠(으로 말함).

❶ 그럼, 자간네, 자간네 기래서요.

② 그럼, 작안네 작안네 기랫어요.

③ 그럼, (둘째딸을 뜻하는 작은년을) 작안네 작안네 그랬어요.

여 **❶ 사회 곰만 나온 거 체네라 글지. 그 쪼꼬매서 학쌩, 누구네 학쌩 이케 말하지.**

② 사회 곰만 나온 거 체네라 글지. 그 쪼꼬마해서 학생, 누구네 학생 이케 말하지.

③ (공부를 마치고) 사회에 금방 진출한 여자를 체네라 그러지. 그 어려서는 학생, 누구네 학생 이렇게 말하지.

1 쪼꼬맨 다 그저 (학쌩).
2 쪼꼬맨 다 그저 (학생).
3 꼬맹인 다 그저 (학생).

1 학쌩 시기에 인는 여자, 처녀 시기에 인는 여자.
2 학생 시기에 있는 여자, 처녀 시기에 있는 여자.
3 학생으로 한창 공부하는 여자, 이미 성숙된 여자.

1 그 학쌩이루 다 대개 말함니다 지금. 그대루 학생이라 함니다.
2 그 학생이루 다 대개 말합니다 지금. 그대루 학생이라 합니다.
3 지금 (공부하는 여자애를) 대개 다 학생이라 합니다. 그대
로 학생이라 합니다.

1 고 아래에 학쌩이구 그건요. 체네라 가태요.
2 고 아래에 학생이구 그건요. 체네라 같애요.
3 고 아래에 학생이고 그건요. 체네랑 같아요.

남 **1 그럼, 그거뚜 다 체네라. 여자아드른 다 체네라 불러요 그저.**
2 그럼, 그것두 다 체네라. 여자아들은 다 체네라 불러요 그저.
3 그럼, 그런 여자애도 다 체네라. 여자아이들은 다 체네라
불러요 그저.

여 **1 체네라고 하지요. 고건 틀림업서요.**
2 체네라고 하지요. 고건 틀림없어요.
3 (어린 여자애도) 체네라고 하지요. 그것은 틀림없어요.

㉯ **① 예, 그럼 그럼, 다 체네요. 여자니꺼니.**
② 예, 그럼 그럼, 다 체네요. 여자니꺼니.
③ 예, 그럼 그럼, (어린 여자애들도) 다 체네에요. 여자니까.

① 다 체네-에요. 시지블 가야지.
② 다 체네에요. 시집을 가야지.
③ (시집가지 않은 여자는) 다 체네-에요. 시집을 가야지.

① 여자 녀자 기래요.
② 여자, 녀자 기래요.
③ (여자를) 여자, 녀자 그래요.

① 네자.
② 네자.
③ 여자.

① 총각, 총각.
② 총각, 총각.
③ (장가가지 않은 남자는 죄다) 총각, 총각.

① 아이, 통터러서 우린 남자디 머 남자.
② 아이, 통털어서 우린 남자디 머 남자.
③ 아니, 통틀어서 우리는 남자지 뭐 남자.

① 그저 여기선 남정네들. 서나들.
② 그저 여기선 남정네들. 서나들.

③ 그저 여기서는 (성년 남성을 통틀어서) 남정네들. 서나들.

1 총각, 근 머 장가가기 전 남자를 다 총가기라 해요.
② 총각, 근 머 장가가기 전 남자를 다 총각이라 해요.
③ 총각, 그건 뭐 장가가기 전 남자를 다 총각이라 해요.

1 남자는 사나이라 하구 여자는 서나이라 하구.
② 남자는 사나이라 하구 여자는 서나이라 하구.
③ 남자는 사나이라 하고 여자는 서나이라 하고.

1 그 두리 사나이래는 소리야.
② 그 둘이 사나이래는 소리야.
③ 그 둘 다 사나이라는 말이야.

1 뭐 난는가 그러면 서나이 나따.
② 뭐 낫는가 그러면 서나이 낫다.
③ 뭐 낳았는가 그러면 (남자애를) 서나이 낳았다(고 한다.)

1 손님? 나가네 와따 그저 나가네 와따.
② 손님? 나가네 왓다 그저 나가네 왓다.
③ 손님? (손님이 왔다를) 나가네 왔다 그저 나가네 왔다.

1 뉘 지베 나가네 와따. 그저 손님 오게 되머 나가네 와따.
② 뉘 집에 나가네 왓다. 그저 손님 오게 되머 나가네 왓다.
③ 뉘 집에 손님이 왔다. 그저 손님 오게 되면 나가네 왔다.

① 사둔님, 사둔 사둔 그래.
② 사둔님, 사둔 사둔 그래.
③ (사돈을) 사둔님, 사둔 사둔 그래.

① 그뚜 가찌 머.
② 긋두 가찌 머.
③ 그것도 같지 뭐.

여 **① 여자나 남자가 이제 사둔 돼면 안싸둔, 바까싸둔 이러케.**
② 여자나 남자가 이제 사둔 돼면 안싸둔, 바깐사둔 이렇게.
③ 여자나 남자가 이제 사돈이 되면 안사둔, 바깥사둔 이렇게.

남 **① 처남, 처나미 아니구.**
② 처남, 처남이 아니구.
③ 처남, 처남이 아니고.

여 **① 여자는 지 남자 동생보구 시아라 그래시요 시아.**
② 여자는 지 남자 동생보구 시아라 그랫이요 시아.
③ 여자는 제 남편 동생보고 시아라 그랬어요 시아.

① 아니, 그건 아니야. 사둔찌빈데.
② 아니, 그건 아니야. 사둔집인데.
③ 아니, 그건 아니야. 사돈집 간의 관계인데.

남 **① 통속쩌그루 그저 사둔, 사둔해서.**
② 통속적으루 그저 사둔, 사둔햇어.

③ 두루뭉술하게 그저 사둔, 사둔이라 했어.

① 사춘 가닌데, 이모사춘.
② 사춘 간인데, 이모사춘.
③ (이모의 자녀와) 사촌간인데, 이사모춘.

여 **① 오래비 아들.**
② 오래비 아들.
③ 오빠의 아들.

① 고모사춘.
② 고모사춘.
③ 고종사촌

① 본가찝.
② 본갓집.
③ 친정집.

남 **① 노믄 아니지요? 그저 통터러 친처기라 글디 머.**
② 놈은 아니지요? 그저 통털어 친척이라 글디 머.
③ 남은 아니지요? 그저 통틀어 친척이라 그러지 뭐.

① 망내~이.
② 막냉이.
③ 막내.

■ 그때두 효자라 그랜는데 효자.

② 그때두 효자라 그랫는데 효자.

③ 그때도 효자라 그랬는데 효자.

■ 호자래 마자요.

② 호자래 맞아요.

③ (효자가 아니라) 호자가 맞아요.

■ 여자는 효녀라 글구. 아들 "자(子)"째니까 그 아드리구.

② 여자는 효녀라 글구. 아들 "자(子)"째니까 그 아들이구.

③ 여자는 효녀라 그러고. 아들 "자(子)"자니까 그 아들이고.

■ 아저씨? 아저씨는 그 자기 이제 형제간 이찌 안카서 여자. 형제가니꺼니 형에 남편, 자기 형니메 남펴늘 아저씨라 그 런다니까. 예, 언니에 남편.

② 아저씨? 아저씨는 그 자기 이제 형제간 잇지 않갓어 여자. 형제간이꺼니 형에 남편, 자기 형님에 남편을 아저씨라 그 런다니까. 예, 언니에 남편.

③ 아저씨? 아저씨는 그 자기 자매간 여자가 있지 않겠어. 자 매간이니까 언니의 남편, 자기 언니의 남편을 아저씨라 그 런다니까. 예, 언니의 남편.

■ 아즈바니, 아즈바니 해서. 아즈바니라 해쇼. 그저네 옌나레.

② 아즈바니, 아즈바니 햇어. 아즈바니라 햇요. 그전에 옛날에.

③ (언니의 남편을) 아즈바니, 아즈바니라 했어. 아즈바니라 했어요. 그전에 옛날에.

여 ① **옌나레 아즈바니.**

② 옛날에 아즈바니.

③ (형부를) 옛날에 아즈바니.

남 ① **지금 그저 아저씨, 아저씨 길디만 존대해서 아저씨라 그래.**

② 지금 그저 아저씨, 아저씨 길디만 존대해서 아저씨라 그래.

③ 지금 그저 (형부를) 아저씨, 아저씨 그러지만 존대해서 아저씨라 그래.

① **아저씨고 아즈바니.**

② 아저씨고 아즈바니.

③ (지금은) 아저씨고 (옛날에는) 아즈바니.

① **안 써요?**

② 안 써요?

③ (여기서는 형부란 말) 안 써요?

① **언니에 남편보구 하지 머.**

② 언니에 남편보구 하지 머.

③ 언니의 남편보고 (유일하게 아저씨라) 하지 뭐.

① **첩, 처비라 글디.**

② 첩, 첩이라 글디.

③ 첩, 첩이라 그러지.

① **첩이지 머, 처비라 그래 첩.**

2 첩이지 머, 첩이라 그래 첩.
3 첩이지 뭐, 첩이라 그래 첩.

여 **1 제네 큰댕네래 처비 이꾸 큰댕네래 살다가 멘저 주거스먼
처비 큰댕네 노를 모태때요. 쌍노미라 하면서.**
2 젠에 큰댁네래 첩이 잇구 큰댁네래 살다가 멘저 죽엇으면
첩이 큰댁네 노릇 못햇대요. 쌍놈이라 하면서
3 전에 큰댁이 있고 또 첩이 있을 경우 큰댁이 살다가 먼저
죽어도 첩이 큰댁노릇 못했대요. 첩을 상놈이라 하면서.

**1 처븐 어더와두 본땡네 결혼등로게 드러가디. 처븐 큰댕네
자리 모띠가디.**
2 첩은 얻어와두 본땍네 결혼등록에 들어가디. 첩은 큰댁네
자리 못디가디.
3 첩은 들어와도 본댁의 결혼등록에 들어가지. 첩은 큰댁 자
리 못 들어가지.

1 그 나아스니 가떠요.
2 그 낳앗으니 같디요.
3 그 낳았으니 (첩의 아들도) 같지요.

**1 큰댕네래 아드를 몬 나스라니 이제 처블 어던는데 처븐 아
드를 난는데 큰댕네는 엔 마지막 아들 나딴 마리요. 그 큰
댕네 아드리 마다들루 돼인는 대.**
2 큰댁네래 아들을 못 낫으라니 이제 첩을 얻엇는데 첩은 아
들을 낫는데 큰댁네는 웬 마지막에 아들 낫단 말이요. 그

큰댁네 아들이 맏아들루 돼잇는 대.

③ 큰 댁네가 아들을 못 낳아서 이제 첩을 얻었는데 첩은 아들을 낳았지만 큰댁네는 맨 마지막으로 아들을 낳았단 말이요. 그렇지만 그 큰댁네 아들이 맏아들로 등록돼있대.

■ 직쩝 그저 아드리라 글지 머.

② 직접 그저 아들이라 글지 머.

③ (첩의 아들도) 직접 그저 아들이라 그러지 뭐.

■ 아드른 아드리지요 머. 근데 □□ 드러 설레먼 아페 드러서디 모대디요 머.

② 아들은 아들이지요 머. 근데 □□ 들어 설레먼 앞에 들어서디 못해디요 머.

③ (첩의 아들도) 아들은 아들이지요 뭐. 근데 □□ 들어 서려면 앞에 들어서지 못하지요 뭐.

남 **■ 큰댕네 아들, 자근댕네 아들 그래떠요.**

② 큰댁네 아들 작은댁네 아들 그랫디요.

③ 큰댁의 아들, 작은댁의 아들 그랬지요.

여 **■ 큰댕네래 그 처베 자식뜨른 한나한나 몯 쓰이잔쏘 머, 이 처븐 큰땡네하구 상게기 돼지.**

② 큰댁네래 그 첩에 자식들은 한나한나 못 쓰이잖소 머. 이 첩은 큰땍네하구 상객이 되지.

③ 큰댁 (앞에서) 그 첩의 자식들은 하나도 못 쓰이잖소 뭐. 그래서 이 첩은 큰댁하고 상극이 되지.

1 그 기러케 돼찌 머.
2 그 기렇게 됏지 머.
3 그 그렇게 됐지 뭐.

남 1 큰댕네 아드린데 처비 자그노마니, 자그노마니라 그러지 머.
2 큰댁네 아들인데 첩이 작은오마니, 작은오마니라 그러지 머.
3 큰댁네 아들인데 서모를 작은오마니, 작은오마니라 그러지 뭐.

여 1 그저네두 자그노마니라 해깐나?
2 그전에두 작은오마니라 햇갓나?
3 그전에도 (서모를) 작은오마니라 했겠나?

남 1 해쑈.
2 햇쇼.
3 했어요.

여 1 해쑈?
2 햇쇼?
3 했어요?

남 1 부체끼리 평북또 마리.
2 부체끼리 평북도 말이.
3 평북도 말에서는 (부부를) 부처끼리.

1 여기서? 그저 아바니, 아바니 그저 그래.
2 여기서? 그저 아바니, 아바니 그저 그래.

③ 여기서? (아버지뻘 되는 사람을 부를 때) 그저 아바니, 아
  바니 그래.

① 자기 우싸라메 대한 거뚜 그저 아바니, 아바니 글구.
② 자기 웃사람에 대한 것두 아바니, 아바니 글구.
③ 자기 윗사람에 대하여서도 아바니, 아바니라 그러고.

① 자기 아버지뻘 돼는 사람드른 다 아바니, 아바니 해요.
② 자기 아버지뻘 돼는 사람들은 다 아바니, 아바니 해요.
③ 자기 아버지뻘 되는 사람들을 다 아바니, 아바니라고 불러요.

① 지그메 와서 아바이, 아바이 하디 그저네는 그저 아바지야.
② 지금에 와서 아바이, 아바이 하디 그전에는 그저 아바지야.
③ 지금에 와서 (나이 지긋한 남성들을) 아바이, 아바이라고
  하지 그전에는 그저 아바지야.

① 아바지, 아바지 해띠요 다.
② 아바지, 아바지 햇디요 다.
③ (이전에는) 다 아바지 아바지 했지요.

여 **① 아바지, 엄매 그래띠 머.**
② 아바지, 엄매 그랫디 머.
③ (이전에는) 아바지, 엄매 그랬지 뭐.

남 **① 아바지, 아바니.**
② 아바지, 아바니.

③ (아버지뻘 되는 사람을 전에는) 아바지, (지금은) 아바니.

■ **함경도마리 아바이, 아바이 해요.**
② 함경도말이 아바이, 아바이 해요.
③ 함경도말이 아바이, 아바이 해요.

■ **최그네는 지금 절믄 사람들또…**
② 최근에는 지금 젊은 사람들도…
③ 최근에는 지금 젊은 사람들도 (아바이라는 말을 쓰기도 함).

■ **조아 안 해띠요. 아바지 아바지 이케.**
② 좋아 안 햇디요. 아바지, 아바지 이케.
③ (여기서는 본래 아바이라 하면) 좋아 안 했지요. (보통) 아
  바지 아바지 이렇게.

2.2 평북 의주 지역어 전사 자료

- **조사 지점**

  평안북도 의주군 의주읍

- **조사 시간**

  1996년 8월 22일

- **제보자**

  최덕관 남 66세 평북 의주 태생 학력: 소졸 직업: 농업
  리덕홍 남 73세 평북 의주 태생 학력: 무학 직업: 농업
  송니련 남 ?   평북 의주 태생 학력: 중졸 직업: 작가
  안순일 남 71세 평북 태천 태생 학력: 대졸 직업: 기사장
  채영순 여 69세 평북 의주 태생 학력: 중졸 직업: 간호원
  박귀녀 여 82세 평북 의주 태생 학력: 무학 직업: 노동자

- **조사자**

  황대화(중국해양대학 교수)
  김영황(김일성종합대학 교수)

남 ① **성하미 최-덕-과님니다. 최-덕-관, 예. 삼심년생임니다.**
② 성함이 최-덕-관입니다. 최-덕-관, 예. 삼십년생입니다.
③ 성함이 최덕관입니다. 최덕관, 예. 삼십년 생입니다.

① **출쌩지가 평북또 이줍니다. 지식정도 소조리요.**
② 출생지가 평북도 이줍니다. 지식정도 소졸이요.
③ 출생지가 평북도 의주입니다. 지식정도는 소졸이에요.

① **군대생활 칠런해씀니다.**
② 군대생활 칠넌햇습니다.
③ 군대생활 칠넌했습니다.

① **농사저씀니다. 아니, 저 연하리.**
② 농사젓습니다. 아니, 저 연하리.
③ 농사지었습니다. 아니, 저 연하리.

① **리더콩.**
② 리덕홍.
③ 이덕홍(인명).

① **예.**
② 예.
③ 예.(이 지역의 전통 발음으로는 '리'씨가 아니라 '니'씨임을
인정함.)

① **예? 이른서이.**

② 예? 이른서이.
③ 예? (나이가) 이른 셋.

■ **여기 으줍니다.**
② 여기 으줍니다.
③ (태생지가) 여기 의주입니다.

■ **송니련.**
② 송니련.
③ 송니련.(인명)

■ **중조림니다.**
② 중졸입니다.
③ 중졸입니다.

■ **예, 해방전 중졸.**
② 예, 해방전 중졸.
③ 예, 해방전 중졸.

■ **동겨~임니다.**
② 동경입니다.
③ 동경입니다.

■ 아니, 일본 동경.
② 아니, 일본 동경.
③ 아니, 일본 동경.

1 예, 상업꽈님니다.
2 예, 상업관입니다.
3 예, 상업관입니다.

1 예.
2 예.
3 예. (군대에 나갔다고 함)

1 기보니 자깜니다.
2 기본이 작갑니다.
3 기본직이 작가입니다.

1 안-순-일.
2 안순일.
3 안순일.(인명)

1 니른 한 살.
2 니른 한 살.
3 이른 한 살.

1 고향 평북 태천군.
2 고향 평북 태천군.
3 고향 평북 태천군.

1 예, 전쟁 때 중대장 해쇼.
2 예, 전쟁 때 중대장 햇요.

③ 예, 전쟁 때 중대장 했어요.

■ 내 월래 대졸 나오구. 원산농대. 육십넌도.
② 내 원래 대졸 나오구. 원산농대. 육십넌도.
③ 내 원래 대졸 나오고. 원산농대, 육십넌도.

■ 주로 기사장, 공장 기사장 마니 해씀니다.
② 주로 기사장, 공장 기사장 많이 햇습니다.
③ 주로 기사장, 공장 기사장으로 많이 일했습니다.

■ 정주써 기사장으루 오래해써요.
② 정주써 기사장으루 오래 했어요.
③ 정주에서 기사장으로 오래 했어요.

■ 지비 부모님 게시기 때무네 여기 자초 기사장하다가 널렁
  돼서 항갑 쌔고.
② 집이 부모님 게시기 때문에 여기 자초 기사장하다가 넌령
  돼서 한갑 쇠고.
③ 집에 부모님 계시기 때문에 여기 자초에서 기사장으로 일
  하다가 연령이 돼서 환갑을 쇠고.

■ 대체로 아버지라는 거 아바지, 아바지.
② 대체로 아버지라는 거 아바지, 아바지.
③ 대체로 아버지를 아바지, 아바지.

■ 아바지라구 부릅니다. 아바지라구 예.

② 아바지라구 부릅니다. 아바지라구 예.

③ (부를 때도) 아바지라구 부릅니다. 아바지라구 예.

▣ 그 다으메 여자인 경우에는 메누리, 아버이 이러케 부릅니다.

② 그 다음에 여자인 경우에는 메누리, 아버이 이렇게 부릅니다.

③ 그 다음에 여자인 경우에는 며느리가 (시아버지를) 아버이 이렇게 부릅니다.

▣ 그럼, 시아바지를 아버님.

② 그럼, 시아바지를 아버님.

③ 그럼, 시아버지를 아버님.

▣ 아버님, 아버님 해쇼 여기서. 예, 아버님. 메누리가 부를 때.

② 아버님, 아버님 햇요 여기서. 예, 아버님. 메누리가 부를 때.

③ 여기서 아버님, 아버님 했어요. 예, 아버님. 며느리가 (시아버지를) 부를 때.

▣ 남자드리 그럴 때는 아바지. 이거시 아마 이거 공통저밉니다.

② 남자들이 그럴 때는 아바지. 이것이 아마 이거 공통점입니다.

③ 남자들이 (아버지를 부를) 때는 아바지. 이것이 아마 공통점입니다.

▣ 아바니라구 부르는 거 거태, 아바니.

② 아바니라구 부르는 거 겉애, 아바니.

③ (아버지를 보통) 아바니라고 부르는 것 같아, 아바니.

① 아바지 하다가서 아부님, 아부님 하는 건 좀 존칭을 불러서 아부니미 돼씁니다.

② 아바지 하다가서 아부님, 아부님 하는 건 좀 존칭을 불러서 아부님이 됐습니다.

③ (본래 아버지를) 아바지라고 부르다가 좀 존대하여 부르면서 아부님, 아부님으로 바뀌게 되었습니다.

① 아바니, 아바니.

② 아바니, 아바니.

③ (아버지를) 아바니, 아바니.

① 그럼.

② 그럼.

③ 그럼.(아버지를 아바니라고 함)

① 어머니는 그저 오마니라 하구.

② 어머니는 그저 오마니라 하구.

③ 어머니는 그저 오마니라 하고.

① 옌나레 웬 처메야 엄매대띠요, 엄매.

② 옛날에 왠 첨에야 엄매댓디요, 엄매.

③ 옛날에 맨 처음에야 엄매였지요, 엄매.

① 그다가서 좀더 발쩐해서·오마니 돼따구요.

② 그다가서 좀더 발전해서 오마니 됐다구요.

③ 그러다가 (엄매가) 오마니로 바뀌게 됐다고요.

■ 그럼. 엄매, 엄매라구 그러지.

② 그럼. 엄매, 엄매라구 그러지.

③ 그럼. (일반적으로 결혼 전까지는 자녀들이 어머니를) 엄매, 엄매라고 부르지.

■ 예, 그러케 돼찌.

② 예, 그렇게 됏지.

③ 예, 그렇게 됐지.

■ 백뿌는 그냥 크나버님.

② 백부는 그냥 큰아버님.

③ 백부는 그냥 큰아버님.

■ 큰지아버지 이러케 되지.

② 큰지아버지 이렇게 되지.

③ (백부를 이 고장에서는) 큰지아버지라고 부르지.

■ 큰지아바지 기러케 돼쇼. 근데 그 큰지아바니 이러케 돼띠, 좀더 발쩐해서.

② 큰지아바지 기렇게 됏요. 근데 그 큰지아바니 이렇게 됏디, 좀더 발전해서.

③ (본래는 백부를) 큰지아바지 그렇게 불렀어요. 그런데 그것이 중도에 바뀌면서 큰지아바니로 됐지.

■ 큰지아바지, 큰지아바지 그저 큰지아바지. 큰지바바지.

② 큰지아바지, 큰지아바지 그저 큰지아바지. 큰집아바지.

③ (큰아버지를) 큰지아바지, 큰지아바지 그저 큰지아바지. 큰집아바지.

❶ 큰댁 호근 큰지바바지.
② 큰댁 혹은 큰집아바지.
③ (큰아버지를) 큰댁 혹은 큰집아바지.

❶ 큰대기랜 손:우이니까 그러니까 큰댁, 자근댁 그기 아니라 큰대기라 하면 벌써 크나버지.
② 큰댁이랜 손:우이니까 그러니까 큰댁, 작은댁 그기 아니라 큰댁이라 하면 벌써 큰아버지.
③ 큰댁이라는 건 손위니까 큰댁, 작은댁 그런 뜻이 아니라 큰댁이라 하면 먼저 큰아버지(를 가리키는 것임).

❶ 크나버지 이러먼 하라버지, 하라버지를 크나버지라두 글구.
② 큰아버지 이러먼 할아버지, 할아버지를 큰아버지라두 글구.
③ 큰아버지라고 하면 할아버지, 할아버지를 큰아버지라고도 그러고.

❶ 큰지바버니 집짜를 대그루, 조끔 더 이제 머야 노피는 거.
② 큰집아버니 집짜를 댁으루, 조끔 더 이제 머야 높이는 거.
③ 큰집아버니의 '집'자를 댁으로, 이제 뭐야 (그 큰아버지를) 조금 더 높이는 말.

❶ 큰지아바지 처를 이자 얘기하는 거 머이라 그런가 하게 되 먼 큰지오마니라 글디, 큰지오마니.

② 큰집아바지 처를 이자 얘기하는 거 머이라 그런가 하게 되면 큰지오마니라 글디, 큰지오마니.
③ 큰아버지의 처를 이제 뭐라고 부르는가 하면 그저 큰지오마니라 그러지, 큰지오마니.

■ **그저네는 클마니대서.**
② 그전에는 클마니댔어.
③ 그전에는 (할머니가) 클마니였어.

■ **할머니와 달티, 할머니하구 또 달라요. 클마니래는 건 큰지어머니에 또 어머니믈 가따 클마니라 하거든.**
② 할머니와 다렿디, 할머니하구 또 달라요. 클마니래는 건 큰지어머니에 또 어머님을 갖다 클마니라 하거든.
③ 할머니와 다렿지. 할머니와는 또 달라요. 클마니라는 것은 큰어머니의 어머님을 보고 클마니라 하거든.

■ **예, 큰지오마니.**
② 예, 큰지오마니.
③ 예, (백모를) 큰지오마니.

■ **직접 부를 때 그저 부를 땐 큰지오마니, 큰지오마니 부르지요. 예, 그 다른 거 업꼬.**
② 직접 부를 때 그저 부를 땐 큰지오마니, 큰지오마니 부르지요. 예, 그 다른 거 없고.
③ 직접 부를 때 (백모를) 그저 큰지오마니, 큰지오마니라고 부르지요. 예, 달리 부르는 말은 없고.

■ 그래 이자 고기서 이자 저 아버지 어머니가, 마리 이제 우
리가 일쌍쩌그루 이제 좀 인제 유시간 한짜를 리용할 때는
사람드리 부치니라 금니다 부친.

② 그래 이자 고기서 이자 저 아버지 어머니가, 말이 이제 우
리가 일상적으루 이제 좀 인제 유식한 한자어를 리용할 때
는 사람들이 부친이라 급니다 부친.

③ 자기 부모를 말하는 아버지, 어머니가 쓰이기도 하지만 일
상적으로 좀 유식하게 한자어를 쓸 때는 사람들이 가끔 부
친이라 합니다 부친이라고.

■ 아버지, 어머니 부모 인는데 아버지구 어머니니까 부친 호
근 모친, 어머니보구 모치니라구 근데.

② 아버지, 어머니 부모 잇는데 아버지구 어머니니까 부친 혹
은 모친, 어머니보구 모친이라구 근데.

③ 아버지, 어머니는 한자어로 부모라는 말이 있는데 우리말
로 아버지, 어머니니까 한자어로 부친 혹은 모친이라 하고
어머니를 모친이라고 그러는데.

■ 그저 여기 싸람들 와서 존칭어 존칭할쩨게 부친님 게심니
까? 호근 아버님 게심니까 하는데 그저 거이 일쌍용어는
아니지만 저 이제 표현할 때는 존칭어루 할 땐 부친님, 모
친님 이러구 한짤 해떤. 그 후 이자 그저 아버지 어머니믄
우리 나라 고유명사에 할 때 그케 햄니다.

② 그저 여기 사람들 와서 존칭어 존칭어할찍에 부친님 게십
니까? 혹은 아버님 게십니까 하는데 그저 거이 일상용어는
아니지만 저 이제 표현할 때는 존칭어루 할 때는 부친님,

모친님 이러구 한짤 해면. 글구 이자 그저 아버지 어머님은 우리나라 고유명사에 할 때 그케 햅니다.

③ 그저 여기 사람들이 존칭어로 부모를 존대할 적에 '부친님 계십니까?' 혹은 '아버님 계십니까?' 라고 보통 말하는데 일상용어는 아니지만 이제 존칭어로 표현할 때는 한자어로 부친님, 모친님이라 하고 그리고 우리나라 고유어로 말할 때는 이제 아버지, 어머님 그저 그렇게 말합니다.

■ **여기 백뿌라 그릴쑤두 이꾸 호근 숙뿌라구두 쓰입니다.**

② 여기 백부라 그럴쑤두 잇구 혹은 숙뿌라구두 쓰입니다.

③ 여기서는 (큰아버지를) 백부라고도 하고 (작은아버지를) 숙부라고도 합니다.

■ **숙뿌, 말하자먼 삼추니니까. 그럼 삼추니지.**

② 숙부, 말하자먼 삼춘이니까. 그럼 삼춘이지.

③ 숙부, 말하자면 (숙부도) 삼춘이니까. 그럼 삼춘이지.

■ **그 하라버지는 대개 다 하라버지라구 그래요.**

② 그 할아버지는 대개 다 할아버지라구 그래요.

③ 그 할아버지는 대개 다 할아버지라고 그래요.

■ **크나버지, 크라바니지 머. 크라바니라구 그래요.**

② 큰아버지, 클아바니지 머. 클아바니라구 그래요.

③ (조부는 여기 말로) 큰아버지, 클아바니지 뭐. (그리고) 클아바니라고 그래요.

1 크나바지라는 거는 여기 저 자기 형에 이자 아버지 형 백뿌라구 할찌게 그 이자 그말 할찌게 대체 크나버지 크나버지 하지.

2 큰아바지라는 거는 여기 저 자기 형에 이자 아버지 형 백부라구 할찍에 그 이자 그말 할찍에 대체 큰아버지 큰아버지 하지.

3 큰아바지라는 건 여기서 이제 말한 저 자기 아버지 형인 백부를 대체로 큰아버지 큰아버지라고 하지.

1 큰바바지라 쓰는 거 그쎄 그 예, 백뿌. 큰바바지라 그러기두 하는 사람 이꾸.

2 큰바바지라 쓰는 거 그쎄 그 예, 백부. 큰바바지라 그러기두 하는 사람 잇구.

3 예, 글쎄요. 백부를 큰바바지라고 합니다. 백부를 큰바바지라고 하는 사람도 있고.

1 예. 다른 거 업씀니다.

2 예. 다른 거 업습니다.

3 예. (조부에 대한) 다른 말이 없습니다.

1 예, 크라바니 크라바니함니다.

2 예, 클아바니 클아바니합니다.

3 예, (조부를) 클아바니, 클아바니라 합니다.

1 그 담 대개 일쌍으루서 얘기할 때는 하라버지라구 말한단 마리야.

② 그 담 대개 일상으루서 애기할 때는 할아버지라구 말한단
  말이야.
③ 그리고 일상적으로 애기할 때는 (조부를) 대개 할아버지라
  고 한단 말이야.

■ 클마니라 그러자나, 클마니 클마니.
② 클마니라 그러잖아, 클마니 클마니.
③ (조모를) 클마니라 그러잖아, 클마니 클마니.

■ 클마니라 부릅니다.
② 클마니라 부릅니다.
③ (지칭과 호칭에 관계없이 조모를) 클마니라 부릅니다.

■ 노하라버진데, 노하라버지라구 불르구 그럽니다.
② 노할아버진데, 노할아버지라구 불르구 그럽니다.
③ (증조부는 여기 말로) 노할아버진데, 노할아버지라고 부르
  고 그럽니다.

■ 노하라버지 마씀니다.
② 노할아버지 맞습니다.
③ (여기 말로 증조부는) 노할아버지 맞습니다.

■ 노크라바지, 노크라바지.
② 노클아바지, 노클아바지.
③ (증조부를) 노클아바지, 노클아바지.

■ 증조, 증조하라버지. 그 때 증조가 드러감니다.

② 증조, 증조할아버지. 그 때 증조가 들어갑니다.

③ (고조부는) 증조, 증조할아버지. 그 때 증조란 말이 들어갑
니다.

■ 증조하라버지.

② 증조할아버지.

③ (고조부를) 증조할아버지.

■ 크나버지에 아버지가 증조하라버지라 글디.

② 큰아버지에 아버지가 증조할아버지라 글디.

③ 할아버지의 아버지를 증조할아버지라 그러지.

**■ 노크라바지야. 하라버지 아버지를 노크라바지구 하라바지
하라버지라는 건 징조하라버지.**

② 노클아바지야. 할아버지 아버지를 노클아바지구 할아바지
할아바지라는 건 징조할아버지.

③ 노클아버지야. 할아버지의 아버지는 노클아바지고 할아바
지의 할아바지는 징조할아버지.

■ 증조하라버지라 글구만, 증조하라버지.

② 증조할아버지라 글구만. 증조할아버지.

③ (고조부를) 증조할아버지라 그러구먼, 증조할아버지.

■ 그럼요. 예, 증조하라버지, 그 마자요.

② 그럼요. 예, 증조할아버지, 그 맞아요.

③ 그럼요 (증조부는 노클아바지고). 예, (고조부는) 증조할아
버지, 그 맞아요.

① 예. 징조하라바지.

② 예. 징조할아바지.

③ 예(할아버지의 아버지는 노클아바지고). (노클아바지의 아
버지는) 징조할아바지.

① 예, 징조크라바지디 머. 옌날말 하면.

② 예, 징조클아바지디 머. 옛날말 하먼.

③ 예, 옛날말로 하면 (고조부는) 징조클아바지지 뭐.

① 예, 노클마니라 하지 머. 예, 노클마니. 가씀니다.

② 예, 노클마니라 하지 머. 예, 노클마니. 같습니다.

③ 예, (증조모를) 노클마니라 하지 뭐. 예, (직접 부를 때도)
노클마니. 같습니다.

① 징조클마니라 하잔씀니까? 예, 징조클마니.

② 징조클마니라 하잖습니까? 예, 징조클마니.

③ (고조모를) 징조클마니라 하잖습니까? 예, 징조클마니.

**① 가시아바지라 글구. 여기서 그저 두 가지. 가시아바지 혹은
장이니라구두 쓰이구.**

② 가시아바지라 글구. 여기서 그저 두 가지. 가시아바지 혹은
장인이라구두 쓰이구.

③ (자기 아내의 아버지를 보통) 가시아바지라 그러고. 여기서

그저 두 가지로 쓰이는데 가시아바지 외에 장인이라고도
쓰이고.

① 그저 사람들 부르는데 가시아바지, 장인 이러케 해따고.
② 그저 사람들 부르는데 가시아바지, 장인 이렇게 햇다고.
③ 보통 사람들이 (아내의 아버지를) 가시아바지, 장인 이렇게
불렀다고.

**① 장이니라구 안 그래 가시아버지라 글지. 가시아버지, 가시
아버님.**
② 장인이라구 안 그래 가시아버지라 글지. 가시아버지, 가시
아버님.
③ (아내의 아버지를) 장인이라고 안 그래 가시아버지라 그러
지, (보통) 가시아버지, 가시아버님(이라 그러지).

① 가시어머니라 그래. 예, 가시오마니.
② 가시어머니라 그래. 예, 가시오마니.
③ (장모를) 가시어머니라 그래. 예, 가시오마니.

① 가시오마니.
② 가시오마니.
③ (장모를) 가시오마니.

**① 그런데 실쩌 우리가 일쌍생활하는데 가시어마닌데 일쌍쩌
그루 회화에서 말할 때 가시오마니 가시오마니라 그런단
마리야.**

② 그런데 실지 우리가 일상생활하는데 가시어마닌데 일상적
으루 회화에서 말할 때 가시오마니 가시오마니라 그런단
말이야.

③ 그런데 실지 우리가 일상생활에서 쓰는 말로는 가시어마니
이기는 하지만 직접 제3자와 대화할 때는 (장모를) 가시오
마니, 가시오마니라 그런단 말이야.

■ **오마니지 머, 오마니라구 그래요. 말 가운데서 가시를 부티
문…**

② 오마니지 머, 오마니라구 그래요. 말 가운데서 가시를 붙이
문…

③ 오마니지 뭐, (장모를 직접 부를 때) 오마니라고 그래요. 오
마니 앞에 가시를 붙티면(큰 실례로 됨.)

■ **예. 직접 마때서는 오마이라구 그러지요.**

② 예. 직접 맞대서는 오마이라구 그러지요.

③ 예. 직접 대할 때는 (장모를) 오마이라 그러지요.

■ **아닙니다. 오마니라구 그럽니다. 이제 가시아바지두 직쩝
대화할 때는 가시아바지라 안 글구 아바지, 아바지 다 그러
케 합니다.**

② 아닙니다. 오마니라구 그럽니다. 이제 가시아바지두 직접
대화할 때는 가시아바지라 안 글구 아바지, 아바지 다 그렇
게 합니다.

③ 아닙니다. (장모를) 오마니라고 그럽니다. 이제 가시아바지
도 직접 대화할 때는 가시아바지라 안 그러고 아바지, 아바

지 다 그렇게 부릅니다.

■ 아바지, 아바지 기래.
② 아바지, 아바지 기래.
③ (장인을 직접 부를 경우) 아바지, 아바지 그래.

■ 시아버지 시아버지라 글디요. 시아버지, 시아버지.
② 시아버지 시아버지라 글디요. 시아버지, 시아버시.
③ 시아버지는 시아버지라 그러지요. 시아버지, 시아버지.

■ 그러껀 시아바지, 시아버님. 존경하고 말할 때는 시아버니.
② 그러껀 시아바지, 시아버님. 존경하고 말할 때는 시아버니.
③ 그러니까 (시아버지는) 시아바지, 시아버님. (사아버지를)
   존경해서 말할 때는 시아버니.

■ 일반쩌그루두 아부님 아부님.
② 일반적으루두 아부님 아부님.
③ 일반적으로 (시아버지를) 또 아부님, 아부님.

■ 아부님, 아부님. 아니, 아부니믄 그 발쩐 한 거 아부니미야.
② 아부님, 아부님. 아니, 아부님은 그 발전 한 거 아부님이야.
③ 아부님, 아부님. 아니, 아부님은 새로 나온 말이 아부님이야.

■ 직쩝 대할 때 아부니미라 그러구. 예, 그 시짠 다 빠집니다.
② 직접 대할 때 아부님이라 그러구. 예, 그 시짠 다 빠집니다.
③ 직접 대할 때 아부님이라 그러고. 예, 그 '시'자는 다 빠집니다.

1 **아버니미라는 자기 시아버니 종경하기 때무네 아버니미라 그람니다.**

2 아버님이라는 자기 시아버니 존경하기 때문에 아버님이라 그랍니다.

3 ('시'짜를 빼고 그저) 아버님이라고 하는 것은 자기 시아버지를 존경하기 때문에 그럽니다.

1 **시어머니 그저 오마니라 그럴쑤두 이꾸.**

2 시어머니 그저 오마니라 그럴 수두 잇구.

3 시어머니를 그저 오마니라 그럴 수도 있고.

1 **오마니, 오마니.**

2 오마니, 오마니.

3 (시어머니를 직접 부를 때는) 오마니, 오마니.

1 **딴 사람 제 삼자허구 말할 때는 시어머니, 시아바지 그러케 그 시짜가 디가지마는 직쩝 그 자기 아버니보구 대화할 때는 시짜 뽀피구 어마니, 아버님 그러케.**

2 딴 사람 제 삼자허구 말할 때는 시어머니, 시아바지 그렇게 그 시짜가 디가지마는 직쩝 그 자기 아버니보구 대화할 때는 시짜 뽑히구 어마니, 아버님 그렇게.

3 딴 사람인 제 삼자하고 말할 때는 시어머니, 시아바지 그렇게 그 '시'자가 들어가지마는 시부모와 직접 대화할 때는 '시-'자를 빼고 그저 어마니, 아버님 그렇게.

1 **후도마니, 후도마니.**

② 훗오마니, 훗오마니.
③ (계모를) 훗오마니, 훗오마니.

① 훈처라구 그러구 후도마니라 그래.
② 훗처라구 그러구 훗오마니라 그래.
③ (계모를) 훗처라 그러고 훗오마니라고도 그래.

① 오마니라 하구.
② 오마니라 하구.
③ (계모를 직접 부를 때는)오마니라 하고.

① 도칸 사람드른 아들 계속 후도마니야.
② 독한 사람들은 아들 계속 훗오마니야.
③ 독한 사람들은 아들로서 (계모를) 그냥 훗오마니라고 해.

① 도칸 찌반 아드른 그케구 근데 일반쩌그루야 그저 오마니.
② 독한 집안 아들은 그케구 근데 일반적으루야 그저 오마니.
③ 독한 집안 아들은 그렇게 하고 그런데 일반적으로야 그저
　 오마니(라고 해).

① 장개가서두 후도마니라 그러는 사람 이서.
② 장개가서두 훗오마니라 그러는 사람 잇어.
③ 장가를 가서도 (계모를 계속) 훗오마니라 그러는 사람이 있어.

① 그러케 하자느면 그저 이부도마니니까는 이부도마니.
② 그렇게 하잖으면 그저 이붓오마니니까는 이붓오마니.

③ 그렇게 부르지 않으면, 의붓어머니니까 그저 의붓어마니 (라고 하지).

■ 그건 그저 이부다바지라 그래요. 이부다바지라 그래요, 후 다버지라 안 그래요.

② 그건 그저 이붓아바지라 그래요. 이붓아바지라 그래요, 훗 아버지라 안 그래요.

③ 계부는 그저 이붓아바지라 그래요. 이붓아바지라 그래요, 훗아버지라 안 그래요.

■ **그럼, 부를 때는 아바지, 아바지 하지.**

② 그럼, 부를 때는 아바지, 아바지 하지.

③ 그럼, (계부를 직접) 부를 때는 아바지, 아바지 하지.

■ **하라버진데 어머니 아버지야. 왜하라버지구.**

② 할아버진데 어머니 아버지야. 왜할아버지구.

③ 할아버진데 어머니의 아버지야. 외할아버지고.

■ **왜크라바지라 글구. 왜크라버지라구 글다가 왜하라바지 바 뀌구.**

② 왜클아바지라 글구. 왜클아버지라구 글다가 왜할아바지 바 뀌구.

③ (외조부를) 왜클아바지라 그러고. 그러다가 (왜클아버지가) 왜할아바지로 바뀌고

■ **옌나레 왜크라바지.**

② 옛날에 왜클아바지.
③ 옛날에 (외조부를) 왜클아바지.

① 왜클마니 호근 왜할머니.
② 왜클마니 혹은 왜할머니.
③ (외할머니를) 왜클마니 혹은 왜할머니.

① 클마니, 클마니 해지요.
② 클마니, 클마니 해지요.
③ (외할머니를 직접 부를 때는) 클마니, 클마니 하지요.

① 크라바지.
② 클아바지.
③ (외할아버지를 직접 부를 경우) 클아바지.

① 예. 삼추니라 마이 씁니다.
② 예. 삼춘이라 많이 씁니다.
③ 예. (아버지 동생을) 삼춘이라 많이 씁니다.

① 아버지 동생 삼추니라. 직쩝 대화두 삼추니야.
② 아버지 동생 삼춘이라. 직접 대화두 삼춘이야.
③ 아버지 동생은 삼춘이라. 직접 대화(할 때)도 삼춘이야.

① 삼춘-어머니.처를 삼추노마니 삼추노마니 글게 대디.
② 삼춘어머니. 처를 삼춘오마니 삼춘오마니 글게 대디.
③ 삼춘어머니. (삼촌의) 처를 삼춘오마니, 삼춘오마니 그렇게

부르지.

① 예. 거기 일반마리요. 예, 그 삼춘째 딱 부테요.

② 예. 거기 일반말이요. 예, 그 삼춘째 딱 붙에요.

③ 예. 삼춘오마니가 일반말이요. 예, 그 삼춘이라는 말을 꼭 앞에 붙여요.

① 예, 그럼, 아버지 형이 아까 큰지아버지, 큰바바지.

② 예, 그럼. 아버지 형이 아까 큰지아버지, 큰바바지.

③ 예, 그럼. 아버지 형이 아까 (말한 것처럼) 큰지아버지, 큰바바지.

① 예.

② 예.

③ 예. (삼춘이란 친족어는 꼭 아버지 동생을 이름.)

① 왜삼추니라 그럽니다.

② 왜삼춘이라 그럽니다.

③ (외숙부를) 왜삼춘이라 그럽니다.

① 예, 삼추니라 부릅니다.

② 예, 삼춘이라 부릅니다.

③ (외숙부를 직접 불를 때도) 왜삼춘이라 부럽니다.

① 삼추노마니.

② 삼춘오마니.

③ (외숙모를) 삼춘오마니.

❶ 예, 자그나버지라구두 말합니다.
② 예, 작은아바지라구두 말합니다.
③ 예, (숙부를) 작은아바지라고도 말합니다.

❶ 자그나바지에 노친네 자근-어머니라 글구.
② 작은아바지에 노친네 작은어머니라 글구.
③ 작은아버지의 아내를 작은어머니라 그러고.

❶ 일쌍쩌그루 작으너머니 자근삼추는 삼춘…
② 일상적으루 작은어머니, 작은삼춘은 삼춘…
③ 일상적으로 (숙모는) 작은어머니, 숙부는 삼춘(이라 부르고)…

❶ 그건 자란 써요.
② 그건 잘 안 써요.
③ (일반적으로 작은아바지, 작은오마니라는 말은) 잘 안 써요.

❶ 어머니는 어머니라 글디.
② 어머니는 어머니라 글디.
③ (서모지만) 어머니는 어머니라 그러지.

❶ 자그노마니라 그래. 예, 아버지 처블.
② 작은오마니라 그래. 예, 아버지 첩을.
③ 작은오마니라 그래. 예, 아버지 첩을.

■ 삼추니지요 그세. 숙뿌두 그 발쩐해서 숙뿌야.

② 삼춘이지 글쎄. 숙부두 그 발전해서 숙부야.

③ (본래) 삼춘이지 글쎄. 숙부도 후에 바뀌어서 숙부야.

■ 숙뿌님 오세따 머, 숙뿌님 가신다 하는 거.

② 숙부님 오셋다 머, 숙부님 가신다 머.

③ 숙부님 오셨다 뭐, 숙부님 가신다 뭐.

■ 숙뿌, 숭모 그저.

② 숙부, 숙모 그저.

③ (작은아버지, 작은어머니를) 숙부, 숙모 그저.

■ 아까 아버지 가따 부치니라 호근 모치니라 부를 때 대개 한 짜 글루 표시할 때 씬 얘기라.

② 아까 아버지 갖다 부친이라 혹은 모친이라 부를 때 대개 한 자 글루 표시할 때 씬 얘기라.

③ 아까 아버지를 부친이라 혹은 (어머니를) 모친이라 부를 때 대개 한자로 표시할 때 쓴 얘기라.

■ 형~을 말하는가 형? 예, 형이라 합니다. 형님, 형님.

② 형~을 말하는가 형? 예, 형이라 합니다. 형님, 형님.

③ 형을 말하는가 형? 예, 형이라 합니다. 형님, 형님.

■ 형니미라구 헝니미래지 앙쿠 형니미라구 불러짠나요?

② 형님이라구 형님이래지 않구 형님이라구 불럿잖아요?

③ 형님을 형님이라고 하지 않고 형님이라고 불렀잖아요?

■ 형이 형이, 형이요 형. 자근 예저레.
② 형이 형이, 형이요 형. 작은 예절에.
③ (남자 형제간 이상 남자를) 일반 예절로 형 형, 형이요 형.

■ 부를 때 그저 형니미라 그래서요 형님.
② 부를 때 그저 형님이라 그랫어요 형님.
③ (직접) 부를 때 그저 형님이라 그랬어요 형님.

■ 형님 하면 누구나 자기 우에 인는 걸 알고 이씀니다.
② 형님 하면 누구나 자기 우에 잇는 걸 알고 잇습니다.
③ 형님이라 하면 누구나 자기 손위라는 걸 알고 있습니다.

■ 형수.
② 형수.
③ 형수.

■ 형수, 그건 발쩐한 말. 아주머니디 머 아주머니.
② 형수 그건 발전한 말, 아주머니디 아주머니.
③ 형수 그건 새로 쓰이는 말, (본래) 아주머니지 아주머니.

■ 아즈마니, 아즈마니.
② 아즈마니, 아즈마니.
③ (형수를) 아즈마니, 아즈마니.

■ 예, 아즈마니라. 그건 일반쩌그루 대화하면서 다 내노코 다
   부르는 거야. 직쩝 대화하면서두 아즈마니.

② 예, 아즈마니라. 그건 일반적으루 대화하면서 다 내놓고 다
   부르는 거야. 직접 대화하면서두 아즈마니.
③ 예, 아즈마니라는 말은 일반적으로 (직접) 대화하면서 부르
   는 말이야, 직접 대화하면서도 아즈마니.

1 고모.
② 고모.
③ 고모.

1 고무라 그래 고무.
② 고무라 그래 고무.
③ (고모를) 고무라 그래 고무.

1 그저 고무라 그래요.
② 그저 고무라 그래요.
③ (고모를) 그저 고무라 그래요.

1 그거뚜 다른 거 업-쇼. 그럼, 고무라 기래.
② 그것두 다른 거 없요. 그럼, 고무라 기래.
③ 그것도 다른 말 없어요. 그럼, 고무라 그래.

1 맏-꼬무래 그래머 막꼬무, 망나이는 망낭고무.
② 맏-고무래 그래머 막고무, 막나이는 막낭고무.
③ (큰고모룰) 맏고무라 그런다면 막내(고모)는 막낭고무.

1 작숙땍? 작숙.

② 작숙댁? 작숙.
③ (고모부를) 작숙댁? 작숙. (큰고모부를) 맏작숙.

① 그냥 그대루 대화합니다 작쑥.
② 그냥 그대루 대화합니다 작숙.
③ 그냥 그대로 직접 작숙이라고 부릅니다.

① 마짝쑥.
② 맏작숙.
③ (아버지 손위누이의 남편을) 맏작숙.

① 예, 작쑤기라 그래. 고무작쑥 그저 고무작쑤기라 그래.
② 예, 작숙이라 그래. 고무작숙 그저 고무작숙이라 그래.
③ 예, (고모부를) 작숙이라 그래. (고모부를) 고무작숙 그저
고모작숙이라 그래.

① 그건 가씁니다, 그럼. 마짝쑥, 망낭작쑥
② 그건 같습니다, 그럼. 맏작숙, 막낭작숙.
③ 그건 같습니다. (아버지 손위고모부를) 맏작숙, (막내고모
부를) 망낭작숙.

① 이모, 이모라. 이모는 대화두 다 이몹니다.
② 이모, 이모라. 이모는 대화두 다 이몹니다.
③ (어머니의 자매는) 이모, 이모라. 이모는 직접 대화할 때도
이모입니다.

1 이모는 그 마디모.

2 이모는 그 맏이모.

3 (어머니 손위) 이모는 그 맏이모.

1 이모분데, 이모부디 이모부.

2 이모분데, 이모부. 이모부디.

3 (이모의 남편은) 이모분데, 이모부. 이모부라고 하지.

1 이모부라 그러잔코 거이 작쑤기라 한단 마리야.

2 이모부라 그러잖고 거이 작숙이라 한단 말이야.

3 (이모의 남편을) 이모부라 그러지 않고 거의 작숙이라 한단 말이야.

1 그럼.

2 그럼.

3 그럼.(이모부도 작숙이라고 함.)

1 아니, 이모부라 그래 대개 이모부라 그래. 작쑤기 아니야 이모부라.

2 아니, 이모부라 그래 대개 이모부라 그래. 작숙이 아니야 이모부라.

3 아니, (이모의 남편을) 이모부라 그래 대개 이모부라 그래. 작숙이 아니야 이모부라.

1 이모부야 이모부.

2 이모부야 이모부.

③ (이모의 남편은) 이모부야 이모부.

① 근데 일쌍 생활할 땐 고무작쑥, 고무작쑤기라구 써. 이모작쑤기라는 건 마리야 이모남펴니까네 이모작쑥.

② 근데 일상 생활할 땐 고무작숙, 고무작숙이라구 써. 이모작숙이라는 건 말이야 이모남편이니까네 이모작숙.

③ 그런데 일상 언어생활에서는 고무작숙, 고무작숙이라고 써. 이모작숙이라는 건 말이야 이모남편을 이모작숙.

① 예. 이자 이모작쑤요? 이모작쑥, 고모작쑥 기럽니다.

② 예. 이자 이모작수요? 이모작숙, 고모작숙 기럽니다.

③ 예. 이모작숙요? (이모부를) 이모작숙, (고모부를) 고모작숙 그럽니다.

① 에.

② 에.

③ 예. (직접 부를 때도 이모작숙이라고 함.)

① 에. 이제 말따나 크니모, 자그니모 고 드러가지요.

② 에. 이제 말따나 큰이모, 작은이모 고 들어가지요.

③ 예. 이제 말따나 큰이모, 작은이모에 고 (작숙이란 말이) 들어가지요.

① 삼추너머니는 대체루 삼추노마니.

② 삼춘어머니는 대체루 삼춘오마니.

③ 숙모는 대체로 삼춘오마니.

① 그럼, 형수에만 쓰여 아즈마니는.

② 그럼, 형수에만 쓰여 아즈마니는.

③ 그럼, 아즈마니는 형수에만 쓰여.

① 그건 그저 이 우리 옛날부턴 자기 어머니 나쎄 대면 어머니라구 오마니라구 자기 아버지 나쎄 대면 아버지, 아버지 하고 하라버지는 하라버지 하라버지 하고 이러케 왇는데 고건 머 특수하게 나타나는 게 없꾸나. 자기 어머니한테는 오마니라 부르구.

② 그건 그저 이 우리 옛날부턴 자기 어머니 나쎄 대면 어머니라구 오마니라구 자기 아버지 나쎄 대면 아버지, 아버지 하고 할아버지는 할아버지, 할아버지 하고 이렇게 왔는데 고건 머 특수하게 나타나는 게 없구나. 자기 어머니한테는 오마니라 부르구.

③ 그건 그저 자기 어머니뻘 되면 어머니, 오마니라 하고 자기 아버지뻘 되면 아버지, 아버지라 하고 할아버지뻘 되면 할아버지, 할아버지라 하면서 우리는 옛날부터 이렇게 불러 왔는데 여기에는 뭐 특수하게 달리 쓰이는 말이 없구나. 자기 어머니는 직접 오마니라 부르고.

① 아무개 오마니.

② 아무개 오마니.

③ (그 집 자녀 이름을 붙여서) 아무개 오마니.

① 그럼, 마자. 앞찌보마니 뒤찌보마니 글케 하디. 그 다메 그 집에 아이들 이르믈 부르면서.

② 그럼, 맞아. 앞집오마니, 뒷집오마니 글케 하디. 그 담에 그 집에 아이들 이름을 부르면서.

③ 그럼, 맞아. (마을의 부녀자를 부를 때) 앞집오마니, 뒷집오마니 그렇게 하지. 그리고 그 집의 아이들 이름을 붙여서 (아무개 오마니라고 하지).

[여] **① 육-십-굽니다.**

② 육십굽니다.

③ 육십구 세입니다.

① 채영순.

② 채영순.

③ 채영순.

① 채영수님니다. 예.

② 채영순입니다. 예.

③ 채영순입니다. 예.

① 여김니다.

② 여깁니다.

③ (출생지는) 여기입니다.

① 병워네서 가노원 해씀니다.

② 병원에서 간호원 햇습니다.

③ 병원에서 간호원으로 일했습니다.

남 **1 하꾜 어디까지 다넌는가 머.**
2 학교 어디까지 다녓는가 머.
3 학교 어디까지 다녔는가 뭐.

여 **1 예? 하꾜, 중하꾜 나와씀니다.**
2 예? 학교, 중학교 나왔습니다.
3 예? 학교, 중학교를 나왔습니다.

1 예.
2 예.
3 (중졸) 예.

1 이르미 뭔-가요? 박-귀녑니다.
2 이름이 뭔가요? 박귀녑니다.
3 이름이 뭔가요? 박귀녀입니다.

1 팔시비요.
2 팔십이요.
3 팔십 둘이에요.

1 출쌩지는 서호림니다. 서호리.
2 출생지는 서호립니다. 서호리.
3 출생지는 서호립니다. 서호리.

1 하꾜 모따네서요.
2 학교 못 다넷어요.

③ 학교 못 다녔어요.

① 그저 노동.
② 그저 노동.
③ 그저 노동.

① 예? 나 시집-와서 실컷 가따옹거 오깡 가따와쑤.
② 예? 나 시집와서 실컷 갓다온거 옥강 깃다잇수.
③ 예? 나 시집와서 (영감하고 가장) 멀리 갔다 온 게 옥강까
　　지 갔다 왔어요.

① 예. 시니주 안 보구, 신이주 모삐쏨니다.
② 예. 신이주 안 보구, 신이주 못 봣습니다.
③ 예. 신의주 안 가보고, 신의주도 못 가봤습니다.

① 우리 엔날 글케 사라쏨니다.
② 우리 옛날 글케 살앗습니다.
③ 우리는 옛날에 그렇게 살았습니다.

① 내께 형수 예?
② 내에게 형수 예?
③ 나에게 형수 말인가요?

① 남자 형에?
② 남자 형에?
③ 남자 형의 (처)?

① 제 남동생 이르미 머잉가요?
② 제 남동생 이름이 머인가요?
③ 제 남동생 이름이 무엇인가요?

① 형니메 처?
② 형님에 처?
③ 형님의 처?

① 오빠들 머 다 주꾸 업씀니다.
② 오빠들 머 다 죽구 없습니다.
③ 오빠들 뭐 다 죽고 없습니다.

① 전 아지근 배운 거 업-서서 멀 모른가바. 하하하.
② 전 아직은 배운 거 없어서 멀 모른가바. 하하하.
③ 전 아직은 배운 게 없어서 뭘 모르는가봐. 하하하.

① 시집깐 녀성?
② 시집간 녀성?
③ 시집간 여성?

① 에미네야 자기 처 사람보구 에미네라 하잔씀니까? 자기네
   가정에 그 남펴네 남펴니 에미네라 글디.
② 에미네야 자기 처 사람보구 에미네라 하잖습니까? 자기네
   가정에 그 남편에 남편이 에미네라 글디.
③ 에미네야 자기 처보고 에미네라 하잖습니까? 한 가정 내에
   서 남편 되는 사람이 (자기 아내를 보고) 에미네라 그러지.

남 **1 에미네라 글디 머.**
2 에미네라 글디 머.
3 (동네 아낙네를) 에미네라 그러지 뭐.

여 **1 에미네래 기는데 그 누구 에미네인지 머 알쑤… 에미네라 글기야 글지요 머.**
2 에미네래 기는데 그 누구 에미네인지 머 알수… 에미네라 글기야 글지요 머.
3 (동네 부녀자를) 에미네라 그러는데 (그저 에미네라고 하면) 그 누구 집 아내인지 알 수 (없지). (기혼 여성을) 에미네라 그러기야 그러지요 뭐.

1 예.
2 예.
3 (동네 부녀자를 에미네) 예.

1 낸들, 누구 낸들.
2 낸들, 누구 낸들.
3 아내, 누구 아내.

남 **1 네펜네.**
2 네펜네.
3 (기혼 여성 혹은 자기 아내를 낮추어 말할 때) 네펜네.

여 **1 네펜네야 그저네 가지 나와쥬.**
2 네펜네야 그전에 가지 나왔죠.

③ 네펜네란 말은 가지 나왔지요.

① 누구 에미네.
② 누구 에미네.
③ 누구 아내.

① 아주머니?
② 아주머니?
③ 아주머니?

**① 기니깐 자기 남자에 그 동무드리 말하는 거 그저 누구 아주
머니라구.**
② 기니깐 자기 남자에 그 동무들이 말하는 거 그저 누구 아주
머니라구.
③ 그러니까 남자친구들이 상대방의 아내를 가리키거나 부를
때 그저 누구 아주머니라고.

**① 우리가 남한테 누구보구 말한다구 하먼 아주머니 그러케
말하지 아나요?**
② 우리가 남한테 누구보구 말한다구 하먼 아주머니 그렇게
말하지 않아요?
③ 우리가 남의 아내보고 말할 때 아주머니 그렇게 말하지 않
아요?

남 **① 내가 내 형에 아주머니보구 아주머니라 그러지 월래.**
② 내가 내 형에 아주머니보구 아주머니라 그러지 원래.

③ 원래 내가 내 형의 아내보고 아주머니라 그러지.

❶ 형에 처보구 아주머니라구 그래따구 내가.
② 형에 처보구 아주머니라구 그랫다구 내가.
③ 내가 형의 처보고 아주머니라고 그랬다고.

여 **❶ 흐니 그런데 딴 사람허구두 동무들두 와스머 이 집 아주머니 이쇼? 이러케 무러보지 아나요?**
② 흔히 그런데 딴 사람허구두 동무들두 왓으머 이 집 아주머니 잇요? 이렇게 물어보지 안아요?
③ 흔히 그런데 형제간이 아니더라도 남편 친구들이 찾아오면 이 집 아주머니 계세요? 이렇게 물어보잖아요?

❶ 예, 딴 사람 무러바슬 때 아주머니 이쇼? 이케 되지 아나요?
② 예, 딴 사람 물어밧을 때 아주머니 잇요? 이케 되지 않아요?
③ 예, 남이 그 집 안주인을 보고 "아주머니 계세요?" 이렇게 물어보지 않아요.

❶ 아니 형님, 언니라 글잔쿠 형이라 글디요 머.
② 아니 형님, 언니라 글잖구 형이라 글디요 머.
③ 아니 (언니를) 형님, 언니라 그러지 않고 형이라 그러지요 뭐.

❶ 언니야 그 쵀그네 언마 저네 나오는 언니구. 형, 우리형이야. 이러케 돼지 아나요?
② 언니야 그 쵀근에 언마 전에 나오는 언니구. 형, 우리형이야. 이렇게 돼지 않아요?

③ 언니야 그 최근 얼마 전에 나온 말이고. (원래는) 형, 우리
형이야. 이렇지 않아요?

■ 우리저그나, 남자먼.
② 우리적은아, 남자먼.
③ (동기간 누이의 동생이) 남자면 우리적은아.

■ 여자, 여자두 우리저그나라 글디요 머.
② 여자, 여자두 우리적은아라 글디요 머.
③ 자매간에도 (동생을) 우리적은아라 그러지요 뭐.

■ 우리저그나야 그저 이러케 돼자나요?
② 우리적은아야 그저 이렇게 돼잖아요?
③ (자기 동생을 남에게 소개할 때) 우리적은아야 그저 이렇게
말하잖아요?

■ 우리누이야.
② 우리누이야.
③ (남자가 자기 여동생을 남에게 말할 때) 우리누이야.

■ 우리저그니야, 우리저그나야 이러케 돼디요.
② 우리적은이야, 우리적은아야 이렇게 돼디요.
③ (자매간 아랫사람을) 우리적은이야, 우리적은아야 이렇게
말하지요.

■ 예.

② 예.
③ 예.(동생이 결혼해서도 역시 '적은이, 적은아'라고 함.)

❶ 그건 업씁니다.

② 그건 없습니다.
③ (동생을 아우라고 하는 말은) 없습니다.

남 **❶ 지방마다 조금 달라짐니다. 아우라 하는 데두 이씁니다.**

② 지방마다 조금 달라집니다. 아우라하는 데두 잇습니다.
③ 지방마다 조금 다릅니다. 아우라고 하는 데도 있습니다.

여 **❶ 긴대 흐니 여기써야 그 따우 좀 적찌 안씁니까?**

② 긴대 흔히 여기에서야 그 따위 좀 적지 않습니까?
③ 그런데 여기에서야 그런 말을 별로 쓰지 않고 있잖습니까?

❶ 아지미, 아지미.

② 아지미, 아지미.
③ (누나가 남동생의 처를) 아지미, 아지미.

다 **❶ 데수, 데수라 글디.**

② 데수 데수라 글디.
③ (제수를) 데수, 데수라 그러지.

남 **❶ 데수님, 데수님 합니다.**

② 데수님, 데수님 합니다.
③ (제수를 직접 부를 때) 데수님, 데수님 합니다.

① 둘째데수 세째데수 망내이데수.

② 둘째 데수 셋째데수 막내이데수.

③ 둘째제수 셋째제수 막내제수.

여 **① 시형.**

② 시형.

③ (남편의 형님을)시형.

① 시형이라 그러케 해서 말하지만 그저 또 기 여자가 부를 때는 아즈바니, 아즈바니 해.

② 시형이라 그렇게 해서 말하지만 그저 또 그 여자가 부를 때는 아즈바니, 아즈바니 해.

③ 시형이라고 그렇게 말하지만 제수가 직접 부를 때는 또 아즈바니, 아즈바니라고 해.

① 아니, 놈 무러볼 때는 우리시형이야. 근데 아즈바니, 아즈바니.

② 아니, 놈 물어볼 때는 우리시형이야. 근데 아즈바니, 아즈바니.

③ 아니, 남이 물어볼 때는 우리 시형이라고 그러지만 시형을 직접 부를 때는 아즈바니, 아즈바니라고 해.

① 남편 형니메 처?

② 남편 형님에 처?

③ 남편 형님의 처?

① 부르는 거요?

② 부르는 거요?
③ (시형의 아내를) 부르는 거요?

① 형님.
② 형님.
③ (시형의 아내를 즉 윗동서를) 형님.

남 **① 형니미야 형님.**
② 형님이야 형님.
③ (시형의 아내는) 형님이야 형님.

여 **① 예, 시아, 시아. 시아라 그러디만 노미 무러볼 띠기는 시아라 그러디만 그 부를 땐 우리 여자드른 그렁 거 저그니, 저그니 하디 머.**
② 예, 시아, 시아. 시아라 그러디만 놈이 물어볼 띡이는 시아라 그러디만 그 부를 때는 우리 여자들은 그런 거 적은이, 적은이 하디 머.
③ 예, 남이 물어볼 적에는 시동생을 시아, 시아라고 그러지만 시동생을 (직접) 부를 때는 형수들이 적은이, 적은이 하지 뭐.

① 예, 예.
② 예, 예.
③ 예, 예. (결혼 여부와 관계없이 시동생을 적은이라고 함.)

① 남펴네 누님?
② 남편에 누님?

③ 남편의 누님?

① 그뚜 시누, 시누라구 쓰지만 누니미라 글자나요? 앙그래요?
② 굿두 시누, 시누라구 쓰지만 누님이라 글잖아요? 안 그래요?
③ 남편의 이상누이도 시누라고 하지만 (직접 부를 때는)누님
이라 그러잖아요? 안 그래요?

① 기래요.
② 기래요.
③ 그래요.

① 놈이 물어볼 때는 누님 누님해요. 누이라 해요 누이.
② 놈이 물어볼 때는 누님 누님해요. 누이라 해요 누이.
③ 남이 물어볼 때는 누님 누님해요. ('시'자를 빼고) 누이라
해요, 누이.

**① 누이, 응. 그저 누이라 글디 머, 그저 종경해서 말하면 누이
라 글디 머.**
② 누이, 응. 그저 누이라 글디 머, 그저 존경해서 말하면 누이
라 글디 머.
③ (직접 부를 때는) 누이, 응. 그저 누이라 그러지 뭐, 그저 존
경해서 말할 때는 누이라 그러지 뭐.

① 우리누이야.
② 우리누이야.
③ (남편의 이상누이를 남에게 소개할 때) 우리누이야.

■ 남펴네 아랜누이요? 그뚜 누이디요 머. 가띠요 머.
② 남편에 아랫누이요? 긋두 누이디요 머. 같디요 머.
③ 남편의 아래누이요? 그것도 누이지요 뭐. 같지요 뭐.

■ 예? 아뇨. 소누나 소나래나 그저 그러케 대먼 누이라 한단 마림니다.
② 예? 아뇨. 손우나 손아래나 그저 그렇게 대먼 누이라 한단 말입니다.
③ 예? 아니요. 손위나 손아래나 그저 그렇게 되면 누이라 한단 말입니다.

■ 예.
② 예.
③ 예.(이상시누이도 아래시누이도 결혼과 관계없이 모두 누이라 함.)

■ 나이 마나스으면 넝가미라 그러구. 또 나이 어리먼 새스방이라 그러구. 우리 새스방, 그리자나요.
② 나이 많앗으면 넝감이라 그러구. 또 나이 어리면 새스방이라 그러구. 우리 새스방 그러잖아요.
③ 나이가 많아서는 (자기 남편을) 영감이라 그러고. 또 나이 젊어서는 (자기 남편을) 새스방이라 그러고. 우리 새스방이라고 그러잖아요.

■ 그 다메 늘그먼 넝감.
② 그 담에 늙으면 넝감.

③ 그 다음에 늙으면 영감.

① 예? 부를 때야 넝감, 넝감.
② 예? 부를 때야 넝감, 넝감.
③ 예? 부를 때에야 영감, 영감.

[남] **① 나이가 마나서 넝가미라 하지.**
② 나이가 많아서 넝감이라 하지.
③ 나이가 많아서 영감이라 하지.

[여] **① 아, 그를 띠게야 머 당신 머 어둘구 그러지 안씁니까 머?
자기네 집시꾸들끼리.**
② 아, 그를 띡에야 머 당신 머 어둘구 그러지 않습니까 머?
자기네 집식구들끼리.
③ 아, 그를 적에야 뭐 당신 뭐 어쩌고 그러지 않습니까 뭐?
자기네 집식구들끼리.

[남] **① 아무개 아바지, 아무개 아바지 그러자나요?**
② 아무개 아바지, 아무개 아바지 그러잖아요?
③ (아이가 있으면 아이 이름을 붙여 자기 남편을) 아무개 아
버지, 아무개 아버지라고 그러잖아요?

[여] **① 예, 그래요. 아이 이름 부르먼서 누구 아바지 이러케. 또 두
리 이스머서 글띠게야 좀 아기자기 말하느라 당신두 부르
구 그러자나요?**
② 예, 그래요. 아이 이름 부르면서 누구 아바지 이렇게. 또 둘

이 잇으머서 글떡에야 좀 아기자기 말하느라 당신두 부르
구 그러잖아요?
③ 예, 그래요. 아이 이름 부르면서 누구 아버지 이렇게 (부르
기도 하고) 또 단둘이 있을 적에야 좀 아기자기 말하느라
(남편을) 당신이라 부르고 그러잖아요?

**① 우리 색씨야, 동무들보구 그래 절믄 사람. 우리 노친네야,
이러지 안씀니까!**
② 우리 색시야, 동무들보구 그래 젊은 사람. 우리 노친네야,
이러지 않습니까?
③ 젊은 사람들은 자기 아내를 동무들에게 말할 때 우리 색시
야 그래. 나이 지긋해서는 자기 아내를 남들에게 우리 노친
네야 이러지 않습니까?

① 여보, 여보. 절머서는 당신 그러자나요?
② 여보 여보, 젊어서는 당신 그러잖아요?
③ (나이가 많아서는 부부간 서로) 여보, 여보하고 젊어서는
당신 그러잖아요?

[남]**① 여보는 평북또 사투리요.**
② 여보는 평북도 사투리요.
③ 여보는 평북도 사투리요.

① 넝감.
② 넝감.
③ (나이 많아서 남편을 부를 때는) 넝감.

■ 예, 길게 나이 마나서 부르는 건 여보 넝감 그러케 말하대요.

② 예, 길게 나이 많아서 부르는 건 여보 넝감 그렇게 말 하대요.

③ 예, 그러기에 나이 많아서 남편을 부를 때는 여보 넝감 그렇게 말 하대요.

■ 또 절머서 마라는 건 딴 사라미 무러볼 때 우리집 스방이야 이러기두 하구.

② 또 젊어서 말하는 건 딴 사람이 물어볼 때 우리집 스방이야 이러기두 하구.

③ 또 젊어서 남이 물어볼 때 (자기 남편을) 우리집 스방이야 이렇게 말하기도 하고.

■ 아무개 아바지.

② 아무개 아바지.

③ (자기 남편과 나이가 비슷한 남자를 부를 때는) 아무개 아바지.

여 ■ 아무개 아바지?

② 아무개 아바지?

③ 아무개 아바지?

남 ■ 가튼 동무들, 비스단 동무드를 아저씨.

② 같은 동무들, 비슷한 동무들을 아저씨.

③ 남편의 나이와 같거나 비슷한 동무들을 부를 때는 아저씨,

여 ■ 예, 그래요. 아저씨야 가지 나온 마라닙니까 머? 아저씨라

는 건.

② 예, 그래요. 아저씨야 가지 나온 말아닙니까 머? 아저씨라
  는 건.

③ 예, 그래요. 아저씨야 가지 나온 말 아닙니까 뭐, 아저씨라
  는 말은.

[남] **① 아무개 아바지, 무슨 머 누구네 아바지.**

② 아무개 아바지, 무슨 머 누구네 아바지.

③ (아저씨란 말을 쓰기 전에는 보통) 아무개 아바지, 무슨 뭐
  누구네 아바지.

① 그저 나이 마나선 그저 아주바니라 그러구. 모르는 사람두.

② 그저 나이 많아선 그저 아주바니라 그러구. 모르는 사람두.

③ 모르는 사람도 나이 많으면 그저 아주바니라 그러고.

**① 자기 녕감 동무드를 그저 아주바니라 그래씀니다 아주바
  니. 여자들 부를 찌게.**

② 자기 녕감 동무들을 그저 아주바니라 그랫습니다 아주바니.
  여자들 부를 찍에.

③ 자기 영감 동무들을 그저 아주바니라 그랬습니다 아주바니.
  여자들이 부를 적에.

[여] **① 소누누이요? 그 누이라 글디요 머.**

② 손우누이요? 그 누이라 글디요 머.

③ 손위누이요? 그 누이라 그러지요 뭐.

1 예, 누이.

② 예, 누이.

③ 예, (직접 부를 때도) 누이.

1 그뚜 누이라 그래요.

② 긋두 누이라 그래요.

③ 손아래누이도 누이라 그래요.

남 **1** 둘째 누이는 누이라 안 글디 머, 소나래 동생은.

② 둘째 누이는 누이라 안 글디 머, 손아래 동생은.

③ 둘째 누이는 누이라 안 그러지 뭐, 손아래 여동생은.

여 **1** 평북 사라믄 누니미라구 존경해서 아주, 소나래 말하는 사
라믄 그저 우리 누이야 기리미 이름 부르구.

② 평북 사람은 누님이라구 존경해서 아주, 손아래 말하는 사
람은 그저 우리 누이야 기리미 이름 부르구.

③ 평북 사람은 손위누이를 존경해서 누님이라고 하고 손아래
누이는 남에게 말할 때 그저 우리누이야 그러고 어려서는
이름 부르고.

남 **1** 근데 그뚜 시지블 간 다메는.

② 근데 긋두 시집을 간 담에는.

③ 그런데 그것도 시집을 간 다음에는.

여 **1** 시집간 다메는 그저 가까움 또 그러케 말할 쑤 이꾸 무슨
허물 업스먼 그러케 그저 송구두 그저 야다 하머서 그러자

나요?

② 시집간 담에는 그저 가까움 또 그렇게 말할 수 잇구 무슨 허물 없으면 그렇게 그저 송구두 그저 야다 하머서 그러잖아요?

③ 시집간 다음에도 서로 가까운 사이라면 그저 누이라 할 수 있고 또 서로 허물없는 사이라면 아직도 그저 야자 하면서 그러잖아요?

[남] **① 나이 머근 다메야 어케 기러케 부르가소?**

② 나이 먹은 담에야 어케 기렇게 부르갓소?

③ 나이 많아서야 어떻게 그렇게 부르겠소?

① 이르믈 불르먼 돼요? 기케 대나 머.

② 이름을 불르먼 돼요? 기케 대나 머.

③ 이름을 부르면 돼요? 그렇게 불러서 되나 뭐.

[여] **① 아니요, 오래비.**

② 아니요, 오래비.

③ 아니요, (예전에는 오빠를) 오래비.

① 오래비. 예, 오래비.

② 오래비. 예, 오래비.

③ 오래비. 예, (예전에는 어려서도 오빠를) 오래비.

① 예.

② 예.

③ (직접 부를 때도 오래비) 예.

① 오빠에 처? 아주머니디요 머.

② 오빠에 처? 아주머니디요 머.

③ 오빠의 처? (오빠의 처는) 아주머니지요 뭐.

① 오리미, 오리미.

② 오리미, 오리미.

③ (남동생의 아내를) 오리미, 오리미.

① 사실 그저 아래싸라믄 오리미라 그러구 우는 형니미라 그러구.

② 사실 그저 아랫사람은 오리미라 그러구 우는 형님이라 그러구.

③ 사실 남동생의 아내는 오리미라 그러고 오빠의 아내는 형님이라 그러고.

① 오레미, 형님.

② 오레미, 형님.

③ (아래올케를) 오레미, (손위올케를) 형님.

① 예, 남동생에 처는 오레미.

② 예, 남동생에 처는 오레미.

③ 예, 남동생의 처는 오레미.

① 오누이.

② 오누이.
③ 오누이.

① 오뉘, 오누.
② 오뉘, 오누.
③ (오누이를) 오뉘, 오누.

① 우리 형요, 우리 형요.
② 우리 형요, 우리 형요.
③ (언니를 예전에는) 우리 형요, 우리 형요.

① 그 언니라 기런 건 좀 후에 나온 마린데.
② 그 언니라 기런 건 좀 후에 나온 말인데.
③ 그 언니라 그러는 말은 좀 후에 나온 말인데.

① 부를 때요?
② 부를 때요?
③ 부를 때요?

남 **① 언니, 언니 하디. 언니, 언니 해서요.**
② 언니, 언니 하디. 언니, 언니 햇어요.
③ (자매간 손위 사람을 직접 부를 때) 언니, 언니 하지. 언니, 언니 했어요.

여 **① 예?**
② 예?

③ 예?

① 그저 형.
② 그저 형.
③ (예전에는 언니를 부를 때) 그저 형.

① 색씨?
② 색시?
③ 색시?

남 **① 메느린데.**
② 메느린데.
③ 며느린데.

여 **① 아드레 처? 메니리.**
② 아들에 처? 메니리.
③ 아들의 처? 며느리.

① 그저 머이라 차까씀니까? 그저 '야' 그러구 해띠요.
② 머이라 찾갓습니까? 그저 '야' 그러구 햇디요.
③ (며느리를) 뭐라고 부르겠습니까? 그저 '야' 그러고 했지요.

① 그러케 마란 허구 그저 '야' 그저 그라는 거시 만쿠.
② 그렇게 말안 허구 그저 '야' 그저 그라는 거시 많구.
③ (자녀가 있기 전까지는 며느리를 부를 때) 그렇게 안 부르
고 그저 '야' 그러는 경우가 많고.

❶ 나이 마나서는 아이가 이스먼 '야, 아무개 에미야' 그러구.

② 나이 많아서는 아이가 잇으면 '야, 아무개 에미야' 그러구.

③ (며느리가) 나이 많고 아이가 있으면 "야, 아무개 에미야" 라고 하고.

남 **❶ 아 에미야!**

② 아 에미야!

③ (나이 들고 아이가 있으면 며느리를 부를 때) 아 에미야.

여 **❶ 어디메 가면 '야 가따 오라' 그저 그러지요 머.**

② 어디메 가면 '야, 갓다 오라' 그저 그러지요 머.

③ (며느리가) 어디에 가면 '야, 갔다 오라' 그저 그러지요 뭐.

❶ 무를 때는? 뭘 무러요?

② 물을 때는? 뭘 물어요?

③ 물을 때는? 뭘 물어요?

❶ 너 거기 가따 완? 그러케 무러보지 아나요?

② 너 거기 갓다 완? 그렇게 물어보지 않아요?

③ 너 거기 갔다 왔느냐? 그렇게 물어보지 않아요?

❶ 예? 사오지요, 사오.

② 예? 사오지요, 사오.

③ 예? (딸의 남편은) 사오지요, 사오.

남 **❶ 사우, 사우라 그래.**

② 사우, 사우라 그래.
③ (사위를) 사우, 사우라 그래.

여 **■ 그 사오 나이 마는깐 막 부르기…**
② 그 사오 나이 많은깐 막 부르기…
③ 그 사위가 나이 많으니까 막 부르기 (거북해).

■ 가지 올 찌게야 그저 머이라 마라가씀니까?
② 가지 올 찍에야 그저 머이라 말하갓습니까?
③ 가지 결혼해서 놀러 올 적에야 사위를 뭐라고 부르겠습니까?

남 **■ 사우, 사우라 그래띠 머.**
② 사우, 사우라 그랫디 머.
③ 사위보고 사우라 그랬지 뭐.

여 **■ 그저 사우라 그러디 그 머이라 마라가씀니까?**
② 그저 사우라 그러디 그 머이라 말하갓습니까?
③ 그저 사우라 그러지 그 뭐라 부르겠습니까?

남 **■ 사우야, 사우야.**
② 사우야, 사우야.
③ (자녀가 있기 전까지는 사위를 부를 때) 사우야, 사우야.

■ 아이 나은 대메는 아이 이름 아바지 부르구 아이 나키 저네 사외.
② 아이 낳은 댐에는 아이 이름 아바지 부르구 아이 낳기 전에

사외.
③ 아이를 낳은 다음에는 아이 이름을 붙여 누구 아바지라고
부르고 아이가 있기 전까지는 사외야.

■ **사외야!**
② 사외야!
③ (애가 있기 전의 젊은 사위를 부를 때) 사외야!

여 ■ **마다들.**
② 맏아들.
③ 맏아들.

■ **예.**
② 예.
③ 예.(어릴 때는 보통 아들의 이름을 부름.)

■ **아이 아바지, 아이 이름 바서 성수라먼 성수 아바지.**
② 아이 아바지, 아이 이름 봐서 성수라먼 성수 아바지.
③ (자녀가 있는 아들을 부를 경우) 아이아바지, 아이 이름이
따서 성수 아바지.

■ **아이 이름 부르무서 누구 아버지라 그러지요 머.**
② 아이 이름 부르무서 누구 아버지라 그러지요 머.
③ (아들을 부를 경우) 아이 이름을 부르면서 누구 아버지라
그러지요 뭐.

1 시집가서요? 기러머 시집까스머 아이드리 이스머 아이 이름 부르무서 그러자나요? 영수기머 영수기에미야, 나 마는 노친네드리 이러케 말한단 마립니다.

2 시집가서요? 기러머 시집갓으머 아이들이 잇으머 아이 이름 부르무서 그러잖아요? 영숙이머 영숙이에미야, 나 많은 노친네들이 이렇게 말한단 말입니다.

3 (딸이) 시집가서요? 시집가서 아이들이 있으면 아이 이름을 부르면서 그러잖아요? 애 이름이 영숙이면 영숙이에미야. 나 많은 할머니들이 이렇게 말한단 말입니다.

1 손주.

2 손주.

3 (손자를) 손주.

1 매부아님니까?

2 매부아닙니까?

3 (누나의 남편은) 매부라 안 합니까?

1 그저 매부라 하먼 대니까니.

2 그저 매부라 하먼 대니까니.

3 (누나의 남편을 직접 부를 때) 그저 매부라하면 되니까.

1 그건 데 그 남자가 부를 때 매부.

2 그건 데 그 남자가 부를 때 매부.

3 그건 저 남자 간에 부를 때 매부.

∎ 그뚜 그저 매부라 그래야지.

② 굿두 그저 매부라 그래야지.

③ (손아래누이의 남편을 직접 부를 경우) 그것도 그저 매부라
그래야지.

∎ 두리 가치 완는데? 자근매부, 큰매부돼야 대지 머.

② 둘이 같이 왔는데? 작은매부, 큰매부돼야 대지 머.

③ 둘이 같이 왔는데? 작은매부, 큰매부라고 헤야 되지 머.

∎ 아드리야 머 총각 때먼 그저 야자해선 대너꺼니.

② 아들이야 머 총각 때먼 그저 야자해선 대너꺼니.

③ 아들이야 뭐 총각 때는 그저 야자 해도 되니까.

남 **∎** 조카, 조카.

② 조카, 조카.

③ 조카, 조카.

여 **∎** 안 씁니다.

② 안 씁니다.

③ (아재비란 말은) 안 씁니다.

∎ 나이 만으먼 조카를 조카님.

② 나이 많으먼 조카를 조카님.

③ 자기보다 나이가 썩 많은 조카를 조카님.

∎ 말할 때 차즐 때는 그저 조카님 그래 차즈먼 됩니다.

② 말할 때 찾을 때는 그저 조카님 그래 찾으면 됩니다.
③ 말할 때나 찾을 때는 그저 조카님 그렇게 부르면 됩니다.

■ 그때는 그저 미뮈하디. 말 모타가씀니다.
② 그때는 그저 미뮈하디. 말 못하갓습니다.
③ 나이가 썩 이상인 조카와 이야기할 때는 말끝이 그저 미미
   하지. (꼭 어떻다고 말) 못하겠습니다.

■ 호래비.
② 홀애비.
③ 홀아비.

■ 과부.
② 과부.
③ 과부.

■ 나이 마는 거? 그야 머 늘그니. 좀 마리 쌍마리디요.
② 나이 많은 거? 그야 머 늙은이. 좀 말이 쌍말이디요.
③ 나이 많은 사람? 그야 뭐 늙은이. 말이 좀 상스럽지요.

**■ 여기서 늘그니라 부르면 자가두 아폐선 다 늘그니래 나 마
   는 분들.**
② 여기서 늙은이라 부르면 작아도 앞에선 다 늙은이래 나 많
   은 분들.
③ 여기서 말하는 늙은이는 나이가 적어도 앞에서 말하는 늙
   은이는 다 나이 많은 분들이에요.

① 늘근 녕감.

② 늙은 녕감.

③ (연세 많은 바깥노인을) 늙은 녕감.

남 ① 아바니, 늘근 아바니, 늘근 녕감.

② 아바니, 늙은 아바니, 늙은 녕감.

③ (연세 많은 바깥노인을) 아바니, 늙은 아바니, 늙은 녕감.

여 ① 그저 늘근녕가미라 그래.

② 그저 늙은녕감이라 그래.

③ (연세 많은 바깥노인을) 그저 늙은녕감이라 그래.

남 ① 늘근녕가미래는 거는 좀 나추 부르는 거이구…

② 늙은녕감이래는 거는 좀 낮추 부르는 것이구…

③ 늙은녕감이라고 하는 것은 (나이 많은 남자를) 낮추어 부르는 말이고.

여 ① 나이 마는 녕가믈 진실 말하머 하라버지라 그러면 뎁니다.

② 나이 많은 녕감을 진실 말하머 할아버지라 그러면 됩니다.

③ 나이 많은 노인을 바로 말하자면 할아버지라 하면 됩니다.

① 그건 할마니.

② 그건 할마니.

③ 나이 많은 여성은 할마니.

① 할마이다 그러구, 그저 네니 사람들 말할 찌게 또 조꼼 나

쁘게 말하면 그저 노친네, 늘근노친네 그러지 아나요?

② 할마이다 그러구, 그저 네니 사람들 말할 찍에 또 조꼼 나
쁘게 말하면 그저 노친네, 늙은노친네 그러지 않아요?

③ (나이 많은 여성을) 할마이라 그러고, 그저 여느 사람들이
말할 적에 또 좀 낮추어 말하면 그저 노친네, 늙은노친네
그러지 않아요?

■ **하라버지, 할머니. 그저 종경해서 말하는 건 조끔 그러케
나오구.**

② 할아버지, 할머니. 그저 존경해서 말하는 건 조끔 그렇게
나오구.

③ 연세 많은 분을 존경해서 말할 경우에는 그저 할아버지, 할
머니라고 하기도 하고.

■ **아에 그저 또 년세 높짜는 건 아버지라 그럽니다. 아버님.**

② 아에 그저 또 년세 높잖은 건 아버지라 그럽니다. 아버님.

③ 또 연세가 그리 많지 않을 때는 아예 아버지나 아버님이라
고 직접 부릅니다.

■ **아버니미라 해요.**

② 아버님이라 해요.

③ (나이 많은 바깥노인을 존경해서 부를 때) 아버님이라 해요.

■ **할머니.**

② 할머니.

③ (나이 많은 안노인을 직접 부를 때) 할머니.

① 아니, 넝가미며는 남자 아닙니까?
② 아니, 넝감이면은 남자 아닙니까?
③ 아니, 영감이면은 남자 아닙니까?

① 제녠 다 아버니미라구 안 해씀니다. 시아버지보구 아버니미라구 길구.
② 젠엔 다 아버님이라구 안 햇습니다. 시아버지보구 아버님이라구 실구.
③ 전에는 (나이 많은 남자를) 다 아버님이라 안 했습니다. 단지 시아버지보고만 아버님이라고 했습니다.

① 그리 이자 그러자나써요? 아버지라 기런 사람 이꾸 하라버지라 기런 사람 이꾸.
② 그리 이자 그러잖았어요? 아버지라 기런 사람 잇구 할아버지라 기런 사람 잇구.
③ 그래 이제 그러잖았어요? (바깥노인에 대해) 아버지라 그러는 사람도 있고 할아버지라 그러는 사람도 있다고요.

① 자기 치나버지요?
② 자기 친아버지요?
③ 자기 친아버지요?

① 그저 그런까니 그저 하라버지라 기러기두 하구 머.
② 그저 그런까니 그저 할아버지라 기러기두 하구 머.
③ 그저 그러니까 (나이 많은 바깥노인에 대해) 그저 할아버지라 그러기도 하고 뭐.

남 ① **아버지라 그래.**
② 아버지라 그래.
③ (나이 많은 바깥노인에 대해) 아버지라 그래.

여 ① **아드리, 아드리 불르면?**
② 아들이, 아들이 불르면?
③ 아들이, 아들이 부르면?

남 ① **아버지 동무는 아버님, 아버니미라구 그래.**
② 아버지 동무는 아버님, 아버님이라구 그래.
③ 아버지 동무는 아버님, 아버님이라고 그래.

① **아버님.**
② 아버님.
③ (아버지뻘 되는 사람이나 아버지의 친구를 직접 부를 때) 아버님.

① **그거도 아버니라 그래.**
② 그거도 아버니라 그래.
③ (아버지의 친구나 동년배도) 아버니라 그래.

① **자기 하라버지뻘 돼는 사라믄 하라버지라 그래요.**
② 자기 할아버지뻘 돼는 사람은 할아버지라 그래요.
③ 자기 할아버지뻘 되는 사람은 할아버지라 그래요.

여 ① **어머니라 글디요 머.**

② 어머니라 글디요 머.
③ (어머니뻘 되는 여자는) 어머니라 그러지요 뭐.

1 오마니, 오마니.
② 오마니, 오마니.
③ (어머니뻘 되는 여성을) 오마니 오마니.

여 **1 실랑, 신부요? 그 색씨, 새스방 이니야요?**
② 실랑, 신부요? 그 색시, 새스방 아니야요?
③ 실랑, 신부요? 그 색시, 새스방 아니에요?

1 실랑은 새스방, 심부는 색씨.
② 신랑은 새스방, 신부는 색시.
③ 신랑은 새스방, 신부는 색시.

1 심부라 글며야 새색씨루 표현되지 아나요?
② 신부라 글며야 새색시루 표현되지 않아요?
③ 신부라는 말은 우리말로 새색시란 말 아니에요?

1 머 마똥세 그러자나요?
② 머 맏동세 그러잖아요?
③ 뭐 맏동서라 그러잖아요.

1 마디는 마똥세, 두채 머 셋채, 웬 마지마근 망냉이.
② 맏이는 맏동세, 두채 머 셋채, 웬 마지막은 막냉이.
③ (서열로 말하면) 맏이는 맏동세, 둘째동세, 셋째동세 뭐. 맨

마지막은 막내동세.

1 그저 자기네들끼리 동세, 동세 하구만요.
2 그저 자기네들끼리 동세, 동세 하구만요.
3 자기네들끼리 (서로 부를 때) 그저 동세, 동세 해요.

1 각씨 여기서는 안 써요.
2 각시 여기서는 안 써요.
3 각시(라는 말을) 여기서는 안 써요.

남 **1 황해도판부텀 각씨야.**
2 황해도판부텀 각시야.
3 황해도부터는 각시야.

여 **1 에, 각씬데 여기는 기 따우 업씨요.**
2 에, 각신데 여기는 기 따우 없이요.
3 예, 각신데 여기는 그런 말이 없어요.

남 **1 색씨를 각씨라 합니다 색씨를. 색씬데 황해도파네는 각씨라 각씨.**
2 색시를 각시라 합니다 색시를. 색신데 황해도판에는 각시라 각시.
3 색시를 각시라 합니다 색시를. 색신데 황해도에서는 각시라 각시.

여 **1 체네.**

② 체네.

③ 처녀.

남 ❶ 나이 암만 마나서두 시집 안 간 건 체네다이.

② 나이 암만 많아서두 시집 안 간 건 체네다이.

③ 나이 암만 많아서도 시집 안 간 건 다 처녀야.

❶ 예. 설믄 체네, 늘근 체네하디. 나이 미니선 늘근 체네구.

② 예. 젊은 체네, 늙은 체네하디. 나이 많아선 늙은 체네구.

③ 예. 젊은 처녀, 늙은 처녀라 하지, 나이 많아서는 늙은 처녀고.

❶ 시집간능가 앙간능가 해서 체네라 하니까.

② 시집갓는가 안갓는가 해서 체네라 하니까.

③ 시집을 갔는가 안 갔는가에 따라서 처녀라 하니까.

❶ 여성인데요?

② 여성인데요?

③ 여성인데요?

여 ❶ 시집 간 거 마림니까?

② 시집 간 거 말입니까?

③ 시집간 여자 말입니까?

남 ❶ 자기 처를 에미네, 에미네 하는 거이디. 여자 통터러서.

② 자기 처를 에미네, 에미네 하는 거이디. 여자 통털어서.

③ 자기 처를 에미네, 에미네 하는 거지. 그리고 부녀자를 통

틀어서.

[여] **① 우리하구야 여자라 글디 머.**
② 우리하구야 여자라 글디 머.
③ 우리보고야 여자라 그러지 뭐.

① 건 여자야 남자야 그러구.
② 건 여자야 남자야 그러구.
③ 그건 (성별에 따라) 여자, 남자라 그러고.

① 우리 여자, 여자라 그래씀니다.
② 우리 여자 여자라 그랫습니다.
③ 우리는 여자를 여자라 그랬습니다.

① 남자 머 딸루 부르는 게 인나?
② 남자 머 딸루 부르는 게 잇나?
③ 남자에 대해 뭐 달리 부르는 게 있나?

① 남자야 남자 아니야요 머? 총각뜨리라 길구.
② 남자야 남자 아니야요 머? 총각들이라 길구.
③ 남자야 남자 아니에요 뭐? (결혼 전 남자를) 총각들이라 그
   러고.

① 서나야 장가간 거. 여자래 남펴늘 서나라 글구요.
② 서나야 장가간 거. 여자래 남편을 서나라 글구요.
③ 서나라는 말은 장가간 남자. 아내가 자기 남편을 서나라

그러고요.

[남] **① 장가 안 가스믄 총각, 총각 그래지. 늘근 총각 그래지.**
② 장가 안 갓으믄 총각, 총각 그래지. 늙은 총각 그래지.
③ 장가 안 갔으면 총각, 총각 그러지. 늙은 총각 그러지.

① 예, 총각.
② 예, 종각.
③ (남자애를) 총각.

① 그 건 가즈나온 마리구요. 업서요 총가기디 머, 장가 안 가머.
② 그 건 가즈나온 말이구요. 없어요. 총각이디 머, 장가 안 가머.
③ (사나이란 말은) 가지 나온 말이고요. (여기는 사나이란 말이) 없어요. 장가 안 가면 총각이지 뭐.

① 어린아이? 아이드리라 그래.
② 어린아이? 아이들이라 그래.
③ 어린아이? 아이들이라 그래.

[여] **① 아이 아이라 글디 머. 마냐시 여러이 돼므 아이드리라 글구.**
② 아이 아이라 글디 머. 만약시 여러이 돼므 아이들이라 글구.
③ 아이를 아이라 그러지 뭐. 만약시 여럿이 되면 아이들이라 그러고.

① 나가네.
② 나가네.

③ 손님.

다 **1** **사둔.**
② 사둔.
③ 사돈.

여 **1** **그저 사둔, 사둔 하자나요? 긴데 그저 종경해서 말하는 거야 사둔니미라 글디요 머.**
② 그저 사둔, 사둔 하잖아요? 긴데 그저 존경해서 말하는 거야 사둔님이라 글디요 머.
③ 그저 (사돈을) 사둔, 사둔 하잖아요? 그런데 그저 존경해서 말하는 거야 사둔님이라 그러지요 뭐.

1 **안사둔, 바깐-사둔 그 따우 업쑤다. 몰라요. 그저 사둔.**
② 안사둔, 바깥사둔 그 따우 없수다. 몰라요. 그저 사둔.
③ 안사돈, 바깥사돈 그런 말 없어요. 몰라요. 그저 사둔.

남 **1** **안사둔, 바깐-사두는 황북또 가게 돼면 안사둔, 바깐-사둔 그래.**
② 안사둔, 바깥사둔은 황북도 가게 돼먼 안사둔, 바깥사둔 그래.
③ 안사돈, 바깥사돈은 황북도 가게 되면 안사돈, 바깥사돈이라고 그래.

1 **동서, 동서라구 그래.**
② 동서, 동서라구 그래.
③ (처형이나 처제의 남편을) 동서, 동서라고 그래.

① 사둔찝 관겐데.

② 사둔집 관겐데.

③ 사돈집 간의 관계인데.

① 사둔찝 아이 말해 지끔 사둔찝 아이.

② 사둔집 아이 말해 지끔 사둔집 아이.

③ 지금 사돈집 아이들을 말해 사돈집 아이.

① 그야 메라는 거 머 이서요 머?

② 그야 메라는 거 머 잇어요 머?

③ 사돈집 아이들 간의 관계에 대해 뭐라고 하는 말이 있어요 뭐?

① 사둔찝, 사둔찝 아이디 머.

② 사둔집, 사둔집 아이디 머.

③ 사돈집과 사돈집의 아이지 뭐.

여 **① 사형가니디요 머. 월래 사형가는 노미 아니야요.**

② 사형간이디요 머. 원래 사형간은 놈이 아니야요.

③ 사형간이지요 뭐. 원래 사형간은 남이 아니에요.

① 사둔이지요 머.

② 사둔이지요 머.

③ (사돈집 아이들도) 사돈이지요 뭐.

납 **① 이모사추니지 머. 이모사춘끼리지 머. 이모사추니라 그래.**

② 이모사춘이지 머. 이모사춘끼리지 머. 이모사춘이라 그래.

③ (이종사촌은) 이모사춘이지 뭐. 이모사춘간이지 뭐. 이모사
춘이라 그래.

1 고무사춘.
② 고무사춘.
③ (고종사촌을) 고무사춘.

[여] **1 시집.**
② 시집.
③ 시집.

[다] **1 본가찝.**
② 본갓집.
③ (친정집을) 본갓집.

[여] **1 그러까니 그야 여자에 한 애기구.**
② 그러까니 그야 여자에 한 애기구.
③ 그러니까 그거야 여자에 대한 애기고.

1 그러니깐 시집깐 다메는 그 여자야 본가찌비라 그러디요 머.
② 그러니깐 시집간 담에는 그 여자야 본갓집이라 그러디요 머.
③ 그러니까 시집간 다음에는 그 여자야 본갓집이라 그러지요 머.

1 처가찝.
② 처갓집.
③ 처갓집.

1 처가찌비 공통마리라.
2 처갓집이 공통말이라.
3 처갓집이 공통어라.

1 에.
2 에.
3 예.

1 친척.
2 친척.
3 친척.

1 망내이.
2 막내이.
3 막내.

1 효자, 효자라 해씀니다.
2 효자, 효자라 햇습니다.
3 효자, 효자라 했습니다.

1 소녀.
2 소녀.
3 (효녀를) 소녀.

1 남자가 부모께 효자라 그래요.
2 남자가 부모께 효자라 그래요.

③ 부모께 (잘하는) 아들을 효자라 그래요.

1 여자는 소녀?
② 여자는 소녀?
③ 여자는 (효녀를) 소녀?

⬚ **1 효녀지요, 효녀.**
② 효녀지요, 효녀.
③ (부모께 잘하는 딸은) 효녀지요, 효녀.

⬚ **1 호녀.**
② 호녀.
③ 효녀.

1 효녀는 표준마리구 사투리 찬는 거니까.
② 효녀는 표준말이구 사투리 찾는 거니까.
③ 효녀는 표준말이고 사투리 찾는 거니까.

⬚ **1 안 써서요. 그건 쵀그네 마리야요.**
② 안 썼어요. 그건 쵀근에 말이야요.
③ (여기서는 아저씨란 말을) 안 썼어요. 그건 최근의 말이에요.

⬚ **1 안 써서요.**
② 안 썼어요.
③ (예전에는 아저씨란 말을) 안 썼어요.

여 **1 아즈바니, 아즈바니라 그래띠?**
　2 아즈바니, 아즈바니라 그랫디?
　3 (아저씨를) 아즈바니, 아즈바니라 그랬지?

남 **1 자기 형허고 동무들 아즈바니. 시형에 동무드를 다 아즈바
니라 그래.**
　2 자기 형허고 동무들 아즈바니. 시형에 동무들을 다 아즈바
니라 그래.
　3 자기 시형과 시형 동무들을 아즈바니. 시형의 (기혼) 동무
들을 다 아즈바니라 그래.

　1 시형 호근 남편 동무두 아즈바니.
　2 시형 혹은 남편 동무두 아즈바니.
　3 시형 혹은 남편의 동무도 아즈바니.

여 **1 안 쓰이다가 쵀그네 나온 마리래.**
　2 안 쓰이다가 쵀근에 나온 말이래.
　3 (아저씨는) 안 쓰이다가 최근에 나온 말이래.

　1 첩(妾).
　2 첩.
　3 첩.

　1 처비요, 첩.
　2 첩이요, 첩.
　3 첩이에요, 첩.

■ 큰댕네, 자근댕네라 하지 아난나?

② 큰댁네, 작은댁네라 하지 않앗나?

③ (예전에 본댁을) 큰댁네, (첩을) 작은댁네라 하지 않았나?

■ 또 흐니 크네미, 자그네미 기케 말하는 사람두 이띠요 머.

② 또 흔히 큰에미, 작은에미 기케 말하는 사람두 잇디요 머.

③ 또 흔히 (본댁을) 큰에미, (첩을) 작은에미 그렇게 말하는
사람도 있지요 뭐.

남 ■ 큰댕네 자근댕네하는 거는…

② 큰댁네 자근댁네하는 거는…

③ (본댁을) 큰댁네 (첩을) 자근댁네라 하는 것은…

■ 처베 아들, 처베 아드리라 그래지.

② 첩에 아들, 첩에 아들이라 그래지.

③ (서자를) 첩의 아들, 첩의 아들이라 그러지.

■ 그저 자그너머니라 글디요 머. 자그노마니, 자그노마니.

② 그저 작은어머니라 글디요 머. 작은오마니, 작은오마니.

③ (서모를) 그저 작은어머니라 그러지요 뭐. 작은오마니, 작
은오마니.

■ 부처끼리.

② 부처끼리.

③ (부부 혹은 부부간을) 부처끼리.

① **아부님.**
② 아부님.
③ (예전에는 아바이란 말은 안 쓰고) 아부님.

① **가지 그저 아바이 나온 건데 아부니미라 그래쇼, 아부님.**
② 가지 그저 아바이 나온 건데 아부님이라 그랫이요, 아부님.
③ 아바이라는 말은 가지 나온 건데 (여기서는 본래) 아부님이
   라 그랬어요, 아부님.

① **나이 마는 사람들, 그거 아부니미라 그런 사람두 이서꾸.
   또 아버지 동무들 이런 사람들 아부님.**
② 나이 많은 사람들, 그거 아부님이라 그런 사람두 잇엇구.
   또 아버지 동무들 이런 사람들 아부님.
③ 나이 많은 남자들을 아부님이라고 그러는 사람도 있고 또
   아버지 동무나 동년배들을 아부님이라 그러는 사람도 있고.

① **그건 안 그래. 하라버지, 크라바지.**
② 그건 안 그래. 할아버지, 클아바지.
③ (할아버지뻘 되는 노인에 대하여는 아부님이라) 안 그래.
   할아버지, 클아바지라 그래.

ⓨ ① **하라버지라 합니다.**
② 할아버지라 합니다.
③ (할아버지뻘 되는 노인에 대하여는) 할아버지라 합니다.

제3장
평남지역의 친족어

3.1 평남 문덕 지역어 전사 자료
3.2 평남 안주 지역어 전사 자료

서북방언의 친족어 연구

서북방언의 친족어 연구

제3장 평남지역의 친족어

3.1 평남 문덕 지역어 전사 자료

- **조사 지점**

  평안남도 문덕군 문덕읍

- **조사 시간**

  1996년 8월 27일

- **제보자**

  백병섶 남 64세 평남 문덕군 태생 학력: 중졸 공직자

  송형희 여 59세 평양 태생(문덕군 거주 25년) 학력: 고졸 노동자

  신봉성 여 61세 평남 숙천 태생(문덕 거주 40년) 학력: 중졸 사무원

  한창근 남 63세 평남 평원 태생(문덕 거주 36년) 학력: 중졸 사무원

  김주막 남 65세 평남 문덕 태생   학력: 전문학교 교사

  리용범 남 70세 강원 인제 태생(문덕 거주40) 학력: 야학 노동자

- **조사자**

  황대화(중국해양대학 교수)

  김영황(김일성종합대학 교수)

남 **1 문덕꾸님니다. 예, 여김니다.**
2 여문덕군입니다. 예, 여깁니다.
3 (출생지가) 문덕군입니다. 예, 여깁니다.

1 헤는 나이로 하문 예순네 살, 삼십삼녀님니다.
2 헤는 나이로 하문 예순네 살, 삼십삼년입니다.
3 세는 나이로 하면 예순네 살, 삼십 삼년 생입니다.

1 백-병-섶, 백-병-섶.
2 백-병-섶, 백-병-섶.
3 백-병-섶, 백-병-섶.

1 '서'짜에다 피읍 빠침 섶.
2 '서'짜에다 피읍 받침 섶.
3 '서'자에다 피읖 받침을 한 섶.

1 예, 이 고장 태생임니다.
2 예, 이 고장 태생입니다.
3 예, 이 고장 태생입니다.

1 무놔꽈장, 예.
2 문화과장, 예.
3 문화과장으로 일했습니다, 예.

여 **1 송형회.**
2 송형회.

③ 송형희.

① 예, 형. 쉰아홉쌀.
② 예, 형. 쉰아홉살.
③ 예, 형. 쉰아홉 살.

① 저는 여기 아님니다.
② 저는 여기 아닙니다.
③ 저는 여기 (태생이) 아닙니다.

① 평양임니다.
② 평양입니다.
③ 평양입니다.

① 여기 온지 이제 이시보 년 돼씀니다.
② 여기 온지 이제 이십오 년 됏습니다.
③ 여기 온지 이제 이십오 년 됐습니다.

[남] **① 평양두 머 여기서 얼마 멀디 안는데.**
② 평양두 머 여기서 얼마 멀디 않는데.
③ 평양도 뭐 여기서 얼마 멀지 않은데.

[여] **① 예, 만씀니다.**
② 예, 많습니다.
③ 예, (평양 말과 차이가) 많습니다.

▇ 신봉성, 예쉰 한나. 고향은 숙처닌데 여기와 산 게 한 사심
년 됨니다.
② 신봉성, 예쉰 한나. 고향은 숙천인데 여기와 산 게 한 사십
년 됩니다.
③ 신봉성, 예순 하나. 고향은 숙천인데 여기와 산 지 한 사십
년 됩니다.

▇ 별반 차이 업씀니다.
② 별반 차이 없습니다.
③ (숙천말과) 별반 차이 없습니다.

▇ 에, 탄생 한 살.
② 에, 탄생 한 살.
③ 예, 출생 한 살.

▇ 여기서 한 사심년 사라씀니다.
② 여기서 한 사십년 살앗습니다.
③ 여기서 한 사십년 살았습니다.

▇ 숙처네서 쪼꼼해서 살다가 여기 와서 처멘 농사하다가 세
대주가 제대돼서 이 따에 와이스며선 그 후 수령님께서…
② 숙천에서 쪼꼼해서 살다가 여기 와서 첨엔 농사하다가 세
대주가 제대돼서 이 땅에 와잇으며선 그 후 수령님께서…
③ 숙천에서 살다가 어려서 여기 와서 처음에는 농사하다가
남편이 제대돼서 이 땅에 와있으면서 그 후 수령님께서…

1 에.

② 에.

③ 예.

남 **1** 한창근, 예순 세 살. 출쌩지는 평워님니다.

② 한창근, 예순 두 살. 출생지는 평원입니다.

③ 한창근, 예순 두 살. 출생지는 평원입니다.

1 그저 가씀니다.

② 그저 같습니다.

③ (평원말씨가 여기 말과) 대체로 같습니다.

1 예.

② 예.

③ 예.

1 육심년도 여기 와서요.

② 육십년도 여기 왔어요.

③ 육십년도 여기 왔어요.

1 보관일꾼인데 머 과장 좀 하다가서…

② 보관일꾼인데 머 과장 좀 하다가서…

③ 보관일꾼인데 뭐 과장 좀 하다가서 (퇴직함).

1 이름 김주마김니다. 주-막-임니다. 예순 다섯. 출쌩지는 요 모퉁이 삼북똥 요김니다.

2 이름 김주막입니다. 주막입니다. 예순 다섯. 출생지는 요 모 퉁이 삼북동 요깁니다.

3 이름 김주막입니다. 주막입니다. 예순 다섯. 출생지는 요 모 퉁이 삼북동 요깁니다.

1 예. 와서 전문하꼬 강좌장 해씀니다.

2 예. 와서 전문학교 강좌장 햇습니다.

3 예. 와서 전문학교 강좌장으로 일했습니다.

1 리용범, 니른 살.

2 리용범, 닐은 살.

3 이용범. 일흔 살.

1 여 문덕 싸람.

2 여 문덕 사람.

3 여기 문덕 사람.

1 여기서 딴 데 가따 온데 업써요.

2 여기서 딴 데 갓다 온데 없어요.

3 여기서 딴 데 갔다 온데 없어요.

1 한 사심년 사라씀니다. 일쎙을 여기서.

2 한 사십년 살앗습니다. 일생을 여기서.

3 한 사십년 살았습니다. 일생을 여기서.

1 자기 생각나는 대루 면 마디 하간는데요 예, 이자 난 마지

막 번호 들고 온 사라미야.

② 자기 생각나는 대루 몇 마디 하갓는데요 예, 이자 난 마지막 번호 들고 온 사람이야.

③ 자기 생각나는 대로 몇 마디 하겠는데요 예, 이제 난 마지막 번호 들고 온 사람이야.

■ **우리 여기서는 내가 강원도 남강원돈데 린제군 남면 갑끔린데를…**

② 우리 여기서는 내가 강원도 남강원돈데 린제군 남면 갑금린데를…

③ 우리 여기서는 내가 강원도 남강원도(태생)인데 인제군 남면 갑금리라는 데를…

■ **일본노미 제일 못 쌀게 구러서, 못뙤게 구러서 일본노미 망하는 천구백사시보년 파뤌 시보일까지 거기 가 좀 수머 이선는데.**

② 일본놈이 제일 못 살게 굴어서, 못되게 굴어서 일본놈이 망하는 천구백사십오년 팔월 십오일까지 거기 가 좀 숨어 잇엇는데.

③ 일본놈이 너무 못 살게 굴어서, 못되게 굴어서 일본놈이 망하는 천구백사십오년 팔월 십오일까지 거기 가 좀 숨어 있었는데.

■ **거기서는 새기라 그러는데 우리 여기선 처녀라 글잔쿠 체네 체네 기래. 체네, 체네라 글디 새기라 글디 안터래는 거.**

② 거기서는 새기라 그러는데 우리 여기선 처녀라 글잖구 체

네, 체네 기래. 체네, 체네라 글디 새기라 글디 않더래는 거.

③ 거기서는 (처녀를) 새기라 그러는데 우리 여기서는 처녀라 그러지 않고 체네, 체네 그래. 체네, 체네라 그러지 새기라 그러지 않더라는 거.

■ 카구 평북또에서 오는 사람드리, 여 정주 왕내 고 이상 선천 골짜게 온 사람드리 "여" 쏘리를 마니 부티는데 "여, 여" 이러는데.

② 카구 평북도에서 오는 사람들이, 여 정주 왕래 고 이상 선천 골짝에 온 사람들이 "여" 쏘리를 많이 붙이는데 "여, 여" 이러는데.

③ 그리고 평북도에서 오는 사람들이, 여기 정주를 왕래하는 선천 골짝에서 온 사람들이 "여" 소리를 많이 붙이는데 "여, 여" 이러는데.

■ 우리 이 지방 사람드른 오래전부터 마파람, 남풍을 마파라미라구 글디 남풍이라 그러지 아나딴 마리야 옌날부터.

② 우리 이 지방 사람들은 오래전부터 마파람, 남풍을 마파람이라구 글디 남풍이라 그러지 않았단 말이야 옛날부터.

③ 우리 이 지방 사람들은 오래전부터 마파람, 남풍을 마파람이라고 그러지 남풍이라 그러지 않았단 말이야 옛날부터.

■ 남풍하구 서풍하구 고 사이루 드러오는 바라믈 칼바라미라구 칼바람.

② 남풍하구 서풍하구 고 사이루 들어오는 바람을 칼바람이라구 칼바람.

③ 남풍하고 서풍하고 그 사이로 들어오는 바람을 칼바람이라
고 칼바람.

❶ 동풍과 동남방향에서 드러오는 걸 새빠라미라구 그래 새빠람.
② 동풍과 동남방향에서 들어오는 걸 샛바람이라구 그래 샛바람.
③ 동풍과 동남방향에서 들어오는 걸 샛바람이라고 그래 샛바람.

❶ 그러카구 아버지, 그런데 아버지라 글잔구 여기시는 이비
지라 그런단 마리야. 아바지, 아버지합니다. 아버지가 아니
구 아바지, 아바지라 금니다.
② 그렇가구 아버지, 그런데 아버지라 글잖구 여기서는 아바
지라 그런단 말이야. 아바지, 아바지합니다. 아버지가 아니
구 아바지, 아바지라 급니다.
③ 그리고 아버지, 그런데 아버지라 그러지 않고 여기서는 아
바지라 그런단 말이야. 아바지, 아바지합니다. 아버지가 아
니고 아바지, 아바지라 그럽니다.

❶ 아바지라 글디요. 아바지라 글디 아버지라구 부르지 안는
단 마리여.
② 아바지라 글디요, 아바지라 글디 아버지라구 부르지 않는
단 말이여.
③ (부를 때도) 아바지라 그러지요. 아바지라 그러지 아버지라
고 부르지 않는단 말이여.

[여] **❶ 어마니, 아바지.**
② 어마니, 아바지.

③ 어머니, 아버지.

❶ 그저네, 그저네 내래 내래 기띠.
② 그전에, 그전에 내래 내래 깃디.
③ 그전에, 그전에 ('내가'를) 내래 내래 그랬지.

❶ 긴데 이젠 구더저딴 마림니다 하하하.
② 긴데 이젠 굳어젓단 말입니다 하하하.
③ 그런데 이제는 굳어졌단 말입니다 하하하.

⒤ **❶ 여기서 사람들 그저 나, 너 이러디 내 이러디 아나딴 마리야.**
② 여기서 사람들 그저 나, 너 이러디 내 이러디 않앗단 말이야.
③ 여기 사람들은 그저 자기를 '나', 남을 '너' 이러지 '내', '네' 이렇게 말하지 않았단 말이야.

⒟ **❶ 아바지, 아바지라구.**
② 아바지, 아바지라구.
③ (아버지를) 아바지, 아바지라고.

❶ 예, 아바짐니다. 아바지라 함니다.
② 예, 아바집니다. 아바지라 합니다.
③ 예, (직접 부를 때도) 아바집니다. 아바지라 합니다.

⒤ **❶ 종경할 띠게 아버지라 그래지 머.**
② 존경할 떡에 아버지라 그래지 머.
③ 존경할 적에 아버지라 그러지 뭐.

여 ■ 아니, 며느리드리 종경할 때는 아버님, 아버님.

　② 아니, 며느리들이 존경할 때는 아버님, 아버님.

　③ 아니, 며느리들이 (시아버지를) 존경할 때는 아버님, 아버님.

■ 아버니미다 안 하구 아부님, 아부님.

　② 아버님이다 안 하구 아부님, 아부님.

　③ (시아버지를 부를 때는) 아버님이라 안 하고 아부님, 아부님.

■ 예, 아부님.

　② 예, 아부님.

　③ 예, (며느리가 시아버지를 부를 때) 아부님.

■ 오마니, 오마니.

　② 오마니, 오마니.

　③ (어머니를 부를 때) 오마니, 오마니.

남 ■ 오마이라 그래서.

　② 오마이라 그랫어.

　③ (어머니를 부를 때) 오마이라 그랬어.

여 ■ 예, 오마니. 그뚜 오마니디요.

　② 예, 오마니. 굿두 오마니디요.

　③ 예, (며느리가 시어머니를 직접 부를 때도) 오마니. 그것도
　　오마니지요.

남 ■ 오만 기리기두 하디 오만.

② 오만 기리기두 하디 오만.
③ (어머니를 부를 때) '오만'이라 그러기도 하지.

① 평양에 가문 평양 사람들 오만, 오만 이러케.
② 평양에 가문 평양 사람들 오만, 오만 이렇게.
③ 평양에 가면 평양 사람들이 오만, 오만 이렇게.

① 오마니, 오마니 기래.
② 오마니, 오마니 기래.
③ (어머니를 보통) 오마니, 오마니라 그래.

① 예, 오마니.
② 예. 오마니.
③ 예. (평원군에서도 어머니를 직접 부를 때) 오마니.

㉹ **① 엄마, 엄마.**
② 엄마, 엄마.
③ (어려서 어머니를 부를 때) 엄마, 엄마.

① 엄매, 엄매.
② 엄매, 엄매.
③ (어려서 어머니를 부를 때) 엄매, 엄매.

㉯ **① 엄매라구 그래쇼 엄매.**
② 엄매라구 그랫요 엄매.
③ (어려서 어머니를) 엄매라고 그랬어요 엄매.

여 ① 아이드리 부를 때는 엄마라구 부르고 부모드리 차자슬 때
는 너 엄매가 찬는다, 너 엄매가 찬는다 그러지.
② 아이들이 부를 때는 엄마라구 부르고 부모들이 찾앗을 때
는 너 엄매가 찾는다 너 엄매가 찾는다 그러지.
③ 아이들이 어머니를 부를 때는 엄마라고 하고 부모들이 아
이를 찾을 때 다른 사람이 그 애를 보고 알리는 말로 너 엄
매가 찾는다, 너 엄매가 찾는다 그러지.

남 ① 아이드리 부를 띠게 지금 교유글 바다서 길디 기저넨 월래
엄매 엄매해서. 아이들두 엄매 엄매해서.
② 아이들이 부를 띡에 지금 교육을 받아서 길디 기전엔 원래
엄매 엄매햇어. 아이들두 엄매 엄매햇어.
③ 지금 교육을 받아서 아이들이 부를 적에 어머니라 그러지
그전에는 어머니를 부를 때 원래 엄매 엄매 했어. 아이들도
엄매 엄매했어.

여 ① 크나버지라 부르구 마다버지라구 부르구.
② 큰아버지라 부르구 맏아버지라구 부르구.
③ (백부를) 큰아바지라 부르고 맏아바지라고 부르고.

① 예? 크나바지를 마다바지라구 마다바지.
② 예? 큰아바지를 맏아버지라구 맏아바지.
③ 예? 큰아버지를 맏아바지라고 맏아바지.

남 ① 웬 마디를 크나버지라 그런데 마다바지라구두 기런단 마리야.
② 웬 맏이를 큰아버지라 그런데 맏아바지라구두 기런단 말이야.

③ 맨 맏이를 큰아버지라 그러는데 맏아바지라고도 그런단 말
이야.

**① 크나바지는 일반쩌그루 부를 때 크나바지라 하구 크나바지
가 한 두 분 이상 될 때는 마크나바지, 둘째크나바지.**

② 큰아바지는 일반적으루 부를 때 큰아바지라 하구 큰아바지
가 한 두 분 이상 될 때는 맏큰아바지, 둘째큰아바지.

③ 큰아바지는 일반적으로 부를 때 큰아바지라 하고 큰아바지
가 한 두 분 이상 될 때는 맏큰아바지, 둘째큰아바지라 하고.

여 **① 예, 마다바이. 예, 마크나바지, 둘째크나바지.**

② 예, 맏아바이. 예, 맏큰아바지, 둘째큰아바지.

③ 예, (아버지 형제 중의 맏이를) 맏아바이. 예, 맏큰아바지
둘째큰아바지.

다 **① 하라바지.**

② 할아바지.

③ (할아버지를) 할아바지.

여 **① 할반, 할바니. 할바니라 그럽니다. 여기 하라바지라구 안 그
럽니다.**

② 할반, 할바니. 할바니라 그럽니다. 여기 할아바지라구 안 그
럽니다.

③ (할아버지를) 할반, 할바니. 할바니라 그럽니다. 여기서 할
아바지라고 안 그럽니다.

남 **1** **하르바니, 하르바니 그때 써서요.**

② 하르바니, 하르바니 그때 썼어요.

③ 하르바니, 하르바니라고 예전에 썼어요.

1 **옌나레는 하루방이라구 그래씀니다.**

② 옛날에는 '하루방'이라구 그랬습니다.

③ 옛날에는 (할아버지를) 하루방이라고 그랬습니다.

여 **1** **찬는 건 할바니라 차꾸. 너 하라바니가 찬는다 하라바니가**
   찬는다.

② 찾는 건 할바니라 찾구. 너 할아바니가 찾는다 할아바니가
   찾는다.

③ 자기 할아버지를 찾을 때는 할바니라 부르고 남이 말할 때
   도 너 할아바니가 찾는다 할아바니"가 찾는다라고 하고.

남 **1** **하루바니.**

② 하루바니.

③ (할아버지의 지칭으로) 하루바니.

여 **1** **할바니.**

② 할바니.

③ (할아버지를 직접 부를 때) 할바니.

남 **1** **할마니. 할마니, 하루바니.**

② 할마니. 할마니, 하루바니.

③ (할머니를 직접 부를 때) 할마니, (할아버지를 기리켜 부를

때) 하루바니.

답 **1 예, 하루바니, 하루바니. 오마니터럼 하루바니.**
　2 예, 하루바니, 하루바니. 오마니터럼 하루바니.
　3 예, 하루바니, 하루바니. 오마니처럼 ('니'로 끝난) 하루바니.

남 **1 미워해슬 때 부를 때는 하루바니라구 기래구.**
　2 미워햇을 때 부를 때는 하루바니라구 기래구.
　3 미워하며 부를 때는 (할아버지를) 하루바니라고 그러고.

여 **1 할바니, 하르바니.**
　2 할바니, 하르바니.
　3 (할아버지를 직접 부를 때) 할바니, (할아버지를 가리켜 부
　　를 때) 하르바니.

남 **1 여자는 또 할마니라 그러구. 할머니를 할마니.**
　2 여자는 또 할마니라 그러구. 할머니를 할마니.
　3 여자는 또 할마니라 그러고. 할머니를 할마니.

여 **1 클마니는 자강도마림니다.**
　2 클마니는 자강도말입니다.
　3 (할머니에 대한) 클마니는 자강도말입니다.

1 자강도에는 할머니 클마니라 글구 하라버지 클바지라 글구.
　2 자강도에는 할머니 클마니라 글구 할아버지 클바지라 글구.
　3 자강도에서는 할머니를 클마니라 그러고 할아버지를 클바

지라 그러고.

다 **1 예, 할마니.**
　2 예, 할마니.
　3 예, (지칭과 호칭에 두루 쓰이는 말로) 할마니.

　1 예, 큰엄마.
　2 예, 큰엄마.
　3 예, (백모를) 큰엄마.

　1 크노마니, 크노마니.
　2 큰오마니, 큰오마니.
　3 (백모를) 큰오마니, 큰오마니.

남 **1 자그노마니.**
　2 작은오마니.
　3 (숙모를) 작은오마니.

여 **1 쪼꼬만 아이드리 부를 땐 크넘마, 크넘마 이케두 차꾸.**
　2 쪼꼼한 아이들이 부를 땐 큰엄마, 큰엄마 이케두 찾구.
　3 어린아이들이 (큰어머니를) 찾을 때는 큰엄마, 큰엄마 이렇
　　게도 부르고.

　1 둘채는 또 자그노마니.
　2 둘채는 또 작은오마니.
　3 둘째는 또 작은오마니.

① 자그노마니, 예.
② 작은오마니, 예.
③ (둘째는) 작은오마니, 예.

① 그 이자 형님드리 부르는 소리 쬐꼬만 아이드른 크넘마 크넘마.
② 그 이자 형넘들이 부르는 소리 쬐꼼한 아이들은 큰엄마 큰엄마.
③ 그 이제 큰어머니를 부를 때 어린 조카들은 큰엄마 큰엄마.

[남] **① 이자 그 아바지라구 그러잔씀니까? 이 지방에서 아배라구 또 그런 거 이쇼 아배.**
② 이자 그 아바지라구 그러잖습니까? 이 지방에서 아배라구 또 그런 거 잇요 아배.
③ 이제 (아버지를) 아바지라고 그러잖습니까? 이 지방에서 (아버지를) 또 아배라고 하는 그런 말이 있어요 아배.

[여] **① 너 아배 어디 간니?**
② 너 아배 어디 갓니?
③ 너 아버지 어디 갔니?

[남] **① 아배. 너 아배 어데 간?**
② 아배. 너 아배 어데 간?
③ (아버지를) 아배. 너 아배 어데 갔니?

[여] **① 너 아배 어데 간니?**

② 너 아배 어데 갓니?

③ 너 아버지 어데 갔니?

남 ❶ **우싸라미 자기 손자보구 내기할 쩌게, 아래싸람보구 내기할 띠게 너 아배 어데간?**

② 웃사람이 자기 손자보구 내기할 쩍에, 아랫사람보구 내기할 떡에 너 아배 어데간?

③ (아버지보다) 윗사람인 할아버지가 자기 손자보고 애기할 적에 너 아배 어데갔니?

❶ **너에 아배라구 그래, 아배. 아버지라 그러잔쿠 너에 아배 어데 간? 이 지방 순저니 사투리야.**

② 너에 아배라구 그래, 아배. 아버지라 그러잖구 너에 아배 어데 간? 이 지방 순전히 사투리야.

③ 너의 아배라 그래, 아배. 아버지라 그러지 않고 너의 아배 어데 갔니? 순전히 이 지방 사투리야.

여 ❶ **증조하라버지.**

② 증조할아버지.

③ 증조할아버지.

다 ❶ **증조하라바니, 증조하라바이.**

② 증조할아바니, 증조할아바이.

③ (증조부를) 증조할아바니, 증조할아바이.

❶ **고조하라바이.**

② 고조할아바이.

③ (고조부를) 고조할아바이.

① 고조하라바니.

② 고조할아바니.

③ (고조부를) 고조할아바니.

남 **① 하루바니라 그래, 하루바니.**

② 하루바니라 그래, 하루바니.

③ (증조할아버지와 고조할아버지를 일반적으로) 하루바니라
그래, 하루바니.

여 **① 증조할마니, 고조할마니.**

② 증조할마니, 고조할마니.

③ (증조모를) 증조할마니, (고조모를) 고조할마니.

① 예. 할마니, 할마니.

② 예. 할마니, 할마니.

③ 예. (증조할머니와 고조할머니를 부를 때는) 할마니, 할마니.

① 왜케두 왜할마니, 왜할망구.

② 왜켄두 왜할마니, 왜할망구.

③ 외가 쪽도 (외할머니를) 왜할마니, 왜할망구.

① 예, 다 가씀니다. 고조할마니.

② 예, 다 같습니다. 고조할마니.

③ 예, 다 같습니다. (고조모를) 고조할마니.

① 가시아바지.
② 가시아바지.
③ (장인을) 가시아바지.

① 그저 아바지라 그래요.
② 그저 아바지라 그래요.
③ (장인을 부를 경우) 그저 아바지라 그래요.

남 **① 옌나렌 장이니라 그래서, 장이니라구.**
② 옛날엔 장인이라 그랬어, 장인이라구.
③ 옛날에는 (아내의 아버지를) 장인이라 그랬어, 장인이라고.

여 **① 장모, 장인 그래서. 옌나레 한짜루.**
② 장모, 장인 그랬어. 옛날에 한짜루.
③ (아내의 부모를) 장모, 장인 그랬어. 옛날에 한자어로.

남 **① 장이니라구 그래서 우리 어려슬 때.**
② 장인이라구 그랬어 우리 어렷을 때.
③ (아내의 아버지를) 장인이라고 그랬어. 우리 어렸을 때.

여 **① 오마니 장모라 그러구.**
② 오마니 장모라 그러구.
③ 아내의 어머니를 장모라 그러고.

❶ 가시오마니.
② 가시오마니.
③ (아내의 어머니를) 가시오마니.

❶ 오마니.
② 오마니.
③ (장모를 직접 부를 때) 오마니.

❶ 장모가 업-서서 간다 머, 장이니 업-서서 간다 이러케.
② 장모가 없어서 간다 머, 장인이 없어서 간다 이렇게.
③ 장모가 없어서 간다 뭐, 장인이 없어서 간다 이렇게.

❶ 부를 때는 아바지, 오마니. 저 오마니, 아바지 부르든 하지요
② 부를 때는 아바지, 오마니. 저 오마니 아바지 부르듯 하지요.
③ (사위가 장인, 장모를 직접) 부를 때는 아바지 오마니. 자기
  어머니, 아버지를 부르듯 하지요.

❶ 시아바지, 아부님 아분니민데 시아부님 시아부님.
② 시아바지, 아부님 아붓님인데 시아부님 시아부님.
③ (시아버지를 직접 부를 때는) 아부님, 아붓님인데 (가리켜
  부를 때는) 시아바지, 시아부님.

❶ 시오마니.
② 시오마니.
③ (시어머니를) 시오마니.

■ 오마닌 님 안 부티고 그저 오마니.
② 오마닌 님 안 붙이고 그저 오마니.
③ (시어머니를 부를 때) '-님'을 안 붙이고 그저 오마니.

■ 그저 아부님, 오마니.
② 그저 아부님, 오마니.
③ (시부모를 직접 부를 때는) 그저 아부님, 오마니.

■ 아부님, 식싸하시자요. 오마니, 식싸하시자요 이러케.
② 아부님, 식사하시자요. 오마니, 식사하시자요 이렇게.
③ (시부모에게) 아부님 식사합시다. 오마니 식사합시다 이렇게.

□ ■ 남잔 좀 종경하구 그땐 여자는 좀 하대루…
② 남자는 좀 존경하구 그때는 여자는 좀 하대루…
③ 예전에는 (언어예절에서) 남자는 좀 존경하고 여자는 좀 하대로…

■ 이부더머니, 이부도마니.
② 이붓어머니, 이붓오마니.
③ (계모를) 이붓어머니, 이붓오머니.

■ 그저 오마니라구.
② 그저 오마니라구.
③ (계모를 직접 부를 때는) 그저 오마니라고.

1 이부다바지.
2 이붓아바지.
3 (계부를) 이붓아바지.

남 **1 아바지, 이부다바지.**
2 (아바지, 이붓아바지.
3 (호칭은) 아버지, (지칭은) 이붓아버지.

여 **1 아바지.**
2 아바지.
3 (계부의 지칭과 호칭은) 아바지.

1 왜하라바지, 왜하라바니.
2 왜할아바지, 왜할아바니.
3 (외할아버지를) 왜할아바지, 왜할아바니.

1 그저 하라바니, 하라바이.
2 그저 할아바니, 할아바이.
3 (왜할아버지를 직접 부를 때는) 그저 할아바니, 할아바이.

다 **1 왜할마니, 왜할마니.**
2 왜할마니, 왜할마니.
3 (외할머니를) 왜할마니, 왜할마니.

1 부를 때는 할마니구, 할마니 할마니야.
2 부를 때는 할마니구, 할마니 할마니야.

③ (외할머니를) 부를 때는 할마니고, 할마니 할마니야.

❶ 옌나레는 자그나바지라 그래서. 지금 삼추니라 글디.
② 옛날에는 작은아바지라 그랫어. 지금 삼춘이라 글디.
③ 옛날에는 (숙부를) 작은아바지라 그랬어. 지금 삼춘이라 그
러지.

❶ 자그나바지, 세채아바지.
② 작은아바지, 세채아바지.
③ (숙부를 서열에 따라) 작은아바지, 세채아바지.

🗂️ **❶ 삼추니라구 마니 불러서.**
② 삼춘이라구 많이 불럿어.
③ (여기서는 숙부를) 삼춘이라고 많이 불렀어.

🗂️ **❶ 예, 삼추니라 불러.**
② 예, 삼춘이라 불러.
③ 예, (숙부를) 삼춘이라 불러.

❶ 자그나바지, 셋채자그나바지, 넷채자그나바지 그래서.
② 작은아바지, 셋채작은아바지, 넷채작은아바지 그랫어.
③ (옛날에는 숙부를 서열에 따라) 작은아바지, 셋채작은아바
지, 넷채작은아바지 그랬어.

❶ 지금 삼춘, 삼춘하디.
② 지금 삼춘, 삼춘하디.

③ 지금 (숙부를) 삼춘, 삼춘하지.

❶ 상욱똥, 요기 상욱똥.
② 상욱동, 요기 상욱동.
③ (문덕 읍내인) 상욱동, 요기 상욱동.

❶ 해래돼 일쩨말기에 기때 오면서 삼춘, 삼춘 해띠.
② 해방돼 일쩨말기에 기때 오면서 삼춘, 삼춘 햇디.
③ 해방되기 (전인) 일제말기 그때부터 (숙부를) 삼춘, 삼춘 했지.

여 **❶ 월래 왜삼추늘 삼추니라 부르구 그저네는 친가 쪼그룬 다 자그나바지. 왜가를 삼춘, 삼춘.**
② 원래 왜삼춘을 삼춘이라 부르구 그전에는 친가 쪽으룬 다 작은아바지. 왜가를 삼춘, 삼춘.
③ 그전에는 원래 외삼춘을 삼춘이라 부르고 아버지 쪽은 다 작은아바지. 외가 쪽을 삼춘, 삼춘.

❶ 예, 자그나바지.
② 예, 작은아바지.
③ 예, (아버지 동생은 삼춘이 아니라) 작은아바지.

❶ 장가 안 가구 총각-하굴 삼추니라구 하는데 장가간 건 자 그나바지.
② 장가 안 가구 총각하굴 삼춘이라구 하는데 장가간 건 작은 아바지.
③ 장가를 안 간 총각을 삼춘이라고 하고 장가간 건 작은아바지.

남 ① 장가가기 저네 삼추니라 마니 부르구 장가간 대멘 자그나 바지구.

② 장가가기 전에 삼춘이라 많이 부르구 장가간 댐엔 작은아 바지구.

③ 장가가기 전에 삼춘이라 많이 부르고 장가간 다음에는 작 은아바지고.

여 ① 자그노마니.

② 작은오마니.

③ (숙모를) 작은오마니.

① 예, 자그노마니.

② 예, 작은오마니.

③ 예, (숙모를 직접 부를 때도) 작은오마니.

남 ① 숭모라 그래서. 유시가게 한짜말루 숭모, 그때는 숭모.

② 숙모라 그랫어. 유식하게 한자말루 숙모, 그때는 숙모.

③ 숙모라 그랬어. 유식하게 한자말로 숙모, 그때는 숙모.

여 ① 여자 여자끼리 동서지가네. 내가 마다드레 색-시구 그 사 라믄 자그나드레 색-시라 할 땐 서루 동세끼리 아니우? 이 러게 될 찌게는 동세, 동세라구 그래. 동서가 아니구 동세.

② 여자 여자끼리 동서지간에. 내가 맏아들에 색시구 그 사람 은 작은아들에 색시라 할 땐 서루 동세끼리 아니우? 이렇 게 될 찍에는 동세, 동세라구 그래. 동서가 아니구 동세.

③ 여자 여자끼리 동서지간에. 내가 맏아들의 색시고 그 사람

은 작은아들의 색시라 할 때는 서로 동세지간 아니요? 이렇게 될 적에는 동세, 동세라고 그래. 동서가 아니구 동세.

1 마똥세, 자근동세 이러케 불러딴 마림니다.
2 맏동세, 작은동세 이렇게 불럿단 말입니다.
3 (동서지간에) 맏동세, 작은동세 이렇게 불렀단 말입니다.

1 나보군 맏똥세라 길구.
2 나보군 맏동세라 길구.
3 나보고는 맏동서라 그러고.

1 자근동세. 예, 동세 그저 동세.
2 작은동세. 예, 동세 그저 동세.
3 작은동세. 예, (직접 부를 때) 동세 그저 동세.

1 마똥세, 마똥세.
2 맏동세, 맏동세.
3 (지칭어로) 맏동세, 맏동세.

1 나미 너네 마똥세가 차떠라야. 부를 땐 형님, 동생 그저.
2 남이 너네 맏동세가 찾더라야. 부를 땐 형님, 동생 그저.
3 남이 (얘기할 때는) 너네 맏동세가 찾더라야. (동서 간에 서로) 부를 때는 그저 형님 동생.

[남] **1 형님, 아우 그저 그러티.**
2 형님, 아우 그저 그렇디.

③ (동서 간 서로 부를 때) 형님, 아우 그저 그렇지.

여 ■ 시아우, 우리 시동생이 내 시아우 아니요? 시동생보군 시체
에서 저그니, 저그니하댄는데 아즈바니, 아제.
② 시아우, 우리 시동생이 내 시아우 아니요? 시동생보군 시체
에서 적은이, 적은이 하댓는데 아즈바니, 아제.
③ 시아우, 우리 시동생이 내 시아우 아니요? 시동생보고는 시
체에서 적은이, 적은이라 했는네 (시금은 시형욜)이즈바니,
(시동생을) 아제.

■ 아니, 그 아제라는 그저네는 아제라 그런데 고 다으메는 저
그니라구 그래서.
② 아니, 그 아제라는 그전에는 아제라 그런데 고 다음에는 적
은이라구 그랫어.
③ 아니, 그 아제라는 말은 그전부터 아제라 그랬는데 그 다음
에는 적은이라고 그랬어.

■ 옌나레 시동생보구 아제란데 머. 시동생보구 아제라 그래.
② 옛날에 시동생보구 아제란데 머. 시동생보구 아재라 그래.
③ 옛날에 시동생보고 아제라 했는데 뭐. 시동생보고 아제라
그래.

■ 그 아제 마른 함경도마리란 마립니다. 예. 저그니.
② 그 아제 말은 함경도말이란 말입니다. 예. 적은이.
③ 그 아제란 말은 함경도말이란 말입니다. 예. (여기 말로 시
동생은) 적은이.

남 ◼1 긴데 그거이 왜 기케 됏는가 마리디? 그 마리 고러케 될 수가 이씨요. 여기 지방말두.

② 긴데 그거이 왜 기케 됏는가 마리디? 그 말이 고렇게 될 수가 잇시요. 여기 지방말두.

③ 그런데 그것이 왜 그렇게 됐는가 말이지? 그 말이 그렇게 될 수가 있어요. 여기 지방말도.

◼1 이저네 이제 그 자기 지바네 그 여자가 시지블 완는데 정주서 할마니 데리와스먼 정주찝할마니라구 그러구 그 맹산서 데리와스먼 맹산찝할마니라구 그러구. 맹산찝, 정주찝, 박천찝, 영변찝, 염분찝 이런단 마리야.

② 이전에 이제 그 자기 집안에 한 여자가 시집을 왓는데 정주서 할마니 데리왓으면 정주찝할마니라구 그러구 그 맹산서 데리왓으면 맹산집할마니라구 그러구. 맹산집, 정주집, 박천집, 영변집, 염분집 이런단 말이야.

③ 이전에 이제 그 자기 집안에 한 여자가 시집을 왔는데 정주에서 할머니를 데려왔으면 정주집할마니라고 그러고 그 맹산에서 데려왔으면 맹산집할마니라고 그러고. (이렇게 그 지명을 따서) 맹산집, 정주집, 박천집, 영변집, 염분집 이런단 말이야.

여 ◼1 에, 옌나레 그래씀니다.

② 에, 옛날에 그랫습니다.

③ 예, 옛날에 그랬습니다.

남 ◼1 그리께 영변서 온 사람, 박천서 온 사람, 이자 맹산서 온 사

람 말씨가 다 자기 디방마를 쓰게 돼디. 너자가 시지븐 와
서 오래똥안 사라두.

② 그리께 영변서 온 사람, 박천서 온 사람, 이자 맹산서 온 사
람 말씨가 다 자기 디방말을 쓰게 돼디. 너자가 시집은 와
서 오랫동안 살아두.

③ 그러니까 영변에서 온 사람, 박천에서 온 사람, 이제 맹산
에서 온 사람 말씨가 다 자기 지방말을 쓰게 되지. 여자가
시집을 와서 오랫동안 살아도.

■ 고 때는 여기서 내려온 본토배기마리 아니구 자기가 자라
난데 치 마를 달구와서 쓰기 때무네 이자 그러케 그런 현상
이 이러난대.

② 그 때는 여기서 내려온 본토배기말이 아니구 자기가 자라
난데 치 말을 달구와서 쓰기 때문에 이자 그렇게 그런 현상
이 일어난대.

③ 그 때는 여기서 전해 내려온 본토박이 말이 아니고 자기가
자라난 고장에서 달고 온 말을 쓰기 때문에 이제 그렇게 그
런 현상이 일어난대.

여 ■ 끄러 드러온 마리디.

② 끌어 들어온 말이디.

③ 타고장에서 가지고 온 말이지.

남 ■ 예. 거기 자라서 시지블 와스니끼니. 기리 정주찝 할마니는
정주 자기가 자란 고데 기마를 달구와서 쓰게 생겨따구야.
이러케 돼서 그러케 돼요. 고 건 고러케 돼서요.

② 예. 거기 자라서 시집을 왔으니끼니. 기리 정주찝 할마니는 정주 자기가 자란 곧에 기말을 달구와서 쓰게 생겻다구야. 이렇게 돼서 그렇게 돼요. 고건 고렇게 됏어요.

③ 예. 거기서 자라서 시집을 왔으니까. 그래서 정주집 할머니는 정주라는 자기가 자란 그 곳의 지방 말을 쓰게 되었단 말이야. 이렇게 돼서 그렇게 돼요. 그건 그렇게 됐어요.

여 **❶ 그건 존경어루 기리니까 그레 쓸 때 짜근 숭모, 숭모님 전상서 그러케.**

② 그건 존경어루 기리니까 글에 쓸 때 짝은 숙모, 숙모님 전상서 그렇게.

③ 그러니까 숙모란 말은 상대방을 존대하여 편지를 쓸 때 작은 숙모, 숙모님 전상서 그렇게.

남 **❶ 부를 때는 그러케 안 불러.**

② 부를 때는 그렇게 안 불러.

③ 부를 때는 (숙모라고) 그렇게 안 불러.

여 **❶ 부를 때는 그저 자그노마니라 그래.**

② 부를 때는 그저 작은오마니라 그래.

③ 부를 때는 그저 (숙모를) 작은오마니라 그래.

❶ 형님, 여자들끼리는 형님, 형님 쏘리가 마니 나오구.

② 형님, 여자들끼리는 형님, 형님 쏘리가 많이 나오구.

③ 형님, 여자들끼리는 (윗사람에 대한 호칭으로) 형님, 형님 소리가 많이 나오고.

① 헝님, 나이 자그머 동생. 동생 어디 가땐?
② 형님, 나이 작으머 동생. 동생 어디 갓댄?
③ (손위는) 형님, 나이가 적으면 동생. 동생 어디 갔었니?

남 ① 남자들끼리두 형은 형니미라구 그래요. 형니미라 그래요.
② 남자들끼리두 형은 형님이라구 그래요. 형님이라 그래요.
③ 남자들끼리도 형은 형님이라고 그래요. 형님이라 그래요.

여 ① 근데 형니미라 아나요. 여자들 사투리는 형님보구 형님.
② 근데 형님라 안 하요. 녀자들 사투리는 형님보구 형님.
③ 그런데 (남자들은) 형님이라 안 해요. 여자들 사투리는 형님보고 형님.

남 ① 일반저그루 그저 허무리 업스먼 형, 형 그래. 형 그러디요. 마뎡, 형 기래쑈.
② 일반적으루 그저 허물이 없으면 형, 형 그래. 형 그러디요. 맏형, 형 기랫쇼.
③ 일반적으로 허물이 없으면 형 형 그래. 형이라 그러지요. 맏형, 형 그랬어요.

① 나이 마:는 형보군 형니미라 하구 자기보다 며쌀 차이 나서는 보통 형, 형 이래따구.
② 나이 많은 형보군 형님이라 하구 자기보다 몇 살 차이 나서는 보통 형, 형 이랫다구.
③ 나이 많은 형보고는 형님이라 하고 자기보다 몇 살 이상이면 보통 형, 형 이랬다고.

여 ■ 데수.
② 데수.
③ (제수를) 데수.

■ 아즈마니, 아즈마니.
② 아즈마니, 아즈마니.
③ (형수를) 아즈마니, 아즈마니.

남 ■ 아주마니라 그래서, 아주마니.
② 아주마니라 그랫어, 아주마니.
③ (형수를) 아주마니라 그랬어, 아주마니.

여 ■ 형수라는 건 또 쓸 때.
② 형수라는 건 또 쓸 때.
③ 형수라는 건 또 (편지를) 쓸 때.

■ 우리 마다주마니, 자그나주마니 머.
② 우리 맏아주마니, 작은아주마니 머.
③ (큰형수를) 우리 맏아주마니, (큰형수의 손아래 형수를) 작
　은아주마니 뭐.

■ 예, 아주마니.
② 예, 아주마니.
③ 예, (형수를 직접 부를 때도) 아주마니.

■ 또 기다멘 동생에 색씨보군 데수님. 니믈 부테서 또 말하디.

② 또 기담엔 동생에 색시보군 데수님. 님을 붙에서 말하디.

③ 또 그 다음에는 동생의 색시보고는 데수님. 님을 붙여서 말하지.

① 데수니믈 델 어려워해스니까네.

② 데수님을 델 어려워햇으니까네.

③ 제수님을 제일 어려워했으니까.

[남] **① 고무, 고무라구 하지. 월래 고몬데 여기 싸라믄 고무, 고무.**

② 고무, 고무라구 하지. 원래 고몬데 여기 싸람은 고무, 고무.

③ 고모를 고무라고 하지. 원래 고모인데 여기 사람은 고무, 고무.

[여] **① 마꼬무, 둘째꼬무.**

② 맏고무, 둘째고무.

③ (큰고모를) 맏고무, (둘째고모를) 둘째고무.

[남] **① 고모라 글잖구 고무라 그래.**

② 고모라 글잖구 고무라 그래.

③ 고모라 그러지 않고 고무라 그래.

[여] **① 마꼬무, 자근고무.**

② 맏고무, 작은고무.

③ (큰고모를) 맏고무, (아래고모를) 작은고무.

① 예. 마꼬무, 자근고무.

② 예. 맏고무, 작은고무.
③ (직접 부를 때도) 예. 맏고무, 작은고무.

① 에, 다 고뭅니다. 망내이고무 머.
② 에, 다 고뭅니다. 망내이고무 머.
③ 예, (고모는) 다 고뭅니다. (막내고모는) 망내이고무 뭐.

남 **① 고무 어디 간? 고무 어디 간?**
② 고무 어디 간? 고무 어디 간?
③ (고모를 찾을 때) 고무 어디 갔니? 고무 어디 갔니?

다 **① 작쑤기, 작쑤기.**
② 작쑥이, 작쑥이.
③ (고모부를) 작숙이, 작숙이.

① 그저 작쑤기, 작쑤기라 부르구.
② 그저 작쑥이, 작쑥이라 부르구.
③ (고모부를) 그저 작숙이, 작숙이라 부르고.

여 **① 저 아바지보단 웬 맏따린 경우에는 크나바지라 길구요 크
나바지. 아바지보다 웬 우이면 그저 작쑥 작쑥 이러케 모다
구 크나바지라 그래요 거기서는.**
② 저 아바지보단 웬 맏딸인 경우에는 큰아바지라 길구요 큰
아바지. 아바지보다 웬 우이믄 그저 작쑥 작쑥 이렇게 못하
구 큰아바지라 그래요 거기서는.
③ 자기 아버지보다 (이상인) 맨 맏딸인 경우에는 (고모부를)

큰아바지라 그러고요 큰아바지. 아버지보다 맨 위면 그저 작숙, 작숙 이렇게 (부르지) 못하고 큰아바지라 그래요 거기서는.

다 **1 여기서는 다 작쑤기라 그래.**
  2 여기서는 다 작쑥이라 그래.
  3 여기서는 (고모부를) 다 작숙이라 그래.

여 **1 작쑤기보구 작쑤기, 작쑤기보구 작쑤기.**
  2 작쑥이보구 작숙이, 작숙이보구 작숙이.
  3 고모부보고 작숙이, 고모부보고 작숙이.

1 저그나.
  2 적은아.
  3 (자매간 동생을) 적은아.

다 **1 아이, 이모 이모지 머. 이모라 그래.**
  2 아이, 이모 이모지 머. 이모라 그래.
  3 아니, (어머니 자매는) 이모 이모지 뭐. 이모라 그래.

여 **1 에.**
  2 에.
  3 예.(직접 부를 때도 이모)

남 **1 크니모, 짜그니모.**
  2 큰이모, 짝은이모.

③ 큰이모, 작은이모.

[여] ❶ 우에두 이모구 아래두 이모구 그저.
② 우에두 이모구 아래두 이모구 그저.
③ (어머니) 손위도 이모고 손아래도 이모고 그저.

[다] ❶ 긴데 자기 어머니 위일 때는 크노마니라구 그래, 크노마니.
② 긴데 자기 어머니 위일 때는 큰오마니라구 그래, 큰오마니.
③ 그런데 자기 어머니 손위일 때는 (이모를) 큰오마니라고 그래. 큰오마니.

[여] ❶ 어머니보당 우일 때는 이모라 안 그래구 크너마니라 그래.
② 어머니보단 우일 때는 이모라 안 그래구 큰어마니라 그래.
③ 어머니보다 위일 때는 이모라 안 그러고 큰어마니라 그래.

[남] ❶ 아, 지끔 말하는 거구. 그저네는 크니모라구 그래서, 옌나레는 크니모.
② 아, 지끔 말하는 거구. 그전에는 큰이모라구 그랫어, 옛날에는 큰이모.
③ 아, (큰이모를 큰어마니라고 하는 것은) 지금 말하는 거고. 그전에는 큰이모라고 그랬어, 옛날에는 큰이모.

❶ 지끄믄 크너마니라 그러구 그 아래는 작으니모라 그러구.
② 지끔은 큰어마니라 그러구 그 아래는 작은이모라 그러구.
③ 지금은 (큰이모를) 큰어마니라 그러고 그 아래는 작은이모라 그러고.

❶ 마디모, 둘채이모, 셋채이모 그저.
② 맏이모, 둘채이모, 셋채이모 그저.
③ (서열에 따라) 맏이모, 둘채이모, 셋채이모 그저.

❶ 아주머니 동생 말쓰미지요? 근 그저 이모디.
② 아주머니 동생 말씀이지요? 근 그저 이모디.
③ 아주머니 동생 말씀이지요? 그건 그저 이모지.

㈐ **❶ 이수기, 이수기.**
② 이숙이, 이숙이.
③ (이모부를) 이숙이, 이숙이.

㈏ **❶ 이숙.**
② 이숙.
③ (이모부를) 이숙.

㈎ **❶ 짝쑤기 하는 그런 이수기.**
② 짝쑥이 하는 그런 이숙이.
③ (고모부를) 작숙이라 하듯이 (이모부를) 이숙이.

㈐ **❶ 예, 부를 때두 이수기.**
② 예, 부를 때두 이숙이.
③ 예, (직접) 부를 때도 이숙이.

㈎ **❶ 짝쑤기 하드시 이수기.**
② 짝숙이 하듯이 이숙이.

③ (고모부를) 작숙이라 하듯이 (이모부를) 이숙이.

■ 그거뚜 아즈마니라 그럽니다.
② 그것두 아즈마니라 그럽니다.
③ 동년배 친구의 아내를 부를 때도 아즈마니라 그럽니다.

여 **■ 와서 찬는 거 아주마니, 아주마니 어디 가쑈?**
② 와서 찾는 거 아주마니, 아주마니 어디 갓쇼?
③ (집 앞에) 와서 찾을 때 아주마니, 아주마니 어디 갔어요?

남 **■ 아주마니 물 한 그럭 주소.**
② 아주마니 물 한 그럭 주소.
③ 아주머니 물 한 그릇 주세요.

■ 나이 마는 사라미 절믄 사람보구 아즈마이.
② 나이 많은 사람이 젊은 사람보구 아즈마이.
③ 나이 많은 사람이 젊은 부녀자보고 아즈마이.

여 **■ 그거뚜 오마니, 오마니.**
② 그것두 오마니, 오마니.
③ 어머니 동년배 여성을 부를 때도 오마니, 오마니.

남 **■ 아무개찝 오마니라 그래.**
② 아무갯집 오마니라 그래.
③ (어머니 동년배 여성을) 아무개 집 오마니라 그래.

❶ 아즈마이로 치는 사라믄 근 도티 안케 봐요.

② 아즈마이로 치는 사람은 근 도티 않게 봐요.

③ (어머니 동년배나 친구를) 아즈마이라고 부르는 사람은 좋지 않게 봐요.

❶ 오마니, 오마니하디.

② 오마니, 오마니하디.

③ (어머니 동년배 여성을) 오마니, 오마니하지.

여 **❶ 낟추는 마린데 머.**

② 낮추는 말인데 머.

③ (어머니 동년배를 아즈마니라 하는 말은 상대방을) 낮추는 말인데 뭐.

남 **❶ 자기 어마니하구 가튼데 아즈마니라 부르먼 돼? 아들로므 새끼! 옌나레는 욕우래쑈.**

② 자기 어마니하구 같은데 아즈마니라 부르먼 돼? 아들놈으 새끼! 옛날에는 욕울햇쇼.

③ 자기 어머니하고 (나이가) 같은데 아즈마니라 부르면 돼? 아들놈의 새끼! 옛날에는 욕을 했어요.

여 **❶ 에.**

② 에.

③ 예. (아주머니란 말은 숙모에게도 쓰이지 못함)

남 **❶ 어떤 땐 삼추노마니 이케 또 부를 수도 잇어요.**

② 어떤 땐 삼춘오마니 이케 또 부를 수두 이서요.

③ (어머니의 동년배 여성을) 때로는 삼춘오마니 이렇게 또 부를 수도 있어요.

여 **① 에, 삼추노마니, 삼추너머니.**

② 에, 삼춘오마니, 삼춘어머니.

③ (어머니의 동년배 여성을) 예, 삼춘오마니, 삼춘어머니.

① 옌나레는 아우라구 다 해씀니다. 여자드른 아우라구 하구.

② 옛날에는 아우라구 다 햇습니다. 여자들은 아우라구 하구.

③ (형제간에 동생을) 옛날에는 아우라고 다 했습니다. 여자들은 아우라 하고.

남 **① 저그니라 하기두 하구.**

② 적은이라 하기두 하구.

③ (자매간 동생을) 적은이라 하기도 하고.

남 **① 저그니, 아우.**

② 적은이, 아우.

③ (여자들은 시동생을) 적은이, 아우.

① 적으니라 그러지 머.

② 적은이라 그러지 머.

③ (시동생을) 적은이라 그러지 뭐.

여 **① 여자드른 시아우.**

② 여자들은 시아우.
③ 여자들은 (시동생을) 시아우.

① 너 시아우야.
② 너 시아우야.
③ 너 시동생이야.

남 **① 저그니라구 그런 집뚜 이서쇼. 저그니라+ 그런 집뚜 이서서, 저그니.**
② 적은이라구 그런 집두 잇엇요. 적은이라구 그런 집두 잇엇어, 적은이.
③ (시동생을) 적은이라고 그런 집도 있었어요. 적은이라고 그런 집도 있었어, 적은이.

여 **① 시아우, 아우.**
② 시아우, 아우.
③ (시동생을) 시아우, 아우.

남 **① 여기서두 아우라 그래시오. 동생은 아우라 그래시오.**
② 여기서두 아우라 그랫이오. 동생은 아우라 그랫이오.
③ 여기서도 아우라 그랬어요. 동생은 아우라 그랬어요.

① 동생은 아우. 지끄믄 그다지 안 그래. 나 마는 녕감드리나 아우 쏘리하디.
② 동생은 아우. 지끔은 그다지 안 그래. 나 많은 녕감들이나 아우 쏘리하디.

③ 동생은 아우. 지금은 그다지 안 그래. 나 많은 영감들이나 아우 소리하지.

❶ 아니, 일반쩌그루 여자드리 그 이자 아우 머 이러케 차띠를 안쿠 저그니 이래따구.

② 아니, 일반적으루 여자들이 그 이자 아우 머 이렇게 찾디를 않구 적은이 이랫다구.

③ 아니, 일반적으로 여자들이 그 이제 아우 뭐 이렇게 찾지를 않고 적은이 이랬다고.

[여] **❶ 그래, 차즐 때는 저그니해두 그 누구가 이케 무러보면 그 우리 시아우니미야.**

② 그래, 찾을 때는 적은이 해두 그 누구가 이렇게 물어보면 그 우리 시아우님이야.

③ 그래, 시동생을 찾을 때는 적은이라고 해도 남이 그 누구냐고 이렇게 물어보면 그 우리 시아우님이야.

[남] **❶ 부를 띠겐 저그니 이래따구.**

② 부를 띡엔 적은이 이랫다구.

③ (시동생을 직접) 부를 적에는 적은이 이렇게 불렀다고.

[여] **❶ 셋채쩌그니 머 둘채쩌그니 머.**

② 셋챗적은이 머 둘챗적은이 머.

③ (시동생을 직접 부를 때) 셋째적은이 뭐 둘째적은이 뭐.

❶ 우리씨아우야, 둘채씨아우야, 셋채씨아우야 이러케.

② 우리씨아우야, 둘채씨아우야, 셋채씨아우야 이렇게.

③ (시동생을 남에게 소개할 때는) 우리씨아우야, 둘채씨아우
야, 셋채씨아우야 이렇게.

남 **① 저그니 하면 그저 아무래두 존대하는 말루 돼지 머.**

② 적은이 하면 그저 아무래두 존대하는 말루 돼지 머.

③ 시동생을 직접 부를 때 적은이라 하면 아무래도 존대하는
말로 되지 뭐.

여 **① 옌나레는 장가 가서두 안 가서두 그저 시켜니라 하면 그저
그 환경에 이서야 대니까 저그니. 세 살짜리보구두 '님'짜
부테야 대고.**

② 옛날에는 장가 가서두 안 가서두 그저 시켠이라 하면 그저
그 환경에 잇어야 대니까 적은이. 세 살짜리보구두 '님'자를
붙에야 대고.

③ 옛날에는 그저 시가 쪽이라 하면 그 환경에 맞추어야 되니
까 시동생이 장가를 갔건 안 갔건 그저 적은이라 부르고 세
살짜리보고도 '-님'자를 붙여야 되고.

남 **① 우리 여기선 저근생이라 해쇼, 저근생.**

② 우리 여기선 적은생이라 햇요, 적은생.

③ 우리 여기서는 (시동생을) 적은생이라 했어요, 적은생.

**① 저근샌, 저근샌. 저근새는 조끔 하대하는 마리구 저근생이
라 하면 조끔 존경하는 마리구.**

② 적은샌, 적은샌. 적은샌은 조끔 하대하는 말이구 적은생이

라 하먼 조끔 존경하는 말이구.

③ 적은샌, 적은샌. 적은샌은 좀 하대하는 말이고 적은생이라 하면 좀 존경하는 말이고.

1 저근샌 하구 부르는 사람두 마나.

② 적은샌 하구 부르는 사람두 많아.

③ (시동생을) 적은샌 하고 부르는 사람도 많아.

1 아주머니드리 저근생 내려와쏘?

② 아주머니들이 적은생 내려왔소?

③ 아주머니들이 (자기 동생뻘 되는 남성을 보고) 적은생 내려 왔소?

여 **1 기래, 기런데 지금뚜 그저.**

② 기래, 기런데 지금두 그저.

③ 그래, 그런데 지금도 보통 (시동생을 적은생이라고 함).

1 직쩝 불르디.

② 직쩝 불르디.

③ (시동생을 부를 때) 직접 (적은생이라고) 부르지.

1 생워니, 생워니.

② 생원이, 생원이.

③ (시동생을) 생원이, 생원이.

1 저그니 하는 거는 고고 마리 조끔 야깐 존경이 부조가구 저

근생 하기 돼문 조끔 놉꾸. 야깐 노피는 뜨시에요 저근생.
저그니는 일반이구.
② 적은이 하는 거는 고고 말이 조끔 약간 존경이 부족하구 적
은생 하기 돼문 조끔 높구. 약간 높이는 뜻이에요 적은생.
적은이는 일반이구.
③ (시동생을) 적은이라고 부르는 말은 존대가 좀 부족하고 적
은생이라 하게 되면 조금 높이는 거고. 적은생은 약간 높이
는 뜻이에요. 적은이는 존대도 하대도 아닌 일반 말이고.

❶ 아이들보구 말하는 거지 머.
② 아이들보구 말하는 거지 머.
③ (적은이는) 아이들보고 (즉 어린 시동생이나 결혼 전 시동
생에 대하여) 말하는 거지 뭐.

다 ❶ 우리 나 마느니드른 장가 안 가두 그저…
② 우리 나 많은 이들은 장가 안 가두 그저…
③ 우리 나 많은 이들은 장가 안 가도 그저… (시동생을 적은
생이라 부른다고 함.)

남 ❶ 제 아이보구 내기할 띠겐 저근생이라 하지 안쿠 삼추니 와
따 이래디.
② 제 아이보구 내기할 떡엔 적은생이라 하지 않구 삼춘이 왔
다 이래디.
③ 제 자녀보고 얘기할 적엔 (시동생을) 적은생이라 하지 않고
삼춘이 왔다 이러지.

여 ▮ **장가 안 가서두 그저 우리 나 마느니드른 시아우래 와두 저 근생워니라구 쓰이구.**

② 장가 안 갓어두 그저 우리 나 많은 이들은 시아우래 와두 적은생원이라구 쓰이구.

③ 그저 우리 나 많은 이들은 장가 안 간 시아우가 와도 적은 생원이라고 부르게 되고.

다 ▮ **데수, 데수님.**

② 데수, 데수님.

③ (제수의 지칭은)데수, (호칭은) 데수님.

여 ▮ **시헝.**

② 시헝.

③ 시형.

▮ **아즈바니, 아즈바니.**

② 아즈바니, 아즈바니.

③ (시형에 대한 호칭은) 아즈바니, 아즈바니.

▮ **다른 사람보구 말할 때는 우리시헝이라 글구 부를 때는 아 즈바니.**

② 다른 사람보구 말할 때는 우리시헝이라 글구 부를 때는 아 즈바니.

③ 다른 사람보고 말할 때는 우리 시형이라 그러고 직접 부를 때는 아즈바니.

❶ 아즈바니, 아주바니. 아주바니 오셔씀니까?
② 아즈바니, 아주바니. 아주바니 오셨습니까?
③ (시형을 직접 부를 때) 아즈바니, 아주바니. 아주바니 오셨
  습니까?

❶ 다른 사람보구 타인보구 말할 때는 우리시헝이야.
② 다른 사람보구 타인보구 말할 때는 우리시헝이야.
③ (시형을) 다른 사람보고 말할 때는 우리시헝이야.

❶ 헝님, 헝님. 마덩님.
② 헝님, 헝님. 맏헝님.
③ (시형의 아내를) 헝님, 맏헝님.

❶ 마똥세.
② 맏동세.
③ (동서 간 순서로 맨 맏이를) 맏동세.

❶ 시아우, 저그니. 예 저근샌.
② 시아우, 적은이. 예, 적은샌.
③ (시동생을) 시아우, 적은이. 예, 적은샌.

❶ 시누이, 시누이야?
② 시누이, 시누이야.
③ (남편의 윗누이를) 시누이, 시누이야.

답 **❶ 예, 시누이. 부를 때 누이라구 그래.**

2 예, 시누이. 부를 때 누이라구 그래.
3 (남편의 윗누이를) 예, 시누이. 부를 때 누이라고 그래.

1 예. 누이.
2 예. 누이.
3 예. (직접 부를 때도) 누이.

1 아래는 그저 옌나렌 딱 누이라 그래시오.
2 아래는 그저 옛날엔 딱 누이라 그랫이오.
3 옛날에는 손아래누이를 직접 부를 때도 꼭 누이라 그랬어요.

1 이름두 부르구. 월랜 누이지요 머.
2 이름두 부르구. 원래는 누이지요.
3 (어릴 때는) 이름도 부르고. 원래는 누이지요.

1 예, 누이.
2 예, 누이.
3 예, (결혼여부와 관계없이 손아래시누이를 부를 때도 보통)
  누이.

1 그저 여보!
2 그저 여보!
3 (부부간 서로 부를 때) 그저 여보!

남 **1 이전에는 그저 여보, 당신 그저.**
  2 이전에는 그저 여보, 당신 그저.

③ 이전에는 (부부간 서로 부를 때) 그저 여보, 당신 그저.

① 새스방이라 그래서, 옌나레는 새스방이라구 그래서.
② 새스방이라 그랫어, 옛날에는 새스방이라구 그랫어.
③ (젊어서 자기 남편을 남에게 얘기할 때) 새스방이라 그랬
어, 옛날에는 새스방이라고 그랬어.

여 **① 새스방, 새스방.**
② 새스방, 새스방.
③ (젊어서 자기의 남편을) 새스방, 새스방.

다 **① 그저 넝가미라 하디, 녕감. 새스방.**
② 그저 녕감이라 하디, 녕감. 새스방
③ (나이 많아서는) 그저 넝감이라 하지, 녕감. (젊어서는) 새
스방.

남 **① 자기 처보구 색씨라 그러구 옌나레. 나이 마나슬 땐 노친네
라 그러구.**
② 자기 처보구 색시라 그러구 옛날에. 나이 많앗을 땐 노친네
라 그러구.
③ 옛날에 (젊어서는) 자기 처보고 색시라 그러고 나이 많았을
때는 노친네라 그러고.

① 아무개 아바지라구두 하구.
② 아무개 아바지라구두 하구.
③ (자기 남편을) 아무개 아바지라고도 하고.

여 **1** **예. 절머서는 색씨, 늘거서는 노친네.**

② 예. 젊어서는 색씨, 늙어서는 노친네.

③ 예. (자기 아내를) 젊어서는 색씨, 늙어서는 노친네.

1 **예. 부를 때는 여보, 여보. 여보 녕감.**

② 예. 부를 때는 여보, 여보. 여보 녕감.

③ 예. (부부 간 나이가 좀 많아서) 부를 때는 여보, 여보. 여보 녕감.

남 **1** **아이만 나면 아기 이르믈 이어 부티디. 저 아이 이르믈 부르머서 아무개라구.**

② 아이만 낳먼 아기 이름을 이어 붙이디. 저 아이 이름을 부르머서 아무개라구.

③ 아이만 낳으면 아기 이름을 이어 붙이지. 제 아이 이름을 부르면서 아무개라고.

여 **1** **아이아바지.**

② 아이아바지.

③ (자기 남편을 부를 경우) 아이아바지.

남 **1** **아무개 아바지.**

② 아무개 아바지.

③ (자기 남편을 부를 경우) 아무개 아바지.

1 **예, 여자보구선 녕가미라 안 해요.**

② 예, 여자보구선 녕감이라 안 해요.

③ 예, (나이 많은) 여자보고는 넝감이라 안 해요.

① 옌나레 자기 남편과 넌령이 가꺼나 위일 땐 아즈바니라 그래쇼.

② 옛날에 자기 남편과 넌령이 같거나 위일 땐 아즈바니라 그랫요.

③ 옛날에 자기 남편과 연령이 같거나 위일 때는 아즈바니라 그랬어요.

① 예. 아즈바니.

② 예. 아즈바니.

③ 예. (직접 부를 때도) 아즈바니.

① 자기 남편보다 나이가 아랠 땐 적으니라 불러 저그니.

② 자기 남편보다 나이가 아랠 땐 적은이라 불러 적은이.

③ 자기 남편보다 나이가 아래 일 때는 적은이라 불러 적은이.

① 근데 일반쩌그루 그저 그 지끕에 따라서 저의 넝감보다 아래 돼두 또 아즈바니라 이르믈 부틸 때두 이꾸.

② 근데 일반적으루 그저 그 직급에 따라서 저의 넝감보다 아래 돼두 또 아즈바니라 이름을 붙일 때두 잇구.

③ 그런데 일반적으로 자기 영감보다 (연령상) 아래더라도 그 직위에 따라서 또 아즈바니라 부를 때도 있고.

① 한 살만 아래두 저그니라 불르구.

② 한 살만 아래두 적은이라 불르구.

③ 한 살만 아래라도 적은이라 부르고.

여 ① **쌍소리 쌍마리 이미네, 이미네.**
② 쌍소리 쌍말이 이미네, 이미네.
③ 상소리 상말로 (마을의 아낙네를) 이미네, 이미네.

① **예, 그건 진짜 쌍말.**
② 예, 그건 진짜 쌍말.
③ 예, (마을의 부녀자를 이미네라고 하는) 말은 진짜 상말.

① **예. 아닙니다. 에미네는 하대한 마리디요 머.**
② 예. 아닙니다. 에미네는 하대한 말이디요 머.
③ 예. (남편이 자기 아내를 우리에미네라고 하는 말은 상말
이) 아닙니다. (이때의) 에미네는 하대한 말이지요 뭐.

① **우리 색씨드리 어디간? 이따우 그저.**
② 우리 색시들이 어디간? 이따우 그저.
③ (마을의 부녀자에 대한 일반 말은) 우리 색시들이 어디간?
이따위 그저.

① **색씨.**
② 색시.
③ (젊어서 아내에 대한 일반 말은) 색시.

① **우리 새스방은 어디 간?**
② 우리 새즈방은 어디 간?

③ (자기 남편을 찾을 때) 우리 새스방은 어디 갔니?

❶ 아주마니들, 동네아주마니라 그러구.
② 아주마니들, 동네아주마니라 그러구.
③ (동네 부녀자에 대해 두루 하는 말은) 아주마니들, 동네아
주마니라 그러고.

❶ 누님.
② 누님.
③ 누님.

⬚ **❶ 아이, 나이 만쿠 어리내두 한둘 나쿠 누님. 아이 아직 안 나**
쿠 절머슬 때는 누이, 누이 하구.
② 아이, 나이 많구 어린애두 한둘 낳구 누님. 아이 아직 안 낳
구 젊엇을 때는 누이, 누이 하구.
③ 아니, 나이가 많고 어린애도 한둘 낳고 (어머니가 된 이상
누이를 높여) 누님. 아직 아이가 없고 젊었을 때는 누이, 누
이하고.

⬚ **❶ 여자가 시집까서 시누이보구두 누이라 글구. 남자가 자기**
우이보구 큰누님, 시집까서 애기나 이스먼 누니미라구 그
저 누님, 누님하구.
② 여자가 시집가서 시누이보구두 누이라 글구. 남자가 자기
우이보구 큰누님, 시집가서 애기나 잇으면 누님이라구 그
저 누님, 누님하구.
③ 여자가 시집가서 시누이보고도 누이라 그러고. 남자가 자

기 윗(누이)보고 큰누님이라하고, 시집가서 애기나 있으면 누님이라 그러고 (직접 부를 경우에도 보통) 그저 누님 누님하고.

① 자근누이, 자근누이.

② 작은누이, 작은누이.

③ (남자의 여동생을) 작은누이, 작은누이.

[남] **① 누이-에요.**

② 누이에요.

③ 누이에요.

[디] **① 큰누이, 자근누이.**

② 큰누이, 작은누이.

③ (서열에 따라) 큰누이, 작은누이.

[여] **① 큰누이는 쫌 나이들면 누니미라구 하구.**

② 큰누이는 쫌 나이들면 누님이라구 하구.

③ 큰누이는 좀 나이 들면 누님이라고 하고.

① 그저 누이, 누이하디 아느머 이름 부르디요 머. 동생보군 이름 불르디요.

② 그저 누이, 누이하디 않으머 이름 부르디요 머. 동생보군 이름 불르디요.

③ (손아래누이에 대해서는) 그저 누이, 누이하지 않으면 이름 부르지요 뭐. 동생보고는 이름 부르지요.

남 **1 그저 동생 할 때두 이꾸.**
2 그저 동생 할 때두 잇구.
3 (누이동생을) 그저 동생이라 할 때도 있고.

1 남동생이라면 진작 어릴 때는 이름 불러띠.
2 남동생이라면 진작 어릴 때는 이름 불럿디.
3 남동생이 아주 어릴 때는 이름을 불렀지.

여 **1 동생은 옌나레 저그나라 그래서. 저그나, 저그나. 둘채저그나 세채저그나 머.**
2 동생은 옛날에 적은아라 그랫어. 적은아, 적은아. 둘채적은아, 세채적은아 머.
3 동생은 옛날에 적은아라 그랬어. 적은아, 적은아. 둘째적은아, 셋째적은아 뭐.

1 오래비, 오래비. 우이는 오래비라구 그러지 머. 아니, 오르바니.
2 오래비, 오래비. 우이는 오래비라구 그러지 머. 아니, 오르바니.
3 (여동생이 오빠를) 오래비, 오래비. 손위는 오래비라고 그러지 뭐. 아니, 오르바니.

대 **1 오라버님, 오라버님.**
2 오라버님, 오라버님.
3 (오빠를) 오라버님, 오라버님.

남 ① 오래비라 그래꾸. 오라버니믄 나이 한 오십 됀 남성들, 나이 마는 사람 오라버님.

② 오래비라 그랫구. 오라버님은 나이 한 오십 됀 남성들, 나이 많은 사람 오라버님.

③ (나이가 그리 많지 않은 오빠를) 오래비라 그랬고. 오라버님은 나이 한 오십 된 남성들, 나이 많은 사람을 오라버님.

대 ① 그럼, 오라버님. 오라버님 나 마나슬 때, 나 마는 사라믈 종경할 때.

② 그럼, 오라버님. 오라버님 나 많앗을 때, 나 많은 사람을 존경할 때.

③ 그럼, (직접 부를 때도) 오라버님. 오라버님은 나이가 많았을 때, 나 많은 사람을 존경할 때.

여 ① 오래비는 아랟-사람. 오래비, 오래비 하미서.

② 오래비는 아랫 사람. 오래비, 오래비 하미서.

③ 오래비는 (오라버님보다 연령상) 아랫 사람. (부를 때도) 오래비, 오래비 하면서.

남 ① 그저 자기 넝감 가티 좀 아래든가 할 때.

② 그저 자기 넝감 같이 좀 아래든가 할 때.

③ (오래비는) 그저 자기 영감 같이 (지긋한 나이나) 좀 아래든가 할 때.

여 ① 어려서는 다 오래비.

② 어려서는 다 오래비.

③ 어려서는 (오빠를) 다 오래비.

대 **1 오래비 어디 간? 머 이러구.**
  ② 오래비 어디 간? 머 이러구.
  ③ (어려서는 누이동생이 오빠를) 오래비 어디 갔니? 뭐 이러고.

여 **1 형님, 오빠에 처는 형님.**
  ② 형님, 오빠에 저는 형님.
  ③ 형님, 오빠의 처는 형님.

1 예, 형님.
  ② 예, 형님.
  ③ 예, (오빠의 아내를 직접 부를 때도) 형님.

남 **1 우싸람에 한해서 형님.**
  ② 웃사람에 한해서 형님.
  ③ 손위올케에 한해서 형님.

여 **1 우싸라메 한해서 길구. 아래싸라믄 오리미.**
  ② 웃사람에 한해서 길구. 아랫사람은 오리미.
  ③ 손위올케에 한해서 (형님이라) 그러고. 아랫사람은 오리미.

대 **1 남동생에 색씨보군 오리미, 오리미.**
  ② 남동생에 색시보군 오리미, 오리미.
  ③ 남동생의 색시보고는 오리미, 오리미.

① 예, 남동생 오-리-미.
② 예, 남동생 오-리-미.
③ 예, 남동생의 처를 직접 부를 때도 오-리-미.

① 지끔또 그 말쓰믄 가태요, 오리미.
② 지끔또 그 말씀은 같애요, 오리미.
③ 지금도 그 말은 같아요, 오리미.

① 오누이, 오누이라 그래.
② 오누이, 오누이라 그래.
③ 오누이를 오누이라 그래.

남 **① 오누이라 그래, 옌나레는.**
② 오누이라 그래, 옛날에는.
③ 오누이라 그래, 옛날에는.

여 **① 그거뚜 헝니미디 머.**
② 그것두 헝님이디 머.
③ (언니를 부를 때) 그것도 형님이지 뭐.

① 시집깐 대메는 헝님, 시집까기 저네는 헝, 헝.
② 시집간 댐에는 헝님, 시집가기 전에는 헝, 헝.
③ 시집간 다음에는 (언니를) 형님, 시집가기 전에는 (언니를)
형 형.

① 헝 어디 간?

② 형 어디 간?

③ (언니에 대해) 형 어디 갔니?

남 **① 체네 땐 형이라구 하구 나간 댐엔 형니미라 글구.**

② 체네 땐 형이라구 하구 나간 댐엔 형님이라 글구.

③ 체네 때는 (언니를)형이라고 하고 시집간 다음에는 (언니를) 형님이라 그러고.

여 **① 예, 형.**

② 예, 형.

③ 예, (시집가기 전에는 언니를) 형.

① 예, 형.

② 예, 형.

③ 예, (직접 부를 때도) 형.

다 **① 메느리.**

② 메느리.

③ (며느리를) 메느리.

남 **① 절므니라구 그래서.**

② 젊은이라구 그랫어.

③ (며느리를) 젊은이라고 그랬어.

다 **① 예, 절므니라구 그래서.**

② 예, 젊은이라구 그랫어.

③ 예, (며느리를 직접 부를 때도) 젊은이라고 그랬어.

여 **❶ 우리 마쩔므니, 우리 자근절므니.**

② 우리 맏젊으니. 우리 작은젊으니.

③ (부를 때는 큰며느리를) 우리맏젊은이, (작은며느리를) 우리작은젊은이.

다 **❶ 딸보군 짐나니라 기래 시집깐 거. 시집깐 거 보군 짐나니. 짐나가따 집난이.**

② 딸보군 집난이라 기래, 시집깐 거. 시집깐 거 보군 집난이. 집나갓다 집난이.

③ 시집간 딸보고는 집난이라 그래. 시집간 딸보고는 집난이. 집 나갔다고 집난이.

남 **❶ 짐나니래는 거 고고 시집 간 대메. 가기 저네는 그저 이름 부르구.**

② 집난이래는 거 고고 시집 간 댐에. 가기 전에는 그저 이름 부르구.

③ 집난이라는 말은 시집 간 다음에. 시집가기 전에는 그저 이름 부르고.

여 **❶ 마찜나니, 자근짐나니 머 이러구.**

② 맏집난이, 작은집난이 머 이러구.

③ (시집간 큰딸을) 맏집난이, (시집간 작은딸을) 작은집난이 뭐 이러고.

① 그 마른 마자요.
② 그 말은 맞아요.
③ 그 말은 맞아요.

남 ① 야, 절므나 머.
② 야, 젊은아 머.
③ (시아버지가 며느리를 부를 때) 야, 젊은아 뭐.

여 ① 야, 절므나. 너 오마니 어디 간니? 절므나 글디 머.
② 야, 젊은아. 너 오마니 어디 갓니? 젊은아 글디 머.
③ (시아버지가 며느리에 대해) 야, 젊은아. 너 오마니 어디 갔니? 젊은아 그러지 뭐.

① 새기 어디 간?
② 새기 어디 간?
③ (시어머니가 며느리를 부르며 찾을 때) 새기 어디 갔니?

① 절므니라요.
② 젊은이라요.
③ (시어머니가 며느리를 찾을 때는) 젊은이라요.

남 ① 손자이스면 손자 이르믈 불러서 어디 간 이리구 손자 나키 저네는 절므니 어디간 그러지.
② 손자잇으면 손자 이름을 불러서 어디 간 이리구 손자 낳기 전에는 젊은이 어디 간 그러지.
③ 손자 있으면 손자 이름을 붙여서 아무개 (에미) 어디 간 이

러고 손자 낳기 전에는 젊은이 어디간 그러지.

여 **1 놈보구 무러볼 땐 너 만메느리 어디 간는지 모른 이리구 그저.**
2 놈보구 물어볼 땐 너 맏메느리 어디 갓는지 모른 이리구 그저.
3 남보고 물어볼 땐 너 맏며느리 어디 갔는지 모르니 이러고
그저.

1 말할 찌게 절므니라 글구.
2 말할 찍에 젊은이라 글구.
3 며느리와 직접 대화할 적에 젊은이라 그러고.

남 **1 절므나, 마쩔므나.**
2 젊은아, 맏젊은아.
3 (시아버지가 며느리를 부를 경우) 젊은아, 맏젊은아.

여 **1 이래라 저래라.**
2 이래라 저래라.
3 (며느리와의 대화는) 이래라 저래라.

남 **1 이래라 반마리여, 철쩨하게 반마리여.**
2 이래라 반말이여, 철저하게 반말이여.
3 (며느리하고는) 이래라 (저래라) 반말이여, 철저하게 반말
이여.

다 **1 예, 마다들.**
2 예, 맏아들.

③ 예, (큰아들을) 맏아들.

㉐ ❶ **아 이름 머.**
② 아 이름 머.
③ (부를 때는 보통) 아이 이름(을 부르지요) 뭐.

㉯ ❶ **또 이 사람 이래요. 이 사람 어디 간나?**
② 또 이 사람 이래요. 이 사람 어디 삿나?
③ (아들이 나이 꽤나 들었을 때는) 또 이 사람 이래요. 이 사
  람 어디 갔나?

㉐ ❶ **우리 마싸람.**
② 우리 맏사람.
③ (자기 맏아들을) 우리 맏사람.

㉯ ❶ **나이 머꾸 대체루 존경하는 뜨세서 이 사람, 이 사람.**
② 나이 먹구 대체루 존경하는 뜻에서 이 사람, 이 사람.
③ 나이 들어서는 대체로 존경하는 뜻에서 (아들을) 이 사람,
  이 사람.

㉐ ❶ **우리 마싸람 어디 가스까 머 이리기두 하구.**
② 우리 맏사람 어디 갓으까 머 이리기두 하구.
③ 우리 맏아들 어디 갔을까 뭐 이러기도 하고.

❶ **예? 아드리죠. 마다들, 둘째아들.**
② 예? 아들이죠. 맏아들, 둘째아들.

③ 예? 아들이지요. 맏아들, 둘째아들.

■ 예.
② 예.
③ 예. (일반적으로 어려서는 아들의 이름을 부름)

■ 아이 아페서는 마싸람, 둘채사람, 세채사람…
② 아이 앞에서는 맏사람, 둘채사람, 셋채사람…
③ (나이가 들었거나 장가간 아들을) 손자들 앞에서는 맏사람,
둘째사람, 셋째사람…

남 **■ 장가가기 저네는 마다 어디 간? 자그나 어디간? 이런단 마
리여.**
② 장가가기 전에는 맏아 어디 간? 작은 아 어디간? 이런단 말
이여.
③ (아들이) 장가가기 전에는 맏아 어디 갔니? 작은아 어디 갔
니? 이런단 말이여.

■ 세채가 어디간? 나이 좀 드러슬 때는.
② 세채가 어디간? 나이 좀 들엇을 때는.
③ 셋째아들이 어디 갔니? 나이 좀 들었을 때는.

■ 따리라 글디.
② 딸이라 글디.
③ (여식을) 딸이라 그러지.

여 ▣ **짐나니.**
　② 집난이.
　③ (시집간 딸은) 집난이.

다 ▣ **손주, 손주 해씨요. 손자라 글디 안쿠.**
　② 손주, 손주 햇시요. 손자라 글디 않구.
　③ (손자를) 손주, 손주 했어요. 손자라 그러지 않고.

남 ▣ **마쏜주를 가주구 당소니라 하구.**
　② 맏손주를 가주구 당손이라 하구.
　③ 맏손자를 가지고 장손이라 하고.

다 ▣ **당소니라 그래띠 당손. 마쏜준 당손.**
　② 당손이라 그랫디 당손. 맏손준 당손.
　③ 장손이라 그랬지 장손. 맏손자는 장손.

▣ **매부라 그래 매부. 누이 남편 매부라 하구.**
　② 매부라 그래 매부. 누이 남편 매부라 하구.
　③ 매부라 그래 매부. 누나 남편을 매부라 하고.

▣ **예, 가띠요. 매부.**
　② 예, 같디요. 매부.
　③ (직접 부를 때도) 예, 같지요. 매부.

여 ▣ **아니, 매부 매부한데.**
　② 아니, 매부 매부한데.

③ 아니, (매형이란 말은 없고 그저) 매부 매부 하는데.

다 **1 그거뚜 매부요. 큰매분데 존경할 때 님짜 거기다 부티믄 돼. 님짜 하나 부티구 안 부티구 아니지 머.**

② 그것두 매부요. 큰매분데 존경할 때 님짜 거기다 붙이믄 돼. 님짜 하나 붙이구 안 붙이구 아니지 머.

③ 여동생의 남편도 매부요. 누나의 남편은 큰매분데 존경할 때 '-님'자를 거기다 붙이면 돼. '-님'자를 하나 붙이고 안 붙이고가 다르지 뭐.

남 **1 평상시는 매부라 하구.**

② 평상시는 매부라 하구.

③ 평상시는 매부라 하고.

여 **1 남자드리 차즐 때는 매부님이라 하잔쿠 색씨가 차즐 때는 매부님, 매부님. 우싸라믄 매부님, 아래싸람 매부.**

② 남자들이 찾을 때는 매부님이라 하잖구 색시가 찾을 때는 매부님, 매부님. 웃사람은 매부님, 아랫사람 매부.

③ 남자들끼리는 매부님이라 하지 않고 여자들이 부를 때는 매부님, 매부님. 이상매부는 매부님, 아래매부는 매부.

다 **1 조카.**

② 조카.

③ 조카.

남 **1 자기 형에 마다드를 당조카라 그래 당조카.**

② 자기 형에 맏아들을 당조카라 그래 당조카.
③ 자기 형의 맏아들을 당조카라 그래 당조카.

여 **① 조카님.**
② 조카님.
③ (나이가 썩 이상인 조카를) 조카님.

남 **① 나 이스믄 조카니미라구 님짜 부테쉬요.**
② 나 잇으믄 조카님이라구 님짜 붙에줘요.
③ 나이가 썩 이상이면 조카님이라고 '님'자 붙여줘요.

① 예, 조카님.
② 예, 조카님.
③ 예, (나이가 썩 이상인 조카를 직접 부를 때는) 조카님.

여 **① 나 마는 조카보구 녜해요 지금.**
② 나 많은 조카보구 녜해요 지금.
③ 나 많은 조카보고 예예해요 지금.

① 조카님 드러오셔따구.
② 조카님 들어오셨다구.
③ 조카님 들어오셨다고.

① 마주 안자서는 모끼리디요.
② 마주 앉아서는 못기리디요.
③ 마주 앉아서는 (조카님이라고) 못 그러지요.

남 **1** 모끼래요.
  2 못 기래요.
  3 못 그래요.

여 **1** 그 우리조카야, 나이 드러두 촌수는 조카니까네.
  2 그 우리조카야, 나이 들어두 촌수는 조카니까네.
  3 그 (사람이) 우리조카야, 나이 들어도 촌수는 조카니까.

남 **1** 조칸 조카지.
  2 조칸 조카지.
  3 (나이가 아무리 이상이라도) 조카는 조카지.

1 아버지, 어머니를 통터러서 얘기하는 거?
  2 아버지, 어머니를 통털어서 얘기하는 거?
  3 아버지, 어머니를 통틀어서 얘기하는 말?

1 그저 부모라구 그러디 부모. 그 외 다른 표혀니 업씀니다 여기는.
  2 그저 부모라구 그러디 부모. 그 외 다른 표현이 없습니다 여기는.
  3 그저 부모라고 그러지 부모. 여기는 그밖에 다른 말이 없습니다.

남 **1** 호라비.
  2 홀아비.
  3 홀아비.

다 **1** 호래비, 호래비. 옌나레 호래비라 그래서.
　　2 홀애비, 홀애비. 옌날에 홀애비라 그랫어.
　　3 (홀아비를) 홀애비, 홀애비. 옛날에 홀애비라 그랬어.

여 **1** 과부.
　　2 과부.
　　3 (홀어미를) 과부.

남 **1** 호래비 반대 과부.
　　2 홀애비 반대 과부.
　　3 홀아비 반대는 과부.

여 **1** 늘그니들. 늘그니라 하지요, 늘그니, 늘그니.
　　2 늙은이들. 늙은이라 하지요. 늙은이, 늙은이.
　　3 (노인을 여기 말로) 늙은이들. 늙은이라 하지요. 늙은이, 늙은이.

남 **1** 남자 늘그니먼 그저 넝감, 넝감.
　　2 남자 늙은이먼 그저 넝감, 넝감.
　　3 남자 늙은이면 그저 넝감 넝감.

다 **1** 노친네디요.
　　2 노친네디요.
　　3 (나이 많은 여자는) 노친네지요.

남 **1** 노친네를 요지가네 말할 때는 노파라구 그래서.

② 노친네를 요지간에 말할 때는 노파라구 그랬어.
③ 노친네를 요즘 말로는 노파라고 그랬어.

■ **노친네, 노친네 하먼 여기 싸람드른 다 네따나해요.**
② 노친네, 노친네 하먼 여기 싸람들은 다 네딴아해요.
③ 노친네, 노친네 하면 여기 사람들은 다 언짢아해요.

여 ■ **하하하.**
② 하하하.
③ 하하하.

■ **늘그니라 하먼 좀 나께 생각-하구 할머니 하먼 더 존경해 주는 거이구. 근데 노친네, 노친네 하게 돼먼 나쁜 마리여.**
② 늙은이라 하먼 좀 낮게 생각하구 할마니 하먼 더 존경해주 는 것이구. 근데 노친네, 노친네 하게 돼먼 나쁜 말이여.
③ 늙은이라 하면 좀 낮게 생각하고 할머니라고 하면 더 존경 해주는 것이고. 그런데 노친네, 노친네 하게 되면 (상스러 운) 나쁜 말이여.

■ **넝감, 넝감 하는 거뚜 자기 진짜 노친네가 저 넝감보구 넝 감, 넝감 할 꺼이디 나미 사라미 이자 넝가미라 해따간…**
② 넝감, 넝감 하는 것두 진짜 자기 노친네가 저 넝감보구 넝 감, 넝감 할 거이디 남이 사람이 이자 넝감이라 햇다간…
③ (나이 지긋한 바깥노인을) 넝감, 넝감이라 하는 것도 자기 노친네가 제 남편보고 넝감, 넝감 할 것이지 남이 이제 넝 감이라 했다간 (큰일 남).

남 ■ 요글 할 땐 넝감태기 머 이러케.
　② 욕을 할 땐 넝감태기 머 이렇게.
　③ 욕을 할 때는 (넝감이라 하지 않고) 넝감태기 뭐 이렇게.

■ 아, 근 나쁜 말루.
　② 아, 근 나쁜 말루.
　③ 아, 그건 나쁜 말로.

■ 마써서 넝감 이러머 아주 버르재이 엄는 말로.
　② 맞서서 넝감 이러머 아주 버르재이 없는 말로.
　③ 맞대고 넝감이라고 하면 아주 버르장이 없는 말로.

■ 그럼, 늘그니 하다가 그담 하라버지, 할머니 어디 가심니까
　　기리야디 넝감, 노친네 해따간 쌍말루 보지.
　② 그럼, 늙은이 하다가 그담 할아버지, 할머니 어디 가십니까
　　기리야디 넝감, 노친네 햇다간 쌍말루 보지.
　③ 그럼, 노인을 보통말로 늙은이라 하거나 할아버지, 할머니
　　어디 가십니까와 같이 공손히 말해야지 직접 맞대고 넝감,
　　노친네라 했다간 상말로 여기지.

여 ■ 이 할마니 어디 가노?
　② 이 할마니 어디 가노?
　③ 이 할머니 어디 가나?

■ 다 하라바니지요 머.
　② 다 할아반이지요 머.

③ (자기 할아버지뻘 되는 사람을) 다 할아반이지요 뭐.

① 하르반, 하르반 어디 가시때쏘? 그러디 머.

② 하르반, 하르반 어디 가싯댓소? 그러디 머.

③ (할아버지뻘 되는 노인에게) 하르반, 하르반 어디 가셨었어
요? 그러지 뭐.

① 하르반.

② 하르반.

③ (직접 부를 때) 하르반.

① 아바지 어디 가시때쏘?

② 아바지 어디 가싯댓소?

③ (아버지뻘 되는 사람에게) 아바지 어디 가셨었어요?

① 아바지.

② 아바지.

③ (아버지뻘 되는 사람을 부를 때도) 아바지.

① 오마니두 그저 오마니 어디 기시때쏘?

② 오마니두 그저 오마니 어디 가싯댓소?

③ 어머니뻘 되는 여성에 대해서도 그저 오마니 어디 가셨었소?

① 넝감 빼노쿠 저 오마니 아바지하구 다 가티 말합니다.

② 넝감 빼놓구 저 오마니 아바지하구 다 같이 말합니다.

③ 동네 어른들을 부를 때 넝감이란 말을 빼놓고는 모두 제 어

머니, 아버지를 부르듯 부릅니다.

남 **❶ 아래싸라미 이자 우싸람보구 기러케 하고 다른 사라믄 또 글치 아나.**
　② 아랫사람이 이자 웃사람보구 기렇게 하고 다른 사람은 글 치 않아.
　③ 아랫사람이 이제 윗사람보고 그렇게 하고 이상 사람은 그 렇지 않아.

　❶ 색씨라 그럼니다.
　② 색시라 그럽니다.
　③ (신부를) 색시라 그럽니다.

여 **❶ 새스방.**
　② 새스방.
　③ (신랑을) 새스방.

다 **❶ 색씨, 새스방 그래.**
　② 색씨, 새스방 그래.
　③ (신부, 신랑을) 색시, 새스방 그래.

남 **❶ 심부, 실랑이랜 건 강원도마리여.**
　② 심부, 실랑이랜 건 강원도말이여.
　③ 신부 신랑이란 건 강원도말이여.

다 **❶ 동세, 동세.**

② 동세, 동세.
③ (동서를) 동세, 동세.

여 **❶ 동세, 둘채동세, 세채동세, 자근동세.**
② 동세, 둘채동세, 세채동새, 작은동세.
③ (윗동서가 아래동서를 부를 경우) 동세, 둘채동세, 세채동새 작은동세.

❶ 헝님.
② 헝님.
③ (동서 간 이상 동서를 부를 때는) 헝님.

❶ 헝님, 맏-헝님. 자근헝님 웬 미테 사라믄 자근헝님.
② 헝님, 맏헝님. 작은헝님 웬 밑에 사람은 작은헝님.
③ (이상 동서를 부를 때) 헝님, 맏헝님. 작은헝님 맨 아래 동서는 작은헝님.

남 **❶ 아래동서보구는 야, 동세야 그러구…**
② 아래동서보구는 야, 동세야 그러구…
③ 윗동서가 아래동서보고는 야, 동세야 그러고…

❶ 여기서 각씨란 말 안 써요. 각씨란 말 쓰지 안씀니다.
② 여기서 각시란 말 안 써요. 각시란 말 쓰지 않습니다.
③ 여기서 (색시에 대해) 각시란 말 안 써요. 각시란 말 쓰지 않습니다.

① 색씨라먼 색씨라구 글지 여기 각씨라구 쓰지 아나요.

② 색시라먼 색시라구 글디 여기 각시라구 쓰지 않아요.

③ 색시면 색시라고 그러지 여기서는 각시라는 말을 쓰지 않아요.

① 체네라구 그러디 체네, 체네 하디. 절때 각씨란 마리 안 쓰여요. 딴 데서 쓰지.

② 체네라구 그러디 체네, 체네 하디. 절대 각시린 말이 안 쓰여요. 딴 데서 쓰지.

③ 처녀라고 그러지 처녀, 처녀 하지. 절대 각시란 말이 안 쓰여요. 딴 데서 쓰지.

[여] ① 아무개찝 체네래 시집깔 때 돼따 그저 이러디.

② 아무갯집 체네래 시집갈 때 됐다 그저 이러디.

③ 아무개 집 처녀가 시집갈 때 됐다 그저 이러지.

① 시집깔 나이 그만한 나이돼야 체네꼬리 난다 그리면서.

② 시집갈 나이 그만한 나이돼야 체네꼴이 난다 그리면서.

③ 시집갈 나이 그만한 나이가 돼야 처녀태가 난다 그러면서.

[남] ① 그 체네는 너자는 그저 조꼬마해서부텀 체네에요. 시집가기 전까지 다 체네에요.

② 그 체네는 너자는 그저 조꼬마해서부텀 체네에요. 시집가기 전까지 다 체네에요.

③ (여기서 말하는) 처녀는 어린 여자애부터 처녀예요. 시집가기 전까지 다 처녀예요.

여 **1 몽땅 다 체녠데.**
2 몽땅 다 체녠데.
3 (어린 여자애도) 몽땅 다 처녀인데.

남 **1 남자는 다 총가기라 글구.**
2 남자는 다 총각이라 글구.
3 (장가 안 간) 남자는 다 총각이라 그러고.

1 여자구 남자구 미혼자는 다 체네 총각 허지.
2 여자구 남자구 미혼자는 다 체네, 총각 허지.
3 여자고 남자고 미혼자는 다 체네, 총각이라고 하지.

1 각씨라구 부른 데 이꾸, 샛 또 부른 데도 이서 샛.
2 각시라구 부른 데 잇구 샛 또 부른 데도 잇어 샛.
3 (시집갈 나이가 된 처녀를) 각시라고 부르는 데 있고 또 샛
이라 부르는 데도 있어 샛.

**1 새기라구 부른 데두 이서. 여기는 아니어. 함경도, 강원도
에서 새기.**
2 새기라구 부른 데두 잇어. 여기는 아니어. 함경도, 강원도에
서 새기.
3 (시집갈 나이가 된 처녀를) 새기라고 부르는 데도 있어. 여
기는 아니어. 함경도, 강원도에서 새기.

1 서나이, 시나이.
2 서나이, 시나이.

③ (남자애를) 서나이, 시나이.

여 ▣ **시나이, 시나이.**
② 시나이, 시나이.
③ (남자애를) 시나이, 시나이.

남 ▣ **서나, 서나. 서나라 그래.**
② 서나, 서나. 서나라 그래.
③ (남자애를) 서나, 서나. 서나라 그래.

여 ▣ **그 지베 서나이 나따야.**
② 그 집에 서나이 낫다야.
③ 그 집에 남자애 낳았다야.

▣ **애기 나서, 애기 몰라? 서날미 나서.**
② 애기 나서, 애기 몰라? 서날미 낫어.
③ 애기 낳았어, 애기 낳은 걸 몰라? 남자애 낳았어.

다 ▣ **서날미.**
② 서날미.
③ (남자아기를) 서날미.

남 ▣ **선-알-미, 선-알-미.**
② 선-알-미, 선-알-미.
③ (남자아기를) 선알미, 선알미.

① **서-날-미, 날-날-날 서날미야.**
② 서-날-미, 날-날-날 서날미야.
③ (남자아기는) 서날미, 날날날 서날미야.

① **서-날-미, 서날미.**
② 서-날-미, 서날미.
③ (남자아기를) 서-날-미, 서날미.

여 ① **체네 나따구 서날미 나따구 이래.**
② 체네 낫다구 서날미 낫다구 이래.
③ 여자애 낳았다고 남자애 낳았다고 이래.

남 ① **진짜 안 써요 사나이란 말.**
② 진짜 안 써요, 사나이란 말.
③ 사나이란 말을 아예 안 써요.

① **그저 서나, 서나.**
② 그저 서나, 서나.
③ (사나이에 대응하는 말로는) 그저 서나, 서나.

① **여기선 사나이라 그러케 안 써.**
② 여기선 사나이라 그렇게 안 써.
③ 여기서는 (남자를) 사나이라 그렇게 안 써.

① **절때 그런 말 안 써.**
② 절대 그런 말 안 써.

③ (여기서는) 절대 (남편을 사나이니 서나이니 하는) 그런 말
안 써.

[여] ① 너 서나 어데 간?
② 너 서나 어데 간?
③ 너 남편 어디에 갔니?

[남] ① 서나라구 더러 쓰기는 쓰는데 여기 사나이래는 밀 인 써요.
② 서나라구 더러 쓰기는 쓰는데 여기 사나이래는 말 안 써요.
③ (남편에 대해) 서나라고 더러 쓰기는 쓰는데 여기 사나이라
는 말은 안 써요.

[다] ① 손님? 나그네. 나가네, 나가네.
② 손님? 나그네. 나가네, 나가네.
③ 손님? (손님을) 나그네. (아니) 나가네, 나가네.

① 나그네가 아니구 나가네.
② 나그네가 아니구 나가네.
③ (여기 말로 손님은) 나그네가 아니고 나가네.

① 우리 지베 나가네 와따야 이래구. 우리 지베 나가네 와따.
② 우리 집에 나가네 왔다야 이래구. 우리 집에 나가네 왔다.
③ 우리 집에 손님 왔다. 우리 집에 손님이 왔다야 이러고.

[남] ① 나가네는 실라 시대 때부터 쓰던 마리야.
② 나가네는 신라 시대 때부터 쓰던 말이야.

③ (손님을 말하는) 나가네는 신라시대부터 쓰던 말이야.

댸 **❶ 사둔, 사두니라 그래요.**
② 사둔, 사둔이라 그래요.
③ (사돈을) 사둔, 사둔이라 그래요.

냅 **❶ 종경할 띠게 사둔님 하고 그저 일반저그루 말할 때 사둔,
사둔 와따 글구.**
② 존경할 띡에 사둔님 하고 그저 일반적으루 말할 때 사둔,
사둔 왔다 글구.
③ 존경할 적에 사돈님이라 하고 그저 일반적으로 말할 때 사
돈, 사돈 왔다 그러고.

❶ 사둔니미라 그러지.
② 사둔님이라 그러지.
③ (사돈을 직접 부를 때) 사둔님이라 그러지.

옄 **❶ 부를 때 사둔니미구 나메 말할 땐 우리 집 사둔 와따 가서.**
② 부를 때 사둔님이구. 남에 말할 땐 우리 집 사둔 왔다 갓어.
③ 부를 때 사돈님이고. 남에게 말할 때는 우리 집 사돈 왔다
갔어.

냅 **❶ 여자를 안싸두니라 하구 남자를 바까싸두니라 하구.**
② 여자를 안사둔이라 하구 남자를 바깥사둔이라 하구.
③ 여자를 안사돈이라고 하고 남자를 바깥사돈이라 하고.

여 **1 여자는 안싸둔, 남자는 바까싸둔.**
　2 여자는 안사둔, 남자는 바깥사둔.
　3 여자는 안사돈, 남자는 바깥사돈.

다 **1 다 사두님니다. 예, 다 사둔.**
　2 다 사둔입니다. 예, 다 사둔.
　3 (결혼한 부부의 형제 간도) 다 사돈입니다. 예, 다 사돈.

남 **1 그런 마른 안 쓰구 지끄믄 아무개 삼춘.**
　2 그런 말은 안 쓰구 지끔은 아무개 삼춘.
　3 (특별히 작은 사돈이라는) 그런 말은 안 쓰고 지금은 아무
　　개 삼춘.

여 **1 저 따리 아이를 나스면 아이 삼춘.**
　2 저 딸이 아이를 낫으면 아이 삼춘.
　3 제 딸이 아이를 낳았으면 (사돈집 총각을) 아이 삼춘이라
　　하고.

다 **1 이성사춘.**
　2 이성사춘.
　3 (이종사촌을) 이성사춘.

1 이성사춘. 이성사춘 동생.
　2 이성사춘. 이성사춘 동생.
　3 이종사촌. 이종사촌 동생.

⬚ ■ 이모사추니라구 하기두 하는데 그저 이성사춘, 이모사춘.
　② 이모사춘이라구 하기두 하는데 그저 이성사춘, 이모사춘.
　③ (이종사촌을) 이모사춘이라고 하기도 하는데 그저 이성사춘, 이모사춘.

　■ 지끔 이모사추니라 그러디 옌나레 이성사춘.
　② 지끔 이모사춘이라 그러디 옛날에 이성사춘.
　③ (이종사촌을) 지금 이모사춘이라 그러지 옛날에 이성사춘.

　■ 그러니까 이모사추니라구 마니 불러요.
　② 그러니까 이모사춘이라구 많이 불러요.
　③ 그러니까 (이종사촌을) 이모사춘이라고 많이 불러요.

⬚ ■ 고사춘, 이모사춘.
　② 고사춘, 이모사춘.
　③ (고종사촌을) 고사춘, (이종사촌을) 이모사춘.

　■ 어미 가네 또 그건 왜사춘.
　② 어미 간에 또 그건 왜사춘.
　③ 어머니 편으로 또 그건 외사춘.

　■ 아버지 누이에 자식뜰 고사춘.
　② 아버지 누이에 자식들 고사춘.
　③ 아버지 누이의 자식들을 고종사춘.

⬚ ■ 또 애켜녠 애사춘.

② 또 애컨엔 애사춘.
③ 또 외가 편은 외사춘.

① 어머니에 남동생이라든가 오빠에 아이는 왜사춘.
② 어머니에 남동생이라든가 오빠에 아이는 왜사춘.
③ 어머니의 남동생과 오빠의 아이는 외사춘.

남 **① 본가라 그러지 머.**
② 본가라 그러지 머.
③ (친정을) 본가라 그러지 뭐.

여 **① 본가, 보니는 본가 아이들한덴 왜가찝.**
② 본가, 본인은 본가. 아이들한덴 왜가찝.
③ 본가, 본인은 본가. 아이들한테는 외가.

남 **① 본가찝, 본가찝.**
② 본갓집, 본갓집.
③ (친정집을) 본갓집, 본갓집.

① 아이한데 왜가찌비 돼가꼬 보니는 본가찌비 돼고.
② 아이한데 왜갓집이 돼갓고 본인은 본갓집이 돼고.
③ 아이한테 외갓집이 되겠고 본인은 친정집이 되고.

여 **① 나는 본가찌베 가.**
② 나는 본갓집에 가.
③ 나는 친정집에 가.

남 **1 시집, 본가찝.**

2 시집, 본갓집.

3 시집, 친정집.

여 **1 시지베 가, 본가찌베 가.**

2 시집에 가, 본갓집에 가.

3 시집에 가, 친정집에 가.

1 태어난 지블 본가찝.

2 태어난 집을 본갓집.

3 (자기가) 태어난 집을 본갓집.

1 친처기라구. 예, 우리 친척 만터라.

2 친척이라구. 예, 우리 친척 많더라.

3 친척이라고. 예, 우리 친척 많더라.

남 **1 일가는 자기네 아버지가 김씨면 김씨 그걸 일가라 그래. 일
가친처기라 그래.**

2 일가는 자기네 아버지가 김씨면 김씨 그걸 일가라 그래. 일
가친척이라 그래.

3 일가는 자기 아버지가 김씨면 김씨 그걸 일가라 그래. 일가
친척이라 그래.

여 **1 친케늘 일가라 그래.**

2 친켄을 일가라 그래.

3 친가 편을 일가라 그래.

남 **1** 일가친척? 자기네 친 계통이 일가야. 성~이 다를 찌겐 일가
　　라 하기두 그건…
　　2 일가친척? 자기네 친 계통이 일가야. 성이 다를 찍엔 일가
　　라 하기두 그건…
　　3 일가친척? 자기 아버지 계통이 일가야. 성이 다를 적에는
　　그건 일가라 하기도 어렵고.

　1 친척드를 일반 동상이라구두 해, 동상. 아니, 이자 친척드
　를 다 하패서 우리 동상드리라 마리여.
　2 친척들을 일반 동상이라구두 해, 동상. 아니, 이자 친척들을
　다 합해서 우리 동상들이라 말이여.
　3 친척들을 일반적으로 동상이라고도 해, 동상. 이제 친척들
　을 다 합해서 우리 동상들이라고 한단 말이여.

여 **1** 동상, 동상. 우린 동상드리 만타구 우린 동상드리 마나.
　2 동상, 동상. 우린 동상들이 많다구 우린 동상들이 많아.
　3 친척, 친척. 우리는 친척들이 많다고. 우리는 친척들이 많아.

　1 우리 지그믄 형제들 마니 오잔씀니까?
　2 우리 지금은 형제들 많이 오잖습니까?
　3 우리 지금은 형제들이 많이 오잖습니까?

남 **1** 아버지 계를, 아버지 계려레 소니 마니 뻐더나가 한 오륙씸
　　명, 뱅명되는데 이걸 통터러어 동상드리야. 이걸 동상이라
　　기래 동상.
　　2 아버지 계를, 아버지 계렬에 손이 많이 뻗어나가 한 오륙십

명 백명되는데 이걸 통털어 동상들이야. 이걸 동상이라 기래 동상.

③ 아버지 계통, 아버지 계열의 자손이 많이 뻗어나가 한 오륙십 명, 백 명되는데 이걸 통틀어 말하면 친척들이야. 이걸 친척이라 그래 친척.

① 하라바지가 돼건 자그나바지가 돼건 동생이 돼건 동상들.

② 할아바지가 돼건 작은아바지가 되건 동생이 돼건 동상들.

③ 할아바지가 되건 작은아바지가 되건 동생이 되건 (이를 통틀어) 동상들.

① 동생이라 글잔구 동상, 동상들 만타.

② 동생이라 글잖구 동상, 동상들 많다.

③ (친척을 말할 때는) 동생이라 그러지 않고 동상, (친척이 많다를) 동상들 많다.

여 **① 우린 동상드리 마나.**

② 우린 동상들이 많아.

③ 우리는 친척들이 많아.

① 막낭.

② 막낭.

③ 막내.

대 **① 망내이, 망내이.**

② 막내이, 막내이.

③ 막내, 막내.

1 망내이아들, 망내이딸.
② 막내이아들, 막내이딸.
③ 막내아들, 막내딸.

[님] **1 망낭아들, 망낭딸.**
② 막낭아들, 막낭딸.
③ 막내아들, 막내딸.

[다] **1 호자, 호자.**
② 호자, 호자.
③ 효자, 효자.

[남] **1 효자. 효녀.**
② 효자, 효녀.
③ 효자, 효녀.

[여] **1 호녀.**
② 호녀.
③ 효녀.

1 호네라 그래띠 호네.
② 호네라 그랫디 호네.
③ (효녀를) 호네라 그랬지 호네.

다 **1 호네, 호네.**
② 호네, 호네.
③ (호녀를) 호네, 호네.

1 호네, 호자.
② 호네, 호자.
③ 효녀, 효자.

여 **1 아재비, 아재비라 기래서 아재비.**
② 아재비, 아재비라 기랫어 아재비.
③ (형부를) 아재비, 아재비라 그랬어 아재비.

남 **1 아저씨라 그런다구.**
② 아저씨라 그런다구.
③ (형부를) 아저씨라 그런다고.

여 **1 언니에 새스방보구 아재비, 아재비합니다. 언니에 남펴늘
보구 아재비.**
② 언니에 새스방보구 아재비, 아재비합니다. 언니에 남편을
보구 아재비.
③ 언니의 남편보고 아재비, 아재비합니다. 언니의 남편을 보
고 아재비.

다 **1 지금 아저씨라구 그래.**
② 지금 아저씨라구 그래.
③ 지금 (형부를) 아저씨라고 그래.

1 아저씨.
2 아저씨.
3 (형부를) 아저씨.

여 **1 언니에 남펜.**
2 언니에 남펜.
3 (아저씨는) 언니의 남편.

남 **1 마니 써요.**
2 많이 써요.
3 (아저씨란 말을) 많이 써요.

여 **1 일반쩌그루 그저 남자들보군 아저씨야.**
2 일반적으루 그저 남자들보군 아저씨야.
3 일반적으로 그저 남자들보고는 아저씨야.

남 **1 여성드리 군대아저씨 머 이리기두 하구 지금 마니 써요.**
2 여성들이 군대아저씨 머 이리기두 하구 지금 많이 써요.
3 여성들이 군대아저씨 뭐 이러기도 하고 지금 많이 써요.

여 **1 이젠 근 공통어로 돼꺼든, 남자들 부르먼.**
2 이젠 근 공통어로 됐거든, 남자를 부르먼.
3 아저씨라는 말은 이제 여자들이 남자를 부르는데 두루 쓰
이는 말로 됐거든.

1 언니 남편. 길게 지금 절믄 사람드리 아저씨라구 하면 총각

[1] 보구 아저씨라 근다구 실타구 하지 안씀니까?

[2] 언니 남편. 길게 지금 젊은 사람들이 아저씨라구 하면 총각보구 아저씨라 근다구 싫다구 하지 않습니까?

[3] 아저씨는 본래 언니 남편을 부르는 말이어서 지금 젊은 사람들을 아저씨라 하면 총각보고 아저씨라 그런다고 싫다고 하지 않습니까?

[1] 또 늘그니들보구 아저씨하면 또 하대하는 걸로 해서 실타하구.

[2] 또 늙은이들보구 아저씨하면 또 하대하는 걸로 해서 싫다하구.

[3] 또 늙은이들보고 아저씨하면 또 하대하는 걸로 해서 싫다하고.

[1] 총각뜨른 아저씨라 하면 색씨두 안 어던는데 아저씨 됏다구 세시블걸구.

[2] 총각들은 아저씨라 하면 색시두 안 얻엇는데 아저씨 됐다구 세시블걸구.

[3] 총각들은 아저씨라 하면 색시도 안 얻었는데 아저씨라 한다고 투덜대고.

[남] **[1] 그 질려 가네?**

[2] 그 질녀 간에?

[3] 그 질녀 간에?

[1] 그 아저씨는 딱 우리 남편보구 아저씨라구 해씀니다.

② 그 아저씨는 딱 우리 남편보구 아저씨라구 햇습니다.

③ 그 아저씨라는 말은 (제 여동생이) 딱 우리 남편보고 아저
씨라고 했습니다.

다 **1 자근댕네, 자근댕네.**

② 작은댁네, 작은댁네.

③ (첩을) 작은댁네, 작은댁네.

여 **1 첩뽀구 자근댕네라 기래서.**

② 첩보구 작은댁네라 기랫어.

③ 첩(妾)보고 작은댁네라 그랬어.

다 **1 큰댕네, 자근댕네.**

② 큰댁네, 작은댁네.

③ (본처를) 큰댁네, (첩을) 작은댁네.

남 **1 둘채 땡네, 세채 땡네.**

② 둘채 땍네, 세채 땍네.

③ 둘째 첩, 셋째 첩.

다 **1 여는 처비라는 말두 좀 더러 써서요.**

② 여는 첩이라는 말두 좀 더러 썻어요.

③ 여기는 첩이라는 말도 좀 더러 썼어요.

남 **1 처비라구두 쓰구 댕네래는 거이 마이 써띠. 큰댕네, 자근댕네.**

② 첩이라구두 쓰구 댁네래는 거이 많이 썻디. 큰댁네, 작은댁네.

③ 첩이라고도 쓰고 댁네라는 말을 많이 썼지. 큰댁네, 작은댁네.

여 **① 채게는 서잔데 처베서 난 아들두 그저 둘째댕네 아드리라구.**
② 책에는 서잔데 첩에서 난 아들두 그저 둘째댁네 아들이라구.
③ 책에는 서자인데 첩에서 난 아들도 그저 둘째댁네 아들이
라고.

남 **① 처베 난 아드료?**
② 첩에 난 아들요?
③ 첩에서 난 아들요?

**① 처베서 난 아들 머이라구 글디 안쿠 그저 처베 아드리라 그
래요.**
② 첩에서 난 아들 머이라구 글디 않구 그저 첩에 아들이라 그
래요.
③ 첩에서 난 아들을 뭐라고 그러지 않고 그저 첩의 아들이라
그래요.

여 **① 그럼, 자근댕네아들.**
② 그럼, 작은댁네아들.
③ 그럼, (서자를) 작은댁네 아들.

남 **① 노미 부르는 거는 처베 아드리라구 그런데 보닌 부를 띠기
는 이름 불러.**
② 놈이 부르는 거는 첩에 아들이라구 그런데 본인 부를 띡이
는 이름 불러.

③ 남과 말할 때는 첩의 아들이라고 그러는데 본인을 직접 부를 적에는 이름을 불러.

① 나미 말할 때 처베 아들.
② 남이 말할 때 첩에 아들.
③ 남이 말할 때 첩의 아들.

여 **① 자그노마니, 자그노오마니.**
② 작은오마니, 작은오마니.
③ (서모를) 작은오마니, 작은오마니.

① 진짜 자그노마니두 자그노마니구 이거뚜 자그노마니구.
② 진짜 작은오마니두 작은오마니구 이것두 작은오마니구.
③ 숙모도 작은오마니고 서모도 작은오마니고.

① 무조껀 자근댕네가 나은 아드른 맏땡네보구 또 크노마니, 크노마니라 글디.
② 무조건 작은댁네가 낳은 아들은 맏댁네보구 또 큰오마니, 큰오마니라 글디.
③ 첩이 낳은 아들은 무조건 본댁네보고 또 큰오마니, 큰오마니라 그러지.

남 **① 지끄메 와서 아바이란 말 쓰이디, 아바이란 말 안 쓴다구.**
② 지끔에 와서 아바이란 말 쓰이디, 아바이란 말 안 쓴다구.
③ 지금에 와서 아바이란 말이 쓰이지 (본래) 아바이란 말 안 쓴다고.

여 **❶ 아바니, 아바니. 지끔 아바이지.**

② 아바니, 아바니. 지끔 아바이지.

③ (나이 지긋한 남자를 부르는 말은 본래) 아바니, 아바니. 지금은 아바이지

남 **❶ 아바니는 존경하는 거야 아바니는. 늘그니를 존경하는 말, 님짜 다음 가는 말.**

② 아바니는 존경하는 거야 아바니는. 늙은이를 존경하는 말, 님짜 다음 가는 말.

③ 아바니는 존경하는 말이야 아바니는. 남자 노인을 두루 존경하는 말. '-님'자가 있는 아바님 다음 가는 존대의 말.

여 **❶ 자기네 부모들보군 아버님, 아버님 해딴 마리라. 근데 그저 일반 동네늘그니들보군 아바니.**

② 자기네 부모들보군 아버님, 아버님 햇단 말이라. 근데 그저 일반 동네늙은이들보군 아바니.

③ 자기 부모들보고는 아버님, 아버님 했단 말이라. 그런데 그저 일반 동네늙은이들보고는 아바니.

❶ 예, 아바지 뻘.

② 예, 아바지 뻘.

③ 예, 아버지 뻘(되는 사람을 아바니).

❶ 예. 하라바지뻘 예, 그저 아바니.

② 예. 할아바지뻘 예, 그저 아바니.

③ 예. 할아바지뻘 되는 사람도 아바니. 예, 보통 남자 노인을

아바니.

남 ❶ **아바니라는 거이 쑬쑤란 마리야, 아바니.**
  ② 아바니라는 거이 쑬쑬한 말이야, 아바니.
  ③ 아바니라는 말은 두루 쓰이는 말이야, 아바니.

다 ❶ **함겸도에서 그저 아바이, 아바이하디.**
  ② 함경도에서 그저 아바이, 아바이하디.
  ③ 함경도에서 (나이 지긋한 남자를) 그저 아바이, 아바이하지.

❶ **제일 나이 마는 사라믈 또 하라바이라 글디 머. 노메 하라바이두 하라바이라 글구.**
  ② 제일 나이 많은 사람을 또 할아바이라 글디 머. 놈에 할아바이두 할아바이라 글구.
  ③ 제일 나이 많은 사람을 또 할아바이라 그러지 뭐. 남의 할아버지도 할아바이라 그러고.

❶ **제일 나이 마는 사람보구 하라바이라 하구.**
  ② 제일 나이 많은 사람보구 할아바이라 하구.
  ③ 제일 나이 많은 사람보고 할아버지라 하고.

3.2 평남 안주 지역어 전사 자료

- **조사 지점**

- 평안남도 안주군 안주읍

- **조사 시간**
  1996년 8월 28일

- **제보자**
  김덕숙 여 74세 함북 태생(안주 거주 20년) 학력: 대졸 직업: 교사
  조인순 여 70세 평남 안주 태생   학력: 대졸 직업: 교사
  장철수 남 70세 평남 안주 태생   학력: 중졸 직업: 상업
  장찬수 남 68세 평북 신의주 태생   학력: 대졸 직업: 교사

- **조사자**
  황대화(중국해양대학 교수)
  김영황(김일성종합대학 교수)

여 **1 김덕쑤김니다.**
2 김덕숙입니다.
3 김덕숙입니다.

1 예.
2 예.
3 예.

1 이른넷.
2 일흔넷.
3 일흔넷.

1 함경북또.
2 함경북도.
3 (출생지는) 함경북도.

1 예.
2 예.
3 예.

1 거기 이따가 강원도에서 좀 살구 평양에서도 한 심년, 여기 온지 한 이심년 대씀니다.
2 거기 잇다가 강원도에서 좀 살구 평양에서도 한 십년, 여기 온지 한 이십년 댓습니다.
3 거기 있다가 강원도에서 좀 살고 평양에서도 한 십년 (살다가) 여기 온지 한 이십년 됐습니다.

⬛ 대조림니다.
② 대졸입니다.
③ (학력은) 대졸입니다.

⬛ 조인순.
② 조인순.
③ 조인순.

⬛ 예. 이른사림니다.
② 예. 일흔 살입니다.
③ 예. 일흔 살입니다.

⬛ 안주, 그저 여게 태생임니다.
② 안주, 그저 여게 태생입니다.
③ 안주, 그저 여기 태생입니다.

⬛ 그리구 다닌 데 업꾸 그저 토착주미님니다.
② 그리구 다닌 데 없구 그저 토착주민입니다.
③ 그리고 (다른 곳에) 다닌 데 없고 그저 토착주민입니다.

⬛ 대조림니다.
② 대졸입니다.
③ (학력은) 대졸입니다.

⬛ 교원 좀 해씀니다.
② 교원 좀 햇습니다.

③ 교사직을 좀 했습니다.

㉯ **① 장철쑵니다.**
② 장철습니다.
③ 장철수입니다.

① 칠씹.
② 칠십.
③ 칠십.

① 여 안주에서 나씁니다. 출쌩지가 안줌니다.
② 여 안주에서 낫습니다. 출생지가 안줌니다.
③ 여기 안주에서 태어났습니다. 출생지가 안주입니다.

① 중조림니다.
② 중졸입니다.
③ (학력은) 중졸입니다.

① 상어블 좀 해쑵니다.
② 상업을 좀 햇습니다.
③ 상업을 좀 했습니다.

① 장찬숨니다.
② 장찬숩니다.
③ 장찬수입니다.

① 예순야덜싸림니다.
② 예순야덜살입니다.
③ 예순여덟 살입니다.

① 출생지는 평북똠니다.
② 출생지는 평북돕니다.
③ 출생지는 평북도입니다.

① 시니줍니다.
② 신이줍니다.
③ 신의주입니다.

① 대조림니다.
② 대졸입니다.
③ (학력은) 대졸입니다.

① 교원해씀니다.
② 교원햇습니다.
③ 교원직을 했습니다.

여 **① 예.**
② 예.
③ 예.

① 아바지, 아바지.
② 아바지, 아바지.

③ 아버지, 아버지.

① 오마니, 아바지.

② 오마니, 아바지.

③ 어머니, 아버지.

① 예, 아바지.

② 예, 아바지.

③ 예, (보통 아버지를 직접 부를 때) 아바지.

① 아바지, 오마니.

② 아바지, 오마니.

③ (아버지, 어머니의 지칭과 호칭은) 아바지, 오마니.

① 엄매라구두 합니다.

② 엄매라구두 합니다.

③ (어린애들이 어머니를) 엄매라고도 합니다.

① 예, 엄마, 엄매. 할머니드리 '너 엄매 온다, 너 엄매 온다.' 그러디. 엄마 온다는 건 좀 그니레 마니 씁니다.

② 예, 엄마, 엄매. 할머니들이 '너 엄매 온다, 너 엄매 온다.' 그러지. '엄마 온댜'는 건 좀 근일에 많이 씁니다.

③ 예, 엄마, 엄매. 할머니들이 '너 엄매 온다, 너 엄매 온다.' 그러지. '엄마 온댜'는 말은 근일에 많이 씁니다.

① 예.

② 예.
③ 예. (어렸을 때는 자기 어머니를 엄마라 하고 나이 들어서
는 오마니)

■ **아버지에 형을 마다바지 또는 크나바지.**
② 아버지에 형을 맏아바지 또는 큰아바지.
③ 아버지의 형을 맏아바지 또는 큰아바지.

■ **하라버지보구도 크나바지라구 우리 어려서.**
② 할아버지보구도 큰아바지라구 우리 어려서.
③ 우리 어려서 할아버지보고도 큰아바지라고.

■ **하라버지보구는 크나버지, 아버지에 형보구는 마다바지.**
② 할아버지보구는 큰아바지, 아버지에 형보구는 맏아바지.
③ 할아버지보고는 큰아바지, 아버지의 형보고는 맏아바지.

■ **크나바지는 하라버지라는…**
② 큰아바지는 할아버지라는…
③ 큰아바지는 할아버지라는… (뜻으로 쓰임)

■ **예.**
② 예.
③ 예. (백부를 이 지역에서는 맏아바지)

■ **예.**
② 예.

③ 예. (백부를 직접 부를 때도 맏아바지)

① 마다바지 또는 크나부지.
② 맏아바지 또는 큰아부지.
③ (백부를 직접 부를 경우) 맏아바지 또 큰아부지.

① 지그믄 잘 몰라요.
② 지금은 잘 몰라요.
③ (함경도에서는 예전에 백부를 뭐라고 했는가의 물음에) 지금은 잘 몰라요.

① 크너마니.
② 큰어마니.
③ (백모를) 큰어마니.

① 마더마니라구두 합니다.
② 맏어마니라구두 합니다.
③ (백모를) 맏어마니라고도 합니다.

① 그러나 그저 마더마니가 주루 마니 쓰임니다.
② 그러나 그저 맏어마니가 주루 많이 쓰입니다.
③ 그러나 (백모에 대한 지칭과 호칭으로는) 그저 맏어마니가 주로 많이 쓰입니다.

① 예, 나두 어려서 두 가지 마를 쓰기 때무네 서견칠 아나서, 어떤 땐 크나부지 머 마다부지 좀 그런 가미 이서서 인자

무씁니다.

② 예, 나두 어려서 두 가지 말을 쓰기 때문에 석연칠 않아서, 어떤 땐 큰아부지 머 맏아부지 좀 그런 감이 잇어서 인자 묻습니다.

③ 예, 나도 어려서 두 가지 말을 쓰기 때문에 석연치를 않아서, 어떤 때는 (백부를) 큰아부지라 하고 어떤 때는 맏아부지라고 하는 것 같은 그런 감이 좀 들어서 이제 묻습니다.

❶ 예. 크나바지, 클마니. 크나바지, 할머니를 클마니.

② 예. 큰아바지, 클마니. 큰아바지, 할머니를 클마니.

③ 예. 큰아바지. 클마니. (할아버지를) 큰아바지, 할머니를 클마니.

❶ 예.

② 예.

③ 예. (큰아바지, 클마니는 지칭과 호칭에 두르 쓰임)

❶ 할마니, 클마니.

② 할마니, 클마니.

③ (할머니를) 할마니, 클마니.

❶ 예, 할마니, 클마니 두 가지 말루 씁니다.

② 예, 할마니, 클마니 두 가지 말루 씁니다.

③ 예, (할머니를) 할마니, 클마니 두 가지로 씁니다.

❶ 하라버지에 아버지?

② 할아버지에 아버지?
③ 할아버지의 아버지?

■ 기러케까지.
② 기렇게까지.
③ 그렇게까지.

■ 증조.
② 증조.
③ 증조.

[남] **■ 하라버지 아바지는 증조하라버진데 다 가티 사라보지를 모대서 기케 부르지 아나씀니다.**
② 할아버지 아바지는 증조할아버진데 다 같이 살아보지를 못해서 기렇게 부르지 않앗습니다.
③ 할아버지의 아버지는 증조할아버진데 함께 살아보지를 못해서 그렇게 불러보지 못 했습니다.

[여] **■ 증조하라버지라구. 당하라버지, 증조하라버지. 예, 증조하라바지, 당하라바지.**
② 증조할아버지라구. 당할아버지, 증조할아버지. 예, 증조할아바지, 당할아바지.
③ (증조부를) 증조할아버지라고. (증조부를) 당할아버지, 증조할아버지. 예, (증조부를) 증조할아바지, 당할아바지.

[남] **■ 하라버지 아버지는 직쩝 당하라버지. 고 앞 또 나가서 겨까**

지 그건 또 달라진단데.

② 할아바지 아버지는 직접 당할아버지. 고 앞 또 나가서 곁가
지 그건 또 달라진단데.

③ 할아바지의 아버지 직계는 당할아버지. 고 앞 곁가지는 달
리 부르는데.

여 ■ **중조할마니. 할마니, 할마니라 그래.**

② 증조할마니. 할마니, 할마니라 그래.

③ (증조모를) 증조할마니. (보통) 할마니, 할마니라 그래.

■ **예, 증조클마니 또는 중조할마니.**

② 예, 증조클마니 또는 증조할마니.

③ 예, (증조모를) 증조클마니 또는 증조할마니.

■ **고조. 고조하라바지, 고조할마니.**

② 고조. 고조할아바지, 고조할마니.

③ 고조. (고조부를) 고조할아바지, (고조모를) 고조할마니.

다 ■ **처에 아바지? 가시아바지.**

② 처에 아바지? 가시아바지.

③ 처의 아바지? (장인을) 가시아바지.

■ **장인보구 그저 가시아바지.**

② 장인보구 그저 가시아바지.

③ 장인보고 그저 가시아바지.

① **부를 땐 그저 아부님, 아부님 합니다.**

② 부를 땐 그저 아부님, 아부님 합니다.

③ (장인을 직접) 부를 땐 그저 아부님, 아부님 합니다.

① **아부님, 아바님 그저…**

② 아부님, 아바님 그저…

③ 아부님, 아바님 그저… (두 가지로 쓰임).

① **예.**

② 예.

③ 예.('아바지'는 장인에 대한 호칭어로 쓰이지 않음)

남 **①** **또 장이니라구 하디요 장인.**

② 또 장인이라구 하디요 장인.

③ 또 장인이라고 하지요 장인.

다 **①** **장이니라구두 하고. 장이는 그저 우리 장이니 하고. 부를 때는 장이니라구 안 합니다.**

② 장인이라구두 하고. 장인은 그저 우리 장인이 하고. 부를 때는 장인이라구 안 합니다.

③ 장인이라고도 하고. 장인은 그저 (남과 이야기할 때) 우리 장인이라 하고. (직접) 부를 때는 장인이라고 안 합니다.

여 **①** **장모, 가시오마니.**

② 장모, 가시오마니.

③ (가리켜 부를 때) 장모, 가시오마니.

■ 그뚜 그저 부를 때는 오마니라 기립니다. 가시라구 안 합니다.

☑ 긋두 그저 부를 때는 오마니라 기립니다. 가시라구 안 합니다.

③ 그것도 부를 때는 그저 (장모를) 오마니라 그럽니다. 가시 오마니라고 안 합니다.

다 **■ 시아바지. 부를 땐 그저 아부님, 아부님.**

☑ 시아바지. 부를 땐 그저 아부님, 아부님.

③ 시아버지. 부를 땐 그저 아부님, 아부님.

여 **■ 시오마니, 시오마니. 부를 때는 그저 오마니.**

☑ 시오마니, 시오마니. 부를 때는 그저 오마니.

③ (시어머니를) 시오마니, 시오마니. 부를 때는 그저 오마니.

다 **■ 이부더머니, 이부도마니.**

☑ 이붓어머니, 이붓오마니.

③ (계모를) 이붓어머니, 이붓오마니.

여 **■ 그저 오마니.**

☑ 그저 오마니.

③ (계모를 직접 부를 때는) 그저 오마니.

■ 가씁니다. 예, 이부다바지, 부를 땐 그저 아바지.

☑ 같습니다. 예, 이붓아바지, 부를 땐 그저 아바지.

③ 같습니다. 예, (계부를) 이붓아바지, 부를 때는 그저 아바지.

■ 왜하라바지.

② 왜할아바지.
③ (외조부를) 왜할아바지.

① 왜크나바지라구두 기립니다.
② 왜큰아바지라구두 기립니다.
③ (외조부를) 왜큰아바지라고도 그럽니다.

① 예, 왜클마니, 왜하라버지.
② 예, 왜클마니, 왜할아버지.
③ 예, (외조모를) 왜클마니, (외조부를) 왜할아버지.

남 **① 왜하라버지.**
② 왜할아버지.
③ (외조부를) 왜할아버지.

여 **① 왜하라버지, 왜크나바지.**
② 왜할아버지, 왜큰아바지.
③ (외조부를) 왜할아바지, 왜큰아바지.

① 왜클마니.
② 왜클마니.
③ (외조모는) 왜클마니.

① 왜짜를 떼구 그저 클마니.
② 왜짜를 떼구 그저 클마니.
③ (외조모를 직접 부를 때는) ‘왜’자를 떼고 그저 클마니.

① 예. 클마니, 할마니.
② 예. 클마니, 할마니.
③ 예. (외조모를 직접 부를 때) 클마니, 할마니.

① 하라바지.
② 할아바지.
③ (외조부를 직접 부를 때) 할아바지.

다 **① 그저 하라버지.**
② 그저 할아버지.
③ (외조부를 직접 부를 때) 그저 할아버지.

여 **① 하라바지.**
② 할아바지.
③ (외조부를 직접 부를 경우 보통) 할아바지.

① 삼춘, 삼춘 기립니다.
② 삼춘, 삼춘 기립니다.
③ (삼촌/숙부를) 삼춘, 삼춘 그립니다.

① 예, 삼춘.
② 예, 삼춘.
③ 예, (숙부를 직접 부를 때도) 삼춘.

① 삼추노마니.
② 삼춘오마니.

③ (숙모를) 삼춘오마니.

❶ **가씁니다. 삼추노마니.**
② 같습니다. 삼춘오마니.
③ (숙모를 직접 부를 때도) 같습니다. 삼춘오마니.

❶ **가씁니다. 예, 그저 삼춘 삼춘합니다.**
② 같습니다. 예, 그서 삼춘 심춘힙니다.
③ (삼촌의 결혼여부와 관계없이) 같습니다. 예, 그저 삼춘, 삼
  춘합니다.

다 ❶ **왜삼춘.**
  ② 왜삼춘.
  ③ 외삼촌.

❶ **예. 삼춘.**
② 예. 삼춘.
③ 예. (직접 부를 때도) 삼춘.

❶ **예, 자그나바지 씁니다. 그니까 삼추니 장가 가슬 때 그럴
  땐 자그나바지라구 합니다.**
② 예, 작은아바지 씁니다. 그러니까 삼춘이 장가갓을 때 그럴
  땐 작은아바지라구 합니다.
③ 예, 작은아바지(라는 말을) 씁니다. 그러니까 삼촌이 장가
  갔을 때 그럴 때는 작은아바지라고 합니다.

■ 아바지에 동생을 보구는 자그나바지.
② 아바지에 동생을 보구는 작은아바지.
③ 아바지의 동생을 보고는 작은아바지.

■ 예.
② 예.
③ 예. (직접 부를 때도 작은아바지)

■ 자그노마니, 자그노마니라.
② 작은오마니, 작은오마니라.
③ (숙모를) 작은오마니, 작은오마니라.

■ 예.
② 예.
③ 예. (직접 부를 때도 작은오마니)

**■ 그 촌수를 따질 때는 숭모라 그런데 숭모. 보통 편지루 하
거나 서사생화레서 숭모, 숙뿌.**
② 그 촌수를 따질 때는 숙모라 그런데 숙모. 보통 편지루 하
거나 서사생활에서 숙모, 숙부.
③ 그 촌수를 따질 때는 숙모라 그러는데 숙모. 보통 편지로
하거나 서사생활에서 숙모, 숙부.

■ 형, 형.
② 형, 형.
③ (형제간 윗사람을) 형, 형.

① 형. 예, 형이라 함니다.
② 형. 예, 헝이라 함니다.
③ (형제간 윗사람을 보통) 형. 예, 형이라 합니다.

① 예. 그 때 머이라구 해떠라? 언니라 하는데.
② 예. 그 때 머이라구 햇더라? 언니라 하는데.
③ 예. 그때 뭐라고 했더라? (지금은) 언니라 하는데.

① 형이야? 나는 이거 외톨이 돼서.
② 형이야? 나는 이거 외톨이 돼서.
③ (언니는 전에) 형이야? 나는 이거 혼자가 돼서.

① 형니메 처를 아즈마니디 머 아즈마니.
② 형님에 처를 아즈마니디 머 아즈마니.
③ 형님의 처는 (즉 형수는) 아즈마니지 뭐 아즈마니.

① 예.
② 예.
③ 예. (시동생이 직접 부를 때도 아즈마니)

① 형님, 형님.
② 형님, 형님.
③ (오빠의 아내를) 형님, 형님.

① 형에야 기럼니다, 언니를 보구. 고고 이제 생각난다, 형에야.
② 형에야 기럽니다, 언니를 보구. 고고 이제 생각난다, 형에야.

③ (언니를 예전에는) 형에야 그럽니다, 언니를 보고. 그게 이
  제 생각난다, 형에야.

❶ 여자가 언니를 부를 때 형에야, 형에야.
② 여자가 언니를 부를 때 형에야, 형에야.
③ 여자가 언니를 부를 때 형에야, 형에야.

❶ 형님.
② 형님.
③ (오빠의 아내를) 형님.

❶ 예. 형님.
② 예. 형님.
③ 예. (오빠의 아내를 직접 부를 때도) 형님.

❶ 고무, 고무.
② 고무, 고무.
③ 고모, 고모.

남 **❶ 큰고무, 자근고무.**
② 큰고무, 작은고무.
③ 큰고모, 작은고모.

여 **❶ 예, 고무.**
② 예. 고무.
③ 예, (고모를 직접 부를 때도) 고무.

■ 그저 말할 때 마꼬무라구두 합니다, 마꼬무라구두 합니다.
② 그저 말할 때 맏고무라구두 합니다, 맏고무라구두 합니다.
③ 그저 말할 때 (큰고모를) 맏고무라고도 합니다, 맏고무라고도 합니다.

남 ■ 큰고무가 두리웨다. 하여튼 마꼬무, 자근고무 그케 말할 쑤이찌.
② 큰고무가 둘이외다. 하여튼 맏고부, 작은고무 그케 말할 수 있지.
③ 큰고모가 둘일 경우 맏고무, 작은고무 그렇게 말할 수 있지.

■ 고무가 두릴 경우 마꼬무.
② 고무가 둘일 경우 맏고무.
③ 고모가 둘일 경우 (맨 맏이가) 맏고무.

여 ■ 마꼬무, 가운데고무 머 망낭고무.
② 맏고무, 가운데고무 머 막낭고무.
③ (고모를 서열에 따라) 맏고무, 가운데고무, 뭐 막낭고무.

남 ■ 기니까 고무가 두리라. 하여튼 그저 큰고무, 자근고무 하고. 그 우에 또 고무가 이따 보지. 그러니 마꼬무, 가운데고무, 자근고무 기케 불러.
② 기니까 고무가 둘이라. 하여튼 그저 큰고무, 작은고무 하고. 그 우에 또 고무가 잇다 보지. 그러니 맏고무, 가운데고무, 작은고무 기렇게 불러.
③ 그러니까 고모가 둘인데 이때는 큰고무 작은고무라 하고,

그 위에 또 고모가 있다고 할 때 (서열에 따라) 맏고무, 가
운데고무, 작은고무 그렇게 불러.

① 맏-꼬무루 큰고무라구두 하구.
② 맏고무루 큰고무라구두 하구.
③ 맏고무를 큰고무라고도 하고.

① 작쑤기.
② 작숙이.
③ (고모부를) 작숙이.

① 작쑤기라구 합니다.
② 작숙이라구 합니다.
③ (고모부를 직접 부를 때도) 작숙이라고 합니다.

① 이모.
② 이모.
③ 이모.

① 크노마니 또는 이모.
② 큰오마니 또는 이모.
③ (이모를) 큰오마니 또는 이모.

① 우일 때 크노마니.
② 우일 때 큰오마니.
③ (어머니) 위일 때 큰오마니.

1 예, 크노마니, 크니모.

2 예, 큰오마니, 큰이모.

3 예, (어머니 손위는) 큰오마니, 큰이모.

1 자그니모 또는 이모.

2 작은이모 또는 이모.

3 (어머니 손아래는) 작은 이모 또는 이모.

1 이수기.

2 이숙이.

3 (이모부를) 이숙이.

1 예, 이수기.

2 예, 이숙이.

3 예, (이모부를 직접 부를 때도) 이숙이.

1 문덕뚜 여기하구 비스담니다.

2 문덕두 여기하구 비슷합니다.

3 문덕도 여기하고 (말씨가) 비슷합니다.

1 문덕뚜 안주구니대서 안주땅이대서 가씀니다.

2 문덕두 안주군이댓어 안주땅이댓어 같습니다.

3 문덕도 (이전에) 안주군이었고 안주땅이어서 (말씨가) 같습
니다.

여 **1 중사니 온천 저 황해도 말씨 비스담니다.**

2 증산이 온천 저 황해도 말씨 비슷합니다.
3 증산이 온천과 저 황해도 말씨 비슷합니다.

**1 예. 뒫마를 황해도말처럼 이자 그 야깐 *끄는*, 뒫마른 야깐
끄는.**
2 예. 뒷말은 황해도말처럼 이자 그 약간 *끄는*, 뒷말은 약간
끄는.
3 예. 뒷말은 황해도말처럼 이제 그 약간 *끄는*, 뒷말은 약간
끄는.

1 예.
2 예.
3 예.(증산의 말은 황해도말씨와 유사하다고 함)

**1 아주머닌 그저 일반쩍 가정 부이느루 부를 땐 다 아즈마님
니다. 예, 아낭네라는 말.**
2 아주머닌 그저 일반적 가정 부인으루 부를 땐 다 아즈마닙
니다. 예, 아낙네라는 말.
3 아주머니는 그저 일반적 가정부인으로 부를 땐 다 아즈마
닙니다. 예, 아낙네라는 말.

1 예. 아즈마니.
2 예, 아즈마니.
3 예, (여기서는 아주머니를) 아즈마니.

1 예, 아즈마니.

② 예, 아즈마니.
③ 예, (형수에 대해서도) 아즈마니.

① **상대방을 존중하는 뜨세서 아즈마니.**
② 상대방을 존중하는 뜻에서 아즈마니.
③ 가정부인이나 마을 아낙네를 존중하는 뜻에서 아즈마니.

① **그저 일반써ㄴ무 아즈마니.**
② 그저 일반적으루 아즈마니.
③ (친구의 처를 부를 때는) 그저 일반적으로 아즈마니.

① **여자드리 나메 남자를 존경해 할 때는 아즈바니.**
② 여자들이 남에 남자를 존경해 할 때는 아즈바니.
③ 여자들이 남의 남자를 높여 부를 때는 아즈바니.

① **근 다 오마니.**
② 근 다 오마니.
③ (어머니 동년배를 부를 때는) 그건 다 오마니.

① **요거 조꼼 마를 섬세하게 하는 사라믄 출가가지 아는 여자드
를 아지미. 요건 호깐 쓰는 사시림니다. 예, 처녀를 아지미.**
② 요거 조꼼 말을 섬세하게 하는 사람은 출가가지 않은 여자
들을 아지미. 요건 혹간 쓰는 사실입니다. 예, 처녀를 아지미.
③ 요거 조금 말을 섬세하게 하는 사람은 출가하지 않은 여자
들을 아지미. 요건 혹간 쓰는 말입니다. 예, 처녀를 아지미.

▇ 예, 성수칸 처녀드를 보구 아지미. 아지미한테 가서 머 해 달래라. 아지미란 마를 호깐 써씀니다.

② 예, 성숙한 처녀들을 보구 아지미. 아지미한테 가서 머 해 달래라. 아지미란 말을 혹간 썼습니다.

③ 예, 성숙한 처녀들을 보고 아지미. 아지미한테 가서 뭐 해 달라 해라. 아지미란 말을 혹간 썼습니다.

▇ 아우라구두 하구 저그나.

② 아우라구두 하구 적은아.

③ (동생을) 적은아, 아우라고도 하고.

▇ 아우두 쓰기는 하지만 저그나가 더… 저그나는 동생이라는 뜨시구. 남펴네 시동생은 저그니.

② 아우두 쓰기는 하지만 적은아가 더… 적은아는 동생이라는 뜻이구. 남편에 시동생은 적은이.

③ 아우도 쓰기는 하지만 적은아가 더 (많이 쓰임). 적은아는 동생이라는 뜻이고 시동생은 적은이.

▇ 저그나라는 건 동생이라는 뜨세서 여자구 남자구 저그나라 구 함니다. 아래싸람을 저그나.

② 적은아라는 건 동생이라는 뜻에서 여자구 남자구 적은아라 구 합니다. 아랫사람을 적은아.

③ 적은아라는 건 동생이라는 뜻에서 여자고 남자고 (관계없이 동기간 손아래를) 적은아라고 합니다. 아랫사람을 적은아.

▣ **▇ 형수드리 시아우한데 얘기할 때 저그니. 부를 때 저그니.**

② 형수들이 시아우한데 얘기할 때 적은이. 부를 때 저그니.
③ 형수들이 시동생과 얘기할 때 적은이. (시동생을 직접) 부를 때 저그니.

1 예. 적은이.
② 예. 적은이.
③ (결혼한 시동생보고도) 예. 적은이.

1 데수라 그래. 데수, 데숩니다. 'ㅈ(즈)' 바르믈 'ㄷ(드)'루 합니다.
② 데수라 그래. 데수, 데숩니다. 'ㅈ' 발음을 'ㄷ'루 합니다.
③ (제수를) 데수라 그래. 데수, 데숩니다. 'ㅈ' 발음을 'ㄷ'로 발음합니다.

1 데수님, 존경할 때는 데수님.
② 데수님, 존경할 때는 데수님.
③ 데수님, 존경할 때는 데수님.

남 **1 존경할 때는 데수님, 데수님 하디요.**
② 존경할 때는 데수님, 데수님 하디요.
③ (제수를) 존경할 때는 데수님, 데수님 하지요.

여 **1 시형, 시형.**
② 시형, 시형.
③ (남편의 형을) 시형, 시형.

❶ 아즈버님니다 아즈버님. 시형이라 글지 안쿠 부를 때 아즈버님.

② 아즈버닙니다 아즈버님. 시형이라 글지 않구 부를 때 아즈버님.

③ (시형을 부를 땐) 아즈버님입니다 아즈버님. 시형이라 그러지 않고 부를 때 아즈버님.

❶ 아즈버님, 아즈바님 존경할 때.

② 아즈버님, 아즈바님 존경할 때.

③ (시형에 대한) 경칭으로 아즈버님, 아즈바님.

남 **❶ 시형에 처.**

② 시형의 처.

③ 시형의 처.

여 **❶ 시형에 처?**

② 시형에 처?

③ 시형의 처?

남 **❶ 형니미라 글자나?**

② 형님이라 글잖아?

③ (시형의 아내를) 형님이라 그러잖아?

여 **❶ 형님.**

② 형님.

③ (시형의 아내를) 형님.

① **형님, 형님.**
② 형님, 형님.
③ (즉 윗동서를) 형님, 형님.

다 ① **시아, 시아.**
② 시아, 시아.
③ (시동생을) 시아, 시아.

① **저그니.**
② 적은이.
③ (시동생을 직접 부를 때) 적은이.

① **예, 저그니.**
② 예, 적은이.
③ 예, (결혼여부와 관계없이 시동생을) 적은이.

① **누님.**
② 누님.
③ (이상 누이를) 누님.

① **남펴네 운누이?**
② 남편에 웃누이?
③ 남편의 윗누이?

남 ① **그거뚜 형니미라 부르디.**
② 그것두 형님이라 부르디.

③ 손위시누이도 형님이라 부르지.

[여] **① 형님합니다.**
② 형님합니다.
③ (손위시누이도) 형님합니다.

① 예, 형님.
② 예, 형님.
③ 예, (손위시누이를) 형님.

① 예.
② 예.
③ 예. (누이라고 부르지 않음)

① 시누이, 시누라구 안 그러구 그저 보니네 이르믈 부릅니다.
② 시누이, 시누라구 안 그러구 그저 본인에 이름을 부릅니다.
③ (손아래시누이를 부를 때) 시누이, 시누라고 안 그러고 그저 본인의 이름을 부릅니다.

[남] **① 아이 이름 불러.**
② 아이 이름 불러.
③ (자녀가 있는 손아래시누이를 부를 때는) 아이 이름(을 붙여 아무개 오마니라고) 불러.

[다] **① 그저 시누이라 글지 머. 나메한데 시누이가 어떠쿠 어떠쿠.**
② 그저 시누이라 글디 머. 남에한데 시누이가 어떻구 어떻구.

③ (지칭할 때) 그저 시누이라 그러지 뭐. 남한테 시누이가 어
   떻고 어떻고.

■ 시누, 시누라 글디. 또 일반쩌그루 아이 이름도 부르구.
② 시누, 시누라 글디. 또 일반적으루 아이 이름도 부르구.
③ (손아래시누이를) 시누, 시누라 그러지. 또 일반적으로 아
   이 이름도 (붙여) 부르고.

여 **■ 아이에 이름 아무개 어머니 또는 우리시누이가.**
② 아이에 이름 아무개 어머니 또는 우리시누이가.
③ 아이의 이름(을 붙여서) 아무개 어머니 또는 (남과 말할
   때) 우리시누이가.

남 **■ 세대주?**
② 세대주?
③ (자기 남편을) 세대주?

여 **■ 아니, 아니. 옌나레는 우리주인.**
② 아니, 아니. 옛날에는 우리주인.
③ 아니, 아니. 옛날에는 (자기 남편을) 우리주인.

■ 예, 새스방이라 그럼니다 새스방.
② 예, 새스방이라 그럽니다 새스방.
③ 예, (젊어서 자기 남편을) 새스방이라 그럽니다, 새스방.

다 **■ 넝감, 넝감. 예, 넝가미라 합니다.**

② 넝감, 넝감. 예, 넝감이라 합니다.

③ (나이 많아서는 자기 남편을) 넝감, 넝감. 예, 넝감이라 합
니다.

여 **① 부를 때는 여보 넝감, 이리케 여보 넝감.**

② 부를 때는 여보 넝감, 이렇게 여보 넝감.

③ (나이 많아서 자기 남편을) 부를 때는 여보 넝감, 이렇게 여
보 넝감.

① 우리 처, 우리 노친네, 우리 색씨.

② 우리 처, 우리 노친네, 우리 색시.

③ (자기 아내를 지칭할 때는) 우리처, 우리노친네, 우리색시.

① 예. 우리색씨.

② 예. 우리색시.

③ (젊어서 자기 아내를) 예. 우리색시.

① 우리 노친네 또 우리 네펜네.

② 우리 노친네 또 우리 네펜네.

③ (나이 많아서는 자기 아내를) 우리 노친네 또 우리 네펜네.

**① 네펜네는 좀 절머따구 볼 쑤 이꾸 노친네는 늘거따구 볼 쑤
이꾸.**

② 네펜네는 좀 젊엇다구 볼 수 잇구 노친네는 늙엇다구 볼 수
잇구.

③ 네펜네는 좀 젊었다고 볼 수 있고 노친네는 늙었다고 볼 수

있고.

① 예, 여봅니다.
② 예, 여봅니다.
③ (직접 부를 때) 예, 여봅니다.

남 **① 그저 아저씨라 부르는 거 가떠군.**
② 그저 아저씨라 부르는 거 같더군.
③ (남편의 동년배를 부를 경우) 그저 아저씨라 부르는 거 같
더군.

여 **① 그저 아재.**
② 그저 아재.
③ (남편의 동년배를 부를 경우) 그저 아재.

다 **① 아저씨. 그저 아저씨라 그래.**
② 아저씨. 그저 아저씨라 그래.
③ (남편의 동년배를) 아저씨. 그저 아저씨라 그래.

여 **① 존경하는 이미에선 아즈버니라구 합니다.**
② 존경하는 이미에선 아즈버니라구 합니다.
③ (연령상 자기 남편보다 이상일 경우) 존경하는 의미에서는
아즈버니라고 합니다.

남 **① 그 저 우싸람, 자기 남편보단 우에든가(할 때 아즈버니).**
② 그 저 웃사람, 자기 남편보다는 우에든가(할 때 아즈버니).

③ 그 저 윗사람, 자기 남편보다는 위든가(할 때 아즈버니).

[여] **1 예, 자기보다 우싸람 아즈바니.**
② 예, 자기보다 웃사람 아즈바니.
③ 예, 자기 남편보다 윗사람을 아즈바니.

1 예, 종경해서 여자드리 남자드를 아즈바니라 합니다.
② 예, 존경해서 여자들이 남자들을 아즈바니라 합니다.
③ 예, 존경해서 여자들이 (나이 지긋한) 남자들을 아즈바니라
합니다.

1 아즈마니, 아즈마니.
② 아즈마니, 아즈마니.
③ (동네 아낙네를) 아즈마니, 아즈마니.

1 누님, 소누일 때는 누님.
② 누님, 손우일 때는 누님.
③ 누님, 손위일 때는 누님.

[남] **1 누님, 그저 자기보단 위에는 누니미라구 그래요.**
② 누님, 그저 자기보단 위에는 누님이라구 그래요.
③ 누님, 그저 (동기간) 자기보다는 위인 (여자를) 누님이라고
그래요.

[여] **1 예, 누니미라구 해씁니다.**
② 예, 누님이라구 햇습니다.

③ 예, (손위 누이를 부를 때) 누님이라고 했습니다.

① 누이, 누이. 긴데 누: 기립니다.

② 누이, 누이. 긴데 누: 기립니다.

③ 누이, 누이. 그런데 (손위누이를 부를 때 보통) 누: 그럽니다.

① 아랜누이? 아, 저그나.

② 아랫누이? 아, 적은아.

③ 아래누이? 아, 적은아.

① 부를 때는 그러치 안씀니다. 그저 이르믈 부릅니다.

② 부를 때는 그렇지 않습니다. 그저 이름을 부릅니다.

③ (손아래누이를) 부를 때는 그렇지 않습니다. 그저 이름을 부릅니다.

① 오래비.

② 오래비.

③ (동기 간 여자의 손위남자) 오래비.

① 존경해서는 오라버님.

② 존경해서는 오라버님.

③ (오빠를) 존경해서는 오라버님.

① 예, 오래비.

② 예, 오래비.

③ 예,(지칭과 호칭에 두루) 오래비.

남 ① 오라버이.
② 오라버이.
③ (오라버니를) 오라버이.

여 ① 존경할 땐 오라버니.
② 존경할 땐 오라버니.
③ (오빠를) 존경할 때는 오라버니.

① 그저 일반쩌그로는 장가를 가뜬 앙가뜬 오래비루 쓰고. 존경할 때는 오라버님.
② 그저 일반적으로는 장가를 갓든 안갓든 오래비루 쓰고. 존경할 때는 오라버님.
③ 그저 일반적으로는 장가를 갔든 안 갔든 (오빠를) 오래비라 하고. 존경할 때는 오라버님.

① 형님, 그저 형님.
② 형님, 그저 형님.
③ (오빠의 아내를) 형님, 그저 형님.

① 예. 형님합니다.
② 예. 형님합니다.
③ (오빠의 아내를 직접 부를 때도) 예. 형님합니다.

다 ① 남동생에 처? 데수, 데순데 부를 때는 저그니. 남동생에 처니까니.
② 남동생에 처? 데수, 데순데 부를 때는 적은이. 남동생에 처

니까니.

③ 남동생의 처? 제수, 제수인데 부를 때는 적은이. 남동생의 처니까.

[남] **❶ 저그니 길케 하자나? 저그니.**

② 적은이 길케 하잖아? 적은이.

③ (여자들 간에는) 적은이 그렇게 하잖아? 적은이.

[여] **❶ 아니, 여자가 남동생에 색씨를 보구 적으니.**

② 아니, 여자가 남동생에 색시를 보구 적은이.

③ 아니, 누나가 남동생의 색시를 보고 적은이.

[남] **❶ 우리누이가 내 처를 보구 적으니.**

② 우리누이가 내 처를 보구 적은이.

③ 우리 누나가 내 처를 보고 적은이.

[여] **❶ 여자 여자끼리디?**

② 여자 여자끼리디?

③ 여자 여자끼리지?

[남] **❶ 기땐 오레미라 김니다.**

② 기땐 오레미라 깁니다.

③ 그때는 오레미라 그럽니다.

[여] **❶ 오레미. 오리미, 오-리-미.**

② 오레미. 오리미, 오-리-미.

③ (올케를) 오레미, 오리미, 오-리-미.

여 ❶ **예, 오리미.**
② 예, 오리미.
③ (부를 때도) 예, 오리미.

다 ❶ **오누이.**
② 오누이.
③ 오누이.

❶ **언니.**
② 언니.
③ 언니.

여 ❶ **언니가 아니라 형.**
② 언니가 아니라 형.
③ 언니가 아니라 형.

❶ **아래는 저그나, 위에는 형.**
② 아래는 적은아, 위에는 형.
③ (자매간) 아래는 적은아, 위는 형.

❶ **자기 아드레 색씨? 기니깐 며느리보구 새기.**
② 자기 아들에 색시? 기니깐 며느리보구 새기.
③ 자기 아들의 색시? 그러니까 며느리보고 새기.

① **새색씰 때는 새기, 새기야.**
② 새색실 때는 새기, 새기야.
③ 새색실 때는 새기, (시부모가 직접 부를 때는) 새기야.

[남] ① **아이 가지머 그저 누구에미야 이라는데 머.**
② 아이 가지머 그저 누구에미야 이라는데 머.
③ 아이가 있으면 (며느리보고) 그저 누구 에미야 이러는데 뭐.

① **옌나레, 옌나레도 아이 이르믈 불러띠.**
② 옛날에, 옛날에도 아이 이름을 불럿디.
③ 옛날에, 옛날에도 아이 이름을 (붙여) 불렀지.

[여] ① **가지 시지본 다메 새기라 부르구 아이가 이스먼 아이 에미 부르구 또 아에미야 또 기리기두 하구. 아무개 에미야.**
② 가지 시집온 담에 새기라 부르구 아이가 잇으면 아이 에미 부르구 또 아에미야 또 아무개 에미야 기리기두 하구.
③ 가지 시집왔을 때는 며느리를 새기라 부르고 아이가 있으면 또 아이에미야, 아에미야라 부르고 또 (아이 이름을 붙여) 아무개 에미야 그렇게 부르기도 하고.

[대] ① **사우.**
② 사우.
③ 사위.

[여] ① **이림 부릅니다 그저, 아무개야.**
② 이림 부릅니다 그저, 아무개야.

③ (가지 결혼한 사위는) 이름을 부릅니다, 그저 아무개야.

1 예.
② 예.
③ 예.(가지 결혼한 사위에 대하여는 이름을 직접 부름)

1 아 이르믈 부르구 아무개 애비야.
② 아 이름을 부르구 아무개 애비야.
③ (아이가 있으면) 아이 이름을 부르고 아무개 애비야.

1 마다들, 마디.
② 맏아들, 맏이.
③ (큰아들을) 맏아들, 맏이.

다 **1 마디야.**
② 맏이야.
③ (부모가 맏아들을 부를 때는) 마디야.

여 **1 아이 이름 아무개 애비.**
② 아이 이름 아무개 애비.
③ (아들이 아이가 있을 때는) 아이 이름(을 붙여서) 아무개
애비.

1 이름 부릅니다 어려서는.
② 이름 부릅니다 어려서는.
③ 어려서는 (자녀) 이름을 부릅니다.

1 예, 가씁니다. 아무개 에미야.

2 예, 같습니다. 아무개 에미야.

3 (딸도 결혼해서 애가 있을 때는) 예, 같습니다. 아무개 에미야.

1 손주, 손주.

2 손주, 손주.

3 (손자를) 손주, 손주.

1 예, 당소는 마다드레 아드를 당소니라 합니다.

2 예, 당손은 맏아들에 아들을 당손이라 합니다.

3 예, 장손은 맏아들의 아들을 장손이라 합니다.

1 매부.

2 매부.

3 (이상누이의 남편을) 매부.

1 매부라구 합니다.

2 매부라구 합니다.

3 (직접 부를 때도) 매부라고 합니다.

1 여동생에 남펴니니까 그뚜 매부라구 합니다, 자근매부.

2 여동생에 남편이니까 긋두 매부라구 합니다, 작은매부.

3 여동생의 남편이니까 역시 매부라고 합니다, 작은매부.

남 **1 자근매부라구 자근매부.**

2 작은매부라구 작은매부.

③ (손아래누이의 남편을) 작은매부라고 작은매부.

■ 예, 아래는 자근매부.
② 예, 아래는 작은매부.
③ 예, 손아래는 작은매부.

■ 만매부 또는 큰매부. 마느먼 누이가 마늘 때엔 만매부 머 가운데매부 머 자근매부.
② 맏매부 또는 큰매부. 많으먼 누이가 많을 때엔 맏매부 머 가운데매부 머 작은매부.
③ (맏누이의 남편을) 맏매부 또는 큰매부. 누이가 많을 때에는 (서열에 따라) 맏매부, 가운데매부, 뭐 작은매부.

■ 조카.
② 조카.
③ 조카.

■ 그저 동생에 아이구 머이구는 어째뜬 다 조카라구 그래.
② 그저 동생에 아이구 머이구 어쨋든 다 조카라구 그래.
③ 그저 동생의 아들이고 딸이고 어쨌든 다 조카라고 그래.

■ 그뚜 조카.
② 긋두 조카.
③ (딸애일 때) 그것도 조카.

■ 예.

② 예.

③ 예.(질녀나 생질이라는 말은 아예 쓰이지 않고 통틀어 조카라 함)

① 기때 넨나레 당소니라 글자나쑴니까?

② 기때 넷날에 당손이라 글쟎앗습니까?

③ 그때 옛날에 (형의 맏아들을) 장손이라 그러지 않았습니까?

① 조칸데 그저 마를 종경해 줘서.

② 조칸데 그저 말을 존경해 줬어.

③ (나이가 썩 많아도 촌수로는) 조칸데 그저 말로 존경해줬어.

① 부를 때는 조카라구 안 하구 그저 그 사라메 자시게 이르믈 불러서 아무개 아바지.

② 부를 때는 조카라구 안 하구 그저 그 사람에 자식에 이름을 불러서 아무개 아바지.

③ (나이가 썩 이상인 조카를) 부를 때는 조카라고 안 하고 그저 그 조카 자식의 이름을 불러서 아무개 아바지.

① 그 한 삼심년 돼는 위싸람인데 아버지 거튼 사라민데 조카라구 기리니깐 조카라구 모끼리게쑴니다. 존대해서 그저 말하구.

② 그 한 삼십년 돼는 윗사람인데 아버지 겉은 사람인데 조카라구 기리니깐 조카라구 못기리겟습니다. 존대해서 그저 말하구.

③ 그 한 삼십년 이상돼는 윗사람인데, 아버지 같은 사람인데

촌수로는 조카라고 하지만 직접 대할 때는 어려워서 조카
라고 못 하겠습니다. 그저 존대해서 말하고.

■ 그 존대해서 말애야디 머.
② 그 존대해서 말해야디 머.
③ 그 존대해서 말해야지 뭐.

여 **■ 그저 부모.**
② 그저 부모.
③ (아버지 어머니를 통틀어서) 그저 부모.

다 **■ 호래비, 호래비.**
② 홀애비, 홀애비.
③ (홀아비를) 홀애비, 홀애비.

■ 과부.
② 과부.
③ (홀어미를) 과부.

여 **■ 기카구 홀로 사는 어머니라 하는 뜨스루 말할 때는 호레미,
호레미.**
② 기카구 홀로 사는 어머니라 하는 뜻으루 말할 때는 홀에미,
홀에미.
③ 그리고 홀로 사는 어머니라 하는 뜻으로 말할 때는 홀에미,
홀에미.

1 예.

2 예.

3 예. (홀로 산다는 뜻에서 홀에미)

1 그저 늘그니 또는 노인.

2 그저 늙은이 또는 노인.

3 (연세 많은 사람을) 그저 늙은이 또는 노인.

1 두 말 씁니다 노인.

2 두 말 씁니다. 노인.

3 노인(에 대해서 늙은이, 노인) 두 가지 말 (다) 씁니다.

1 예.

2 예.

3 예. (늙은이에는 바깥노인과 안노인이 다 포함됨)

남 **1** 일반쩌그루 아버지, 하라바지라기두 하구 아버지라기두 하구.

2 일반적으루 아버지, 할아바지라기두 하구 아버지라기두 하구.

3 (동네 바깥노인을) 일반적으로 할아버지라 하기도 하고 아버지라 하기도 하고.

1 그저 하라버지라구 그저.

2 그저 할아버지라구 그저.

3 (나이 많은 바깥노인을) 그저 할아버지라고 그저.

여 **1** 하라버님, 하라바지.

② 할아버님, 할아바지.

③ (직접 부를 경우) 할아버님, 할아바지.

① 오, 넝감. 넝감이라는 건 그저 존칭은 안 쓰구.

② 오, 넝감. 넝감이라는 건 그저 존칭은 안 쓰구.

③ 오, (나이 지긋하게 많은 남자를) 넝감. 넝감이라는 말은 존대하지 않고 그저 말 할 때.

남 **① 존칭어 안 쓸 떠게. 쌍말할 떠게.**

② 존칭어 안 쓸 떡에. 쌍말할 떡에.

③ (넝감이란 말은) 존대하지 않을 적에. 상말할 적에.

여 **① 야짜바하는 말. 쌍말할 때.**

② 얕잡아하는 말. 쌍말할 때.

③ (넝감은 바깥노인을) 얕잡아하는 말. 상말할 때.

① 예. 서루 넝감, 노친.

② 예. 서루 넝감, 노친.

③ 예. (노부부 간에) 서로 넝감, 노친.

① 노친네.

② 노친네.

③ (나이 많은 여자를) 노친네.

① 기땐 오마니, 할마니.

② 기땐 오마니 할마니.

③ (직접 부를 경우) 그때는 오마니, 할마니.

① 예, 할마니.
② 예, 할마니.
③ 예, (나이 많은 여자를 부를 경우) 할마니.

① 그저 하라바지.
② 그저 할아바지.
③ (할아버지뻘 되는 사람을) 그저 할아바지.

① 하라바지.
② 할아바지.
③ (할아버지뻘 되는 사람을 직접 부를 때도) 할아바지.

① 예, 하라바지.
② 예, 할아바지.
③ 예, (가리킬 때나 직접 부를 때나 모두) 할아바지.

① 그저 아바니.
② 그저 아바니.
③ (아버지뻘 되는 사람에 대하여) 그저 아바니.

① 아바니미라 그래띠.
② 아바님이라 그랫디.
③ (아버지뻘 되는 남성을) 아바님이라 그랬지.

1 아바님, 아버님.
2 아바님, 아버님.
3 (아버지뻘 되는 남성을) 아바님, 아버님.

1 예, 아바님.
2 예, 아바님.
3 예, (직접 부를 때도) 아바님.

1 오마니.
2 오마니.
3 (어머니뻘 되는 여성을) 오마니.

1 예, 오마니.
2 예, 오마니.
3 예, (직접 부를 때도) 오마니.

1 누가 말하는 거?
2 누가 말하는 거?
3 누가 말하는 걸?

1 새색씨.
2 새색시.
3 (가지 시집온 여자를) 새색시.

1 새스방.
2 새스방.

③ (금방 결혼하거나 결혼시간이 길지 않은 남자를) 새스방.

① 예, 새스방, 새색시.
② 예, 새스방, 새색시.
③ 예, (신랑 신부를 지금도) 새스방, 새색시.

① 동세. 동서라는 걸 동세라구 하구.
② 동세. 동서라는 걸 동세라구 하구.
③ 동세. 동서라는 걸 동세라고 하고.

① 예, 마똥세, 자근동세.
② 예, 맏동세, 작은동세.
③ (서열에 따라 동서를) 예, 맏동세, 작은동세.

① 자근동세가 마똥세한데 부를 땐 형님.
② 작은동세가 맏동세한데 부를 땐 형님.
③ 작은동서가 맏동서한테 부를 때는 형님.

① 형이 아래에 부를 때는 동세.
② 형이 아래에 부를 때는 동세.
③ (맏동서인) 형이 아래(동서를) 부를 때는 동세.

① 안 씁니다.
② 안 씁니다.
③ (새색시나 시집갈 나이가 된 처녀에 대해 각시라는 말을) 안 씁니다.

1️⃣ 예, 체네.
2️⃣ 예, 체네.
3️⃣ 예, (처녀를) 체네.

1️⃣ 겨론하지 아나스먼 어째뜬 체네라구 해요.
2️⃣ 결혼하지 않앗으면 어쨋든 체네라구 해요.
3️⃣ 결혼하지 않았으면 어쨌든 처녀라고 해요.

1️⃣ 예.
2️⃣ 예.
3️⃣ 예. (시집가지 않은 모든 여자를 체네)

1️⃣ 네자. 예, 네자.
2️⃣ 네자. 예, 네자.
3️⃣ (여자를) 네자. 예. 네자.

1️⃣ 남자 서날미. 서날미라구 하는 건 아이 때 하는 말. 남자아
이를 서날미. 어르는 서나.
2️⃣ 남자 서날미. 서날미라구 하는 건 아이 때 하는 말. 남자아
이를 서날미. 어른은 서나.
3️⃣ 남자는 서날미. 서날미라고 하는 건 아이 때 하는 말, 남자
아이를 서날미. 어른은 서나.

1️⃣ 성인 남자를 이자 서나라 하자나씀니까?
2️⃣ 성인 남자를 이자 서나라 하잖앗습니까?
3️⃣ 성인 남자를 이제 서나라 하지 않았습니까?

① 사나이를 우리 서나라구 합니다.
② 사나이를 우리 서나이라구 합니다.
③ 사나이를 우리 (여기 말로는) 서나이라고 합니다.

① 그저 아이.
② 그저 아이.
③ (남녀와 관계없이 어린아이를) 그저 아이.

① 나가네.
② 나가네.
③ (손님을) 나가네.

① 사둔.
② 사둔.
③ 사돈.

**① 안싸둔, 바깐싸둔. 바까싸두는 남자를 말하고 안싸두는 여
자를 말하고.**
② 안사둔, 바깥사둔. 바깥사둔은 남자를 말하고 안사둔은 여
자를 말하고.
③ 안사돈, 바깥사돈. 바깥사돈은 남자를 말하고 안사돈은 여
자를 말하고.

① 바깐싸둔, 안싸둔.
② 바깥사둔, 안사둔.
③ 바깥사돈, 안사돈.

1 사두네 동생드를 보구 자근 사둔.
② 사둔에 동생들을 보구 작은 사둔.
③ 사돈의 동생들을 보고 작은 사둔.

1 이성사춘.
② 이성사춘.
③ 이종사촌.

1 고사춘.
② 고사춘.
③ 고종사촌.

1 예, 왜사춘.
② 예, 왜사춘.
③ 예, (외사촌을) 왜사춘.

1 본가찝.
② 본갓집.
③ 친정집.

1 일가찌비라구두 하구 친처기라구두 하구.
② 일갓집이라구두 하구 친척이라구두 하구.
③ 일갓집이라고도 하고 친척이라고도 하고.

1 별루…
② 별루…

③ (일가와 친척에 있어서) 별로 (큰 차이가 없는 것으로 봄)

① 예, 친처기라 하면 포기 널븐 거구 일가 하면 포기 조븐 거구.
② 예, 친척이라 하면 폭이 넓은 거고 일가 하면 폭이 좁은 거구.
③ 예, 친척이라 하면 (의미) 폭이 넓은 거고 일가라 하면 (의미) 폭이 좁은 거고.

① 동상이리는 기 그 친치기라는 뜨십니다. 인주에시 쓰는 동싱.
② 동상이라는 거 그 친척이라는 뜻입니다. 안주에서 쓰는 동상.
③ 동상이라는 거 그 친척이라는 뜻입니다. 안주에서 쓰는 동상.

① 예. 친처기라는 말과 대등합니다.
② 예. 친척이라는 말과 대등합니다.
③ 예. (동상이란 말은) 친척이라는 말과 대등합니다.

① 망내이.
② 막내이.
③ 막내.

① 망내이 동생.
② 막내이 동생.
③ 막내 동생.

① 동상, 막내이 동상.
② 동상, 막내이 동상.
③ 동생, 막내 동생.

☐1 효자.
☐2 효자.
☐3 효자.

☐1 호자, 호네.
☐2 호자, 호네.
☐3 효자, 호녀

☐1 아저씨라 안 하구 아재씨라구 그램니다. 근 안주써 아재씨
라구 합니다. 언니에 남편늘 아제씨.
☐2 아저씨라 안 하구 아재씨라구 그랩니다. 근 안주서 아재씨
라구 합니다. 언니에 남편을 아재씨.
☐3 (언니의 남편을) 아저씨라 안 하고 아재씨라고 그럽니다.
그건 안주서 아재씨라고 합니다. 언니의 남편을 아재씨.

☐1 아재씨.
☐2 아재씨.
☐3 (형부에 대한 지칭과 호칭은) 아재씨.

☐1 아저씨는 안 쓰임니다. 지그믄 쓰는데 옌나레는 아재씨라구.
☐2 아저씨는 안 쓰임니다. 지금은 쓰는데 옛날에는 아재씨라구.
☐3 (형부에 대해) 아저씨는 안 쓰입니다. 지금은 쓰는데 옛날
에는 아재씨라고.

☐1 그저 일반쩌그루 종경해서 여자드리 남자드를, 절믄 남자
드를 종경해서 아저씨, 아저씨함니다 지그믄.

② 그저 일반적으루 존경해서 여자들이 남자들을, 젊은 남자들을 존경해서 아저씨, 아저씨합니다 지금은.

③ 그저 일반적으로 여자들이 남자들을 존경해서, 젊은 남자들을 존경해서 지금은 아저씨, 아저씨라고 합니다.

1 예.

② 예.

③ (아저씨란 말은 지금 젊은 사람들을 존경해서) 네.

1 예, 아재비라구두 기립니다. 요새는 안 씁니다.

② 예, 아재비라구두 기립니다. 요새는 안 씁니다.

③ 예, (형부를) 아재비라고도 그럽니다. 요새는 안 씁니다.

1 옌나레 아재비라구두 해씀니다.

② 옛날에 아재비라구두 햇습니다.

③ 옛날에 (형부를) 아재비라고도 했습니다.

1 아저씨. 지그믄 아저씨라구 하구 옌나레는 아재씨, 아재비.

② 아저씨. 지금은 아저씨라구 하구 옛날에는 아재씨, 아재비.

③ (형부를) 아저씨. 지금은 아저씨라고 하고 옛날에는 아재씨, 아재비.

1 예, 기케 씀니다.

② 예, 기케 씁니다.

③ 예, (군인을 군대아저씨라고) 그렇게 말합니다.

① 첩. 첩 또는 자근댕네.
② 첩. 첩 또는 작은댁네.
③ (첩을) 첩. 첩 또는 작은댁네.

**① 서자라구 기랜는데 안주에서는 서자라구는 안합니다. 그저
서사생화레서 서자라구 이러케 쓰지 마레서는 머…**
② 서자라구 기랫는데 안주에서는 서자라구는 안 합니다. 그
저 서사생활에서 서자라구 이렇게 쓰지 말에서는 머…
③ (첩에서 난 아들을) 서자라고 그랬는데 안주에서는 서자라
고는 안 합니다. 그저 서사생활에서 서자라고 이렇게 쓰지
말에서는 뭐…

① 자근오마니.
② 작은오마니.
③ (본처의 아들이 서모를) 작은오마니.

① 예.
② 예.
③ 예.(작은오마니는 이 지역어에서 '숙모', '첩' 두 가지로 쓰임.)

① 예, 부체.
② 예, 부체.
③ 예, (부부를) 부체.

**① 아바이? 지그믄 아바이 쏘리를 마니 하지만 옌나레는 아바
이 쏘리 안 해씀니다.**

② 아바이? 지금은 아바이 소리를 많이 하지만 옛날에는 아바이 소리 안 했습니다.

③ 아바이? 지금은 아바이 소리를 많이 하지만 옛날에는 아바이 소리 안 했습니다.

① 아바니.

② 아바니.

③ (이 지역에서 옛날에는) 아바니.

① 기니까 아바니는 종경해서 늘근 아버지드를 종경해서.

② 기니까 아바니는 존경해서 늙은 아버지들을 존경해서.

③ 그러니까 아바니는 나 많은 바깥노인을 두루 존경해서.

남 **① 아부니미라구 그래때찌. 아부니미라구.**

② 아부님이라구 그랫댓지. 아부님이라구.

③ (나이 많은 바깥노인을 존대해서 부를 때) 아부님이라고 그랬었지. 아부님이라고.

여 **① 아바니, 아부님.**

② 아바니, 아부님.

③ (나이 많은 남자를 존대해서) 아바니, 아부님.

① 예.

② 예.

③ 예. (나이 많은 남자를 존대하는 말로 아바니)

■ 그저 어째뜬 일반쩌그루 종경해서 아바님.

② 그저 어쨋든 일반적으루 존경해서 아바님.

③ 그저 어쨌든 일반적으로 (연세 많은 남자 즉 아버지뻘이나 할아버지뻘이 되는 사람을 두루) 존경해서 아바님.

■ 아바니, 아바님, 또는 아버님.

② 아바니, 아바님, 또는 아버님.

③ (연세 많은 남자 즉 아버지뻘이나 할아버지뻘이 되는 사람에 대한 존대로) 아바니, 아바님, 또는 아버님.

제4장
서북방언의 지칭어·호칭어
: 연구 논문

서북방언의 친족어 연구

서북방언의 친족어 연구

제4장 서북의 지칭어·호칭어
: 연구 논문

平安道 西海岸 方言의 指稱語呼稱語 研究
－ 龍川·義州(平北)와 文德·安州(平南)를 중심으로[*]

梁伍鎭(德成女大 敎授), 黃大華(中國海洋大 敎授),
金賢柱(高麗大 民族文化研究院 研究員)

1. 緒論

1.1 研究 背景 및 目標

北韓 지역의 실제 方言 資料에 대해서는 南韓의 國語學界에 거의 알려진 바가 없다. 본 연구는 "2007년도 남북학술교류지원사업" 가운데 하나인 <北韓의 西海岸 地域 方言 調査> 사업의 일환으로 이루어진 것으로, 정부의 지원을 받아 북한 서해안 지역의 실제 자료를 다룰 기회를 얻어 그것을 활용한 것이다[1].

* 본 논문은 2007년도 한국학술진흥재단의 지원에 의하여 연구되었고 (KRF-2007-541-A00003), 「語文研究」 138호(2008. 6. 30)에 게재되었음.

본고의 목표는 다음과 같다. 1) 平安南道와 平安北道의 西海岸 方
言에서 사용되는 親族 呼稱語와 親族 指稱語를 정리하고, 2) 두 지
역에서 보고된 자료를 비교·대조하며, 3) 이 지역에 대한 기존의
조사 자료와 대조하여 기존의 보고와 차이를 보이는 어형들에 대해
언급할 것이다. 곽충구(1993), 안귀남(2007) 등을 통해서 알 수 있는
것처럼 呼稱語·指稱語는 地域差가 섬세하게 드러나는 어휘로서 방
언의 지리적 分化를 살피는 지표로 활용될 수 있다. 나아가 본 연구
는 韓半島 西部方言의 특성 파악 및 中部方言·東部方言과의 비
교·대조의 밑바탕이 될 수 있을 것으로 기대된다.

1.2 **資料의 성격**

본고가 분석한 平安道 西海岸 方言의 指稱語·呼稱語 자료는 현
지답사를 통해 직접 채집된 것이다. 조사 지역으로 平安北道와 平安
南道에서 각각 두 곳이 선정되었다.

平安北道에서는 龍川郡과 義州郡이 조사지역으로 선정되었다. 두
마을은 서해안 최북단에 위치한다. 龍川郡은 압록강이 서해로 나가
는 곳에 있다. 義州郡은 그곳에서 압록강을 약간 거슬러간 지점에

---

1) 中國海洋大學 韓國語學科의 黃大華 敎授(필자2)는 북한 金日成綜合大學에서 碩
士·博士 學位를 받았다. 그의 指導敎授는 김일성종합대학의 김영황 교수로서
북한뿐만 아니라 대내외적으로 널리 알려진 국어학 분야의 權威者이다. 지난
韓國二重言語學會 北京 國際學術大會 때 필자1은 황대화 교수를 만나는 기회에
마침 학술 방문차 北京大學에 와 계시는 김영황 교수와 同席을 하게 되었다. 당
시 남북 학술교류에 관한 대화가 오가던 중 황대화 교수가 북한에서 博士學位
論文을 준비하면서 指導敎授인 김영황 교수와 함께 西部方言을 조사한 1차적
자료가 있는데 여건상 아직 활용을 하지 못하고 있다는 사실을 알게 되었다. 北
韓 사정상 內國人 學者도 자유롭게 현지답사를 할 수 없는 형편에서 中國의 학
자가 직접 현지답사를 하여 얻은 原始方言資料는 북한에서는 물론 남한의 학술
연구에도 귀중한 자료로 활용될 것으로 사료되어, 앞으로 기회가 되면 南北共
同硏究 形式으로 이 자료가 빛을 볼 수 있도록 노력하자는 데 合意를 보았다.

위치한다. 두 마을이 인접해 있는 품세는 平安南道의 두 조사 지역인 文德郡 · 安州郡이 인접한 품세와 비슷하다. 平安南道의 文德郡과 安州郡은 현재 행정구역으로는 모두 安州市에 속해 있으나 과거에는 인접해 있는 서로 다른 마을이었다. 文德郡은 平安南道 최북단의 해안 마을이고 安州郡은 文德郡 동쪽에 인접해 있는 마을이다. 平安南道 최북단의 두 마을이 선정된 것은 언어중심지인 平壤으로부터의 거리가 고려된 것이다.

〈調査地域〉

· 平安北道 : 龍川郡 / 義州郡 · 平安南道 : 文德郡 / 安州郡

그림 1 〈調査 地域의 地理的 位置〉
※ 별표된 곳이 調査 地域이다. 左에서 右로 平安北道의 龍川과 義州, 平安南道의 文德과 安州이다.

被調査者는 調査地點에서 선정하게 되는데 대개 마을에 도착한 후 그곳의 책임자를 찾아 담당 管轄地 내에 거주하고 있는 사람의 人跡事項을 자세히 알아본 다음, 아래와 같은 조건을 갖춘 方言保有者를 선정하는 것을 원칙으로 하였다.

가) 그 고장에서 태어난 사람이어야 한다. 그렇지 않더라도 그곳에서 유년기부터 자란 장기 거주인인 경우엔 피조사자로 선정한다.
나) 외지에서의 생활 경험이 없거나 짧아야 한다.
다) 부부가 둘 다 같은 방언 구역 출신이어야 한다.
라) 연령은 60세 이상이어야 하며 70세 이상이면 이상적이다. 그러나 이 조건을 만족하는 피조사자의 섭외가 여의치 않을 경우 50세 이상도 피조사자로 선정할 수 있다.
마) 교육의 정도는 무학이나 소학교 졸업 정도가 가장 좋으나 조사 항목에 따라서 중졸 이상의 학력도 피험자로 선정할 수 있다.
바) 치아 상태가 좋아 발음이 명확하고 귀가 밝고 건강에 문제가 없는 사람이어야 한다.
사) 위의 조건을 만족하는 사람 중에서도 여성을 우선적으로 선정하고, 각 조사지점의 피조사자는 2인 이상으로 한다.

다만, 呼稱語와 指稱語의 경우 그 복잡성과 다양성을 고려하여 피조사자에 高學歷者들이 다수 포함되었다. 자료 채집은 선정된 被驗者와의 자연스러운 대화를 錄取하는 방식으로 진행하였다. 녹취된 대화는 音素 수준으로 轉寫되었다[2]. 轉寫 資料의 예는 다음과 같다.

---

2) 現地踏査에는 필자2와 김영황 교수가 參與하였다. 본고는 필자2인 황대화 교수가 전사한 자료로 연구되었다. 전사자료의 2차 정제과정은 다음과 같다. 1) 표제어의 표기는 분철을 원칙으로 하였다. 2) 사이시옷은 'ㅅ'으로 표기하되 후행 음이 모음인 경우엔 'ㄷ'으로 표기하였다.

조사지점 : 평안북도 룡천군 룡천읍
조사기간 : 1996년 8월 21일
피조사자 : 박봉운 남 63세(평북 룡천군 견일리 출생) 대졸(평양철도
              대학 1960) 교원
          백인년 남 63세(평북 룡천군 량서리 출생) 고졸 교원
          장명진 여 82세(평북 룡천군 장산리 출생) 무학 농업
조사자 : 김영황, 황대화

김: 아버님 이렇게 안 해요? 아바님 안 하고요?

장: 젠에는 아바니라 안 햇습니다. 아부님이라 그랫습니다. 아버님 허허허!
   (직접 부를 때) 아부님이라. 아바지라구 그러구요.

황: 어머니는? 오마니? 뭐 어찝니까?

장: 오마니요? 엄매라 그랫습니다.

김: 오마니 오마니 많이 하지요?

장: 오마니는 시어마니를 오마니라 그랫습니다. 시어마니를 오마니라 그러구.
   엄매는 엄매라 그라구. ("옴매"는 쓰이지 않는다고 함.)

간부: 엄매라고 햇이요. 어머니를 엄매 엄매하구.

김: 근데 여기서 오마니 오마니라고 하지 않았어요?

박: 여기서두 엄매하구 오마니두 하구 그래요.

調査項目은 다음과 같다.

調査 項目		
아버지	자매간/ 손위 사람	홀아비
어머니	자매간/ 손아래 사람	과부
어머니 동년배 여성	남편의 여동생	미혼 여성
아버지 동년배 남성	남편의 남동생	갓 결혼한 여성
伯父	형수	갓 결혼한 남성
伯母	동네 기혼 여성	남편 손위 남형제 처
祖父	고모	남편 손아래 남형제 처

祖母	고모부	맏딸
祖父 동년배 남성	이모	둘째딸
祖母 동년배 여성	이모부	여성
曾祖父	형제간/ 손아래 사람 처	여자아이
曾祖母	남편 형	남성
高祖父	남편 형 동년배 남성	남자아이
高祖母	남편 형 처	미혼 남성
丈人	남편(年老)	나이 많은 사람
丈母	남편(靑壯)	나이 많은 남성
시父	처(年老)	나이 많은 여성
시母	처(靑壯)	손님
繼母	남편 동년배	사돈
繼父	동네 부녀자	안사돈
外祖父	동무 처	바깥사돈
外祖母	남매간/ 손위 여형제	작은사돈
叔父	남매간/ 손아래 여형제	이종사촌
叔母	남매간/ 손위 남형제	고종사촌
外叔	남매간/ 손아래 남형제	시집오기 전 본가
外叔母	며느리	처의 본가
맏아들	딸	일가친척
기혼 맏아들	사위	막내
맏며느리	기혼 여성자녀	남매간/ 손위 사람 남편
남매간/ 손위 남형제 처	손자	첩
남매간/ 손아래 남형제 처	남매간/ 손위 여형제 남편	아버지 첩
남편 손위 누이	남매간/ 손아래 여형제 남편	첩 자녀
형제간/ 손위 사람	자매간/ 손위 사람 남편	부모
형제간/ 손아래 사람	형제간/ 손위 사람 아들	부부

표 1 〈指稱語·呼稱語 調査 項目〉

2. 資料 분석 및 據點別 비교 · 대조

편이를 위해 轉寫된 對話資料에서 指稱語·呼稱語 관련 어휘만을 뽑아 표로 정리하였다. 표에서 ' ( ) '는 隨意的으로 드러나는 형태를 표시한다. ' / '는 {或}, ' * '는 {不用}이고, ' ~ '는 자식 이름이다. ' [ ] '는 특별한 指稱語·呼稱語 없이 직접 이름을 부르는 경우, ' # '는 해당 지칭·호칭에만 쓰이는 경우를 가리킨다. 부가설명은 '(이밀릭제)'를 사용하였다. 같은 항목에 둘 이상의 應答形을 가진 경우 특별한 용법상의 차이가 날 때는 괄호를 이용해 부가설명을 달았다.3) 표의 빈칸은 따로 조사가 이루어지지 않은 것이다. 이 경우 標準語에 비추어 대체로 呼稱語가 따로 없는 경우들이 많았다.

2.1 龍川 및 義州 地域語의 指稱語·呼稱語 比較·對照

調査 項目	指稱語		呼稱語	
	文德	安州	文德	安州
아버지	아바지/아배 *(아이 앞)*	아바지	아바지	아바지
어머니	오마니/엄매	오마니	오마니/엄매*(아이 호칭)*	오마니/엄매
어머니 동년배 여성			오마니	오마니
아버지 동년배 남성			아바지	아바니
伯父	큰아버지*(맏큰 아바지, 둘째 큰아바지)*/맏 아바이	맏아바지	큰아버지	맏아바지
伯母	큰오마니	맏어마니/큰어마니	큰오마니	맏어마니/큰어마 니

---

3) 같은 항목에 둘 이상의 응답형이 존재할 경우 둘 사이에는 용법상의 차이가 존재할 가능성이 높다. 그러나 세세한 차이는 본고에서처럼 問答式 조사를 통해 자료를 수집한 경우에는 쉽게 밝혀낼 수 없다.

祖父	할아바니/하르바니	큰아바지	할반/할바니	큰아바지
祖母	할마니/*클마니	클마니/할마니	할마니/*클마니	클마니/할마니
祖父 동년배 남성			할아바니/할아반	할아바지
祖母 동년배 여성				할마니
曾祖父	증조할아바니	증조할아버지/당할아버지	할아바니	
曾祖母	증조할마니	증조할마니	할마니	할마니
高祖父	고조할아바이	고조할아바지	할아바니	
高祖母	고조할마니	고조할마니	할마니	
丈人	가시아바지	가시아바지	아바지	아부님/아바님/*아바지
丈母	가시오마니	가시오마니	오마니	오마니
시父	시아부지/시아바지	시아바지	아부님	아부님
시母	시오마니	시오마니	오마니	오마니
繼母	이붇오마니	이붇오마니	오마니	오마니
繼父	이붇아바지	이붇아바지	아바지	아바지
外祖父	왜할아바니	왜할아바지/왜큰아바지	할아바니	할아바지/큰아바지
外祖母	왜할마니	왜클마니	할마니	클마니
숙부	작은아바지/삼춘(*최근, 총각*)	삼춘	작은아바지/삼춘(*최근, 총각*)	삼천/작은아바지(*기혼*)
숙모	작은오마니/*아즈마니	삼춘오마니	작은오마니/*아즈마니	삼춘오마니/작은오마니
外叔	외삼춘	왜삼춘	삼춘	삼춘
外叔母				
맏아들	맏아들/맏이	맏아들/맏이	〔〕(아이)/이 사람/우리 맏사람	맏아들/맏이
기혼 맏아들				
맏며느리				
남매간/손위 남형제 처	형님	형님	형님	형님
남매 간/손아래 남형제처	오리미	오리미/오레미	오리미	오리미/오레미
남편 손위 누이	시누이	형님	누이	형님
형제간/손위 사람	형(*동상~ 형제*)	형	형/형님	형

형제간/ 손아래 사람	아우/적은이	적은아	적으니	적은아
자매간/ 손위 사람	형	형	형/형님	형
자매간/ 손아래 사람		적은아		적은아
남편의 여동생	시누이	시누이	누이	[ ]
남편의 남동생	시아우/아제/적은이(*최근*)	시아	적은이/적은샌	적은이
형제간/손위사람 처	형수	아즈마니	아즈마니/아주마니	아즈마니
동네 기혼 여성				
고모	고무	고모/고무	고무	고모/고무
고모부	작숙/작숙이	작숙이	작숙	작숙이
이모	이모	이모	이모/큰오마니(*손위*)	이모/큰오마니(*손위*)
이모부	이숙	이숙이	이숙	이숙이
형제간/동생처	데수	데수	데수님	데수님
남편 형	아주바니	시형	아주바니	아즈바니/아즈바님
남편 형 동년배 남성				아즈바니
남편 형 처	동세	동서	헝님	헝님
남편(年老)	넝감	넝감	여보/당신/~아바지	여보
남편(靑壯)	새스방	새스방	여보/당신	여보
처(年老)	노친네	우리 노친네/우리 처	여보/당신	여보
처(靑壯)		색시/우리색시	우리 색시/우리 처	여보/당신
남편 동년배			아즈바니/아주바니/적은이	아저씨/아즈버니
동네 부녀자	에미네/아주마니			아즈마니
동무 처				
남매간/손위 여형제	누이	누님	누님/누이	누님
남매간/손아래 여형제		적은아		[ ]
남매간/손위 남형제	오래비	오라비	오라버니/오라버님,*오빠	오래비/오라버이/오라버님

남매간 손아래 남형제			[ ]/저그나	
며느리	메느리	새기	메느리/젊은이	새기/~(에미)
딸	딸			
사위		사우		[ ]/~애비
기혼 여성자녀	집난이			
손자	손주	손주/당손(맏이의 아들)	손주/당손	
남매간/손위여 형제남편	매부/*매형	매부	매부/*매형	매부
남매간/손아래 여형제남편	매부/*매형	매부	매부/*매형	매부
자매간/손위 사람 남편		아제씨/아제비/*아 저씨		아제씨/아제비/* 아저씨
형제간/손위 사람 아들	조카/조카님 (연장자)	조카	~아바지	
홀아비	홀애비	홀애비		
과부	과부	과부/*홀에미(독신 녀)		
미혼 여성	체네/*각시	체네/아지미(성숙한 처녀)		처녀/아지미(성숙 한 처녀)
갓 결혼한 여성		새색시/*각시		
갓 결혼한 남성		새스방		
남편 손위 남형 제 처	동세	동세	형님	형님
남편 손아래 남 형제 처	동세	동세	동생/동세	동세
맏딸				
둘째딸				
여성		네자		
여자아이				
남성		서나		
남자아이	서나이/서나/ 서날미/*사나 이	서날미/서나		
미혼 남성	총각			
나이 많은 사람	늙은이	늙은이		
나이 많은 남성	넝감	넝감	*넝감	할아바지
나이 많은 여성	노친네	노진네	*노친네	오마니/할마니

손님	나가네	나가네		
사돈	사둔	사둔	사둔님	사둔
안사돈	사둔	안싸둔	사둔님	
바깥사돈	사둔	바깥싸둔	사둔님	
작은사돈	사둔	작은사둔	사둔님	
이종사촌	이성사춘	이성사춘		
고종사촌	고사춘	고사춘		
시집오기 전 본가	본가	본갓집		
처의 본가				
일가친척	친척(일기는 부계만)	친척(일주 부제)/등상(친척)		
막내				
남매간/손위사람남편	아재비/아저씨		아재비/아저씨	
첩	첩/작은댁네	작은댁네	작은댁네	작은댁네
아버지 첩		작은오마니	작은오마니	작은오마니
첩 아이				
부모	부모	부모		
부부		부체		

표 2 〈龍川·義州 指稱語·呼稱語 比較·對照 資料〉

아버지뻘이 되는 사람에 대한 呼稱이 義州에서는 '아버지' 하나인데 비해 龍川은 '삼촌', '아바니', '아바지' 등 다양하게 나타났다. 義州 지역 조사에서 '다른 말은 없느냐?'라는 調査者의 거듭된 질문에 被調査者들은 '그저 아버지'라고 응대했다.

伯父에 대한 指稱은 반대로 龍川이 '큰바바지' 하나뿐이었던 것에 비해 義州는 '큰바바지'를 비롯하여 '큰지아바니', '큰지아바지', '큰댁' 등으로 다양하였다. 한편, '큰댁'이 伯父의 妻를 가리키는 것이 아니라 伯父를 指稱한다는 점은 특기할 만하다.

'큰지아바니'나 '큰지아바지'는 '지어미', '지아비'와 같은 방식으로 형성된 단어일 것이다. '집(家)'이 '어미'나 '아비'와 결합할 때 對等接

續이 되어 사이시옷이 삽입되고 그것이 語末에서 不破되어 앞의 子音을 탈락시켰다가 후에 자신도 탈락한 형태인 것이다. 中世國語의 '짓어미'가 이에 대한 간접적 근거가 된다[4].

이 지역에는 '큰지아바니' 등과 同義語이지만 형태가 다른 '큰바바지'가 있어 관심을 끈다. '큰집'과 '아바지'의 合成語가 再音節化를 겪어 '*큰지바바지'가 된 후 2 번째 音節 /지/가 통째로 탈락하여 '큰바바지'로 굳어진 것일 터이다.[5] '*큰지바바지'는 伯母를 부르는 말로 '큰지보마니'(<큰집#오마니)가 쓰이고 있다는 사실을 통해 그 존재를 인정할 수 있다.

 1) /큰바바지/(伯父)
 큰집 + 아바지 → *큰집아바지(큰지바바지) > 큰바바지

祖父의 呼稱語·指稱語로 두 지역에서 모두 '클아바지', '클아바니' 등이 사용되었고, 祖母에 대해서는 '클마니', '클아마니' 등이 사용되었다. 單語末의 '니'는 '어머님', '할아버님', '할머님' 등에 쓰이는 /님/이 '어머니', '할머니' 등에서처럼 /니/로 弱化된 것이다(곽충구, 1996:88)[6]. '클'은 '크다'의 活用形이 合成語의 要素로 參加하면서 만들어진 것이다. 中世國語 '한아비'가 지금의 '할아비'가 되었듯이 '크라바니'도 '큰아바니'에서 母音間 'ㄴ>ㄹ'의 결과일 것이다(곽충구, 1996:135). 그러나 '클'이 合成에 참여했을 가능성도 常存한다.

---

4) 정광(2006:98, 주18)에서 '짓거시니'를 "집+ㅅ+것+이니"로 형태소 분석한 것과 같은 방식이다.

5) 合成의 과정을 통해 만들어진 親族語彙 중 사이시옷이 관여하지 않은 부류도 있다는 것은 이 지역어의 특징으로 이해해야 할 것이다. '압찌#오마니'의 예도 같은 방식으로 이해할 수 있을 것이다.

6) '니'를 '님>니'로 보지 않고, '오만' 등을 근거로 '-안'에 '-ㅣ'가 붙은 '-아니'의 '니'로 보는 견해(곽충구 1993)가 있으나, '핸니(했니)>핸?', '가ᄂ다>간다' 등에서처럼 'VnV>Vn'의 변화도 매우 자연스러운 변화이다.

2) /크라바니/
　ㄱ) 큰 + 아바니 → *크나바님 → 크라바니
　ㄴ) 클 + 아바니 →　크라바니

曾祖父와 曾祖母의 呼稱語·指稱語는 두 지역에서 공히 祖父와 祖母의 呼稱·指稱에 '노-'를 붙여 표현한다. 高祖에 대해서는 '曾祖'에서 온 '징조-'를 祖父·祖母의 呼稱語·指稱語에 붙여서 표현한다. 이는 漢字 語基인 '曾祖'의 글자대로의 의미와 용법이 일치하지 않는 경우이며, 平安南道의 文德·安州 지역에서는 '高祖'가 사용되는 점과 대비된다.

'兄'을 '형'이라고 부르는 것이나, 누나가 남동생의 처를 '오리미', '오레미'라고 指稱·呼稱하는 것은 두 지역의 공통점이다. '형'은 '형'에서 /ㅎ/ 뒤의 /j/가 탈락한 것이다. 같은 환경에서 南部方言의 어휘엔 口蓋音化가 일어나 /ㅎ/이 /ㅅ/으로 변하지만 西北方言에서는 그런 변화는 극소수이고, 일반적으로 /j/가 탈락한다(정인호 2006)[7]. 이점에 있어 平安南道와 平安北道가 다르지 않다[8]. '오레미'는 標準語의 '올케'와 의미가 유사하지만 손아래 사람에게만 사용한다는 점에서 차이가 난다. '오라비'가 "*올'과 '아비'의 合成語이고(조항범, 1996: 317), '아자미'가 "*앚'과 '어미'의 合成語이며(조항범, 1987), '올케'가 '오레미'와 같은 뜻인 점을 고려할 때, '오레미'는 아마도 "*올'과 '어미'의 合成語일 것이다. 그 과정에 대해서는 자세히 알 수 없지만, 1880년대의 사전인 <한영자전>과 <한불자전>에 {올케}를 뜻

---

7) 정인호(2006)에는 이 밖에도 항(香), 호자(孝子), 흉(凶), 흉악(凶惡), 흉년(凶年) 등이 보고돼 있다.

8) 다만 '형수', '시형' 등의 2音節 어휘에 대해서 몇몇 경우 /형/이 나타나기도 했다. 被調査者들에게 질문을 할 때, 질문에 '형'이 들어가 있고, 질문이 반복되어 여기에 傾倒된 것으로 조사자들은 보고하고 있다.

하는 '오러미'가 등재된 것으로 미루어 '올+어미'가 지금의 '오레미'
가 된 것으로 생각된다. 특히 文德이나 平南의 安州에서는 '오리미'
가 보고되었는데, '게'가 '기'로, '메뚜기'가 '미뚜기'로 나타나듯, '오레
미'에서 '오리미'가 발달하는 것은 자연스러운 현상이다.

3) 오레미/오리미
  *올+어미 〉 오러미 〉 오레미 〉 오리미

　義州·龍川에서 兄弟·姉妹 사이에 동생을 '적은이/적은아'로 칭
한다. 龍川에서는 손아래 시누이도 '적은이'로 칭한다. 義州에선 남
편의 남동생을 '시아'로 지칭하고 '적은이'로 呼稱하며 龍川에서는
'시아이/적은이(기혼)' 등으로 指稱하고 '도롱님'으로 呼稱한다. 이는
국립국어연구원(1995), 김영배(1997) 등 선행연구들에서도 언급된
平安方言의 일반적 특징이다.

　兄弟間에 兄嫂를 '아주마니', '아즈마니' 등으로 칭하는데, 특히 義
州에서는 비슷한 年輩의 여성이나 남편 동무의 처에게는 이 용어를
사용하지 않고 오직 兄嫂에게만 사용한다. 유사하게 龍川 지역에서
는 '아저씨'라는 指稱語를 언니의 남편에 대해서만 사용한다. 親戚
呼稱이 親戚 이외의 사람들에게 확장되어 쓰이는 양상이 地域과 語
彙에 따라 다름이 확인된다.

　婦女子는 '집난이(집나니)', '낸들/낸덜9)' 등으로 指稱되고 있다.
被調査者들의 설명에 따르면 '집난이'는 '出嫁外人'에서 온 말이고,
'낸들'은 한자어 '內人'에 복수조사 '들/덜'이 붙은 것으로 '안사람'에
서 온 말이다.

　龍川에서 사용되는 며느리에 대한 독특한 指稱語로 '웃간아(우까

---

9) '낸들'은 평남에서는 '낸덜'로도 나타났다. 西北 方言에는 複數助辭 '들'의 변이
　형으로 '덜'이 존재한다.

나)'가 있다. 이 指稱語는 平安北道의 家屋 구조와 관련되는 것으로 보인다. 平安道 전통 가옥 구조는 外形上 一字形이 많고, 구조상 겹집이라는 점과 방과 부엌사이에 벽이 없이 하나의 공간으로 되어 있다는 특징이 있다. 그 중에서 '정주간'이 가장 뛰어난 특징이다. 정주간은 부엌과 방 사이의 넓은 온돌방으로 방들 중 가장 따뜻하다. 상황에 따라 寢室·食堂·居室 등의 역할을 하는 다목적의 방이다. 被調査者들의 설명에 따르면 '웃간'이 정주간을 일컫는 것으로 보인다.

'체네'가 가리키는 대상은 標準語의 '처녀'보디 넓다. 平安道에서 '체네'는 結婚 適齡期의 여성만을 지칭하는 것이 아니라 나이에 상관없이 결혼하지 않은 여성을 모두 일컫는다.

2.2 文德 및 安州 地域語의 指稱語·呼稱語 比較·對照

平安南道 두 調査地의 指稱語·呼稱語를 표로 정리하면 다음과 같다.

調査 項目	指稱語		呼稱語	
	文德	安州	文德	安州
아버지	아바지/아배(*아이 왔*)	아바지	아바지	아바지
어머니	오마니/엄매	오마니	오마니/엄매(*아이호칭*)	오마니/엄매
어머니 동년배 여성			오마니	오마니
아버지 동년배 남성			아바지	아바니
伯父	큰아버지(*맏큰아바지, 둘째큰아바지*)/맏아바이	맏아바지	큰아버지	맏아바지
伯母	큰오마니	맏어마니/큰어마니	큰오마니	맏어마니/큰어마니
祖父	할아바니/하르바니	큰아바지	할반/할바니	큰아바지
祖母	할마니/*클마니	클마니/할마니	할마니/*클마니	클마니/할마니

祖父 동년배 남성			할아바니/할아반	할아바지
祖母 동년배 여성				할마니
曾祖父	증조할아바니	증조할아버지/당할아버지	할아바니	
曾祖母	증조할마니	증조할마니	할마니	할마니
高祖父	고조할아바이	고조할아바지	할아바니	
高祖母	고조할마니	고조할마니	할마니	
丈人	가시아바지	가시아바지	아바지	아부님/아바님/*아바지
丈母	가시오마니	가시오마니	오마니	오마니
시父	시아부지/시아바지	시아바지	아부님	아부님
시母	시오마니	시오마니	오마니	오마니
繼母	이분오마니	이분오마니	오마니	오마니
繼父	이분아바지	이분아바지	아바지	아바지
外祖父	왜할아바니	왜할아바지/왜큰아바지	할아바니	할아바지/큰아바지
外祖母	왜할마니	왜클마니	할마니	클마니
숙부	작은아바지/삼춘(*최근, 총각*)	삼춘	작은아바지/삼춘(*최근, 총각*)	삼천/작은아바지(*기혼*)
숙모	작은오마니/*아즈마니	삼촌오마니	작은오마니/*아즈마니	삼춘오마니/작은오마니
外叔	외삼춘	왜삼춘	삼춘	삼춘
外叔母				
맏아들	맏아들/맏이	맏아들/맏이	〔〕(아이)/이 사람/우리 맏사람	맏아들/맏이
기혼 맏아들				
맏며느리				
남매간/손위 남형제 처	형님	형님	형님	형님
남매간/손아래남형제처	오리미	오리미/오레미	오리미	오리미/오레미
남편 손위 누이	시누이	형님	누이	형님
형제간/손위 사람	형(*동상~ 형제*)	형	형/형님	형
형제간/ 손아래 사람	아우/적은이	적은아	적으니	적은아
자매간/ 손위 사람	형	형	형/형님	형
자매간/ 손아래 사람		적은아		적은아
남편의 여동생	시누이	시누이	누이	[ ]

남편의 남동생	시아우/아제/적은이(*최근*)	시아	적은이/적은샌	적은이
형제간/손위사람 처	형수	아즈마니	아즈마니/아주마니	아즈마니
동네 기혼 여성				
고모	고무	고모/고무	고무	고모/고무
고모부	작숙/작숙이	작숙이	작숙	작숙이
이모	이모	이모	이모/큰오마니 (*손위*)	이모/큰오마니 (*손위*)
이모부	이숙	이숙이	이숙	이숙이
형제간/동생처	데수	데수	데수님	데수님
남편 형	아주바니	시형	아주바니	아즈바니/아즈바님
남편 형 동년배 남성				아즈바니
남편 형 처	동세	동서	형님	형님
남편(年老)	넝감	넝감	여보/당신/~아바지	여보
남편(青壯)	새스방	새스방	여보/당신	여보
처(年老)	노친네	우리 노친네/우리 처	여보/당신	여보
처(青壯)	색시/우리색시	우리 색시/우리 처	여보/당신	여보
남편 동년배			아즈바니/아주바니/적은이	아저씨/아즈버니
동네 부녀자	에미네/아주마니			아즈마니
동무 처				
남매간/손위 여형제	누이	누님	누님/누이	누님
남매간/손아래 여형제		적은아		[ ]
남매간/손위 남형제	오래비	오래비	오라버니/오라버님, *오빠	오래비/오라버이/오라버님
남매간 손아래 남형제			[ ]/저그나	
며느리	메느리	새기	메느리/젊은이	새기/~(에미)
딸	딸			
사위		사우		[ ]/~애비
기혼 여성자녀	집난이			
손자	손주	손주/당손(*맏이의 아들*)	손주/당손	

남매간/손위여형제 남편	매부/*매형	매부	매부/*매형	매부
남매간/손아래여형제남편	매부/*매형	매부	매부/*매형	매부
자매간/손위 사람 남편		아제씨/아제비/*아저씨		아제씨/아제비/*아저씨
형제간/손위 사람 아들	조카/조카님(연장자)	조카	~아바지	
홀아비	홀애비	홀애비		
과부	과부	과부/*홀에미(독신네)		
미혼 여성	체네/*각시	체네/아지미(성숙한 처녀)		처녀/아지미(성숙한 처녀)
갓 결혼한 여성		새색시/*각시		
갓 결혼한 남성		새스방		
남편 손위 남형제 처	동세	동세	형님	형님
남편 손아래 남형제 처	동세	동세	동생/동세	동세
맏딸				
둘째딸				
여성		네자		
여자아이				
남성		서나		
남자아이	서나이/서나/서날미/*사나이	서날미/서나		
미혼 남성	총각			
나이 많은 사람	늙은이	늙은이		
나이 많은 남성	넝감	넝감	*넘감	할아바지
나이 많은 여성	노친네	노친네	*노친네	오마니/할마니
손님	나가네	나가네		
사돈	사둔	사둔	사둔님	사둔
안사돈	사둔	안싸둔	사둔님	
바깥사돈	사둔	바깥싸둔	사둔님	
작은사돈	사둔	작은사둔	사둔님	
이종사촌	이성사춘	이성사춘		
고종사촌	고사춘	고사춘		
시집오기 전 본가	본가	본갓집		

처의 본가				
일가친척	친척(*일가*는 부계만)	친척(*일족·부계*)/동상(*친척*)		
막내				
남매간/손위사람남편	아재비/아저씨		아재비/아저씨	
첩	첩/작은댁네	작은댁네	작은댁네	작은댁네
아버지 첩		작은오마니	작은오마니	작은오마니
첩 아이				
부모	부모	부모		
부부		부체		

표 3 〈文德·安州 指稱語·呼稱語 比較·對照 資料〉

伯父에 대한 指稱語·呼稱語로 文德에서는 대체로 '큰아바지(크나바지)'를 사용하고 安州에서는 '맏아바지(마다바지)'를 사용한다.[10] 伯母에 대해서도 유사한 차이가 보인다. 祖父·祖母에 대해서는 文德 지역어가 '할아바니', '할마니' 등 '할-' 系列 語彙가 사용되는 반면 安州 지역에서는 '큰아바지', '클마니' 등 '클-' 계열 語彙가 사용된다. 특히 文德에서는 '클마니'를 祖母의 뜻으로는 사용하지 않으며, 安州에서 '큰오마니(크노마니)'는 어머니 손위인 姨母를 가리킨다.

姨從을 '異姓四寸'으로 지칭하는 것이나 姨母의 남편을 '이숙', '이숙이'라고 부르는 것은 이 지역어의 특징이라고 할 수 있다. '異姓四寸'의 '이성'은 '성이 다르다'는 의미이다.

이 밖에 義州·龍川에서는 쓰이지 않는 '동상'이라는 어휘가 文德·安州에서 提報되었다. '동상'은 文德에서는 '형제'와 同義語이고[11], 安州에서는 親戚을 지칭한다. '동상'은 이 지역 언어의 특이한

---

10) 安東文化圈(안동·영주·봉화·예천)에서는 伯父에 해당하는 語彙가 言語中心地에서 멀수록 고형인 '맏-' 계열로 나타나는데(안귀남 2007), 文德과 安州에서의 차이를 같은 방식으로 설명할 수 있을 법하다.

11) '동생'은 원래 '同氣'의 뜻이었다가 19세기에 들어 '弟'로 바뀌었다(조항범, 1996:284~293).

語形이지만 그 용법에 있어서는 文德과 安州가 차이를 보인다.

2.3 平北·平南 西海岸 方言 比較·對照

두 지역은 伯父·伯母의 指稱語에서 상당한 차이가 난다. 平南 西海岸 方言에는 '큰집'이 單語形成에 참여한 '큰지아바니', '큰바바지'(<*큰지바바지) 등의 어휘가 존재하지 않고, 平北 西海岸 方言에는 '맏아바이', '맏아바지' 등 '맏-' 接頭語 系列의 어휘가 존재하지 않는다. 平北에서는 오직 '큰집-'만이 '伯'의 의미를 담당하며, '집'이 빠진 '클-', '큰-' 등은 祖父母의 指稱·呼稱語에 이용된다. '큰댁'이 伯母가 아니라 伯父를 지칭하는 것도 平北 西海岸 方言의 특징이다. 이는 平南 西海岸 方言과만 대조를 이루는 특징은 아니다.

平南 西海岸 方言에서는 曾祖父·曾祖母의 指稱語로 '증조할아버지', '증조할머니' 등이 쓰인다. '증조-'라는 접두어가 '할아버지', '할머니' 등과 결합하고, 高祖父·高祖母의 指稱語에는 '고조-'가 결합하여 쓰인다. 그러나 平安北道에서는 高祖父·高祖母의 指稱語에 '징조-'를 사용하고 曾祖父·曾祖母의 指稱語에는 '노큰아바지', '노클마니' 등에서처럼 '노-'를 사용한다.

繼母의 指稱·呼稱語로 平北에서는 '훈오마니', '훈처' 등에서처럼 '훈-'이 쓰이지만 平南에서는 '이붇오마니'만이 쓰인다. 다만 繼父에 대해선 平北에서도 '이붇아바지'가 쓰인다.

姨母에 대한 呼稱語로 平南에서 '큰오마니'를 사용하는 것도 특징적이다. 한편, 姨母夫에 대해 平北에서는 '이모삼춘', '이모작숙' 등의 指稱語가 쓰이는 데 비해 平南에서는 '이숙'이 쓰인다. '이모삼춘', '이모작숙', '이숙' 등은 다른 方言圈과는 또 다른 이 地域語의 특징이라 할 수 있다.

平南 西海岸 方言에서는 아버지 형제를 呼稱·指稱할 때 결혼 유무에 따라 '삼춘(미혼) : 작은아버지(기혼)'라는 대응이 성립하지만 平北 西海岸 方言에서는 그런 대응을 찾을 수 없다.

平北 西海岸 方言에서 동네 아낙을 '낸덜', '낸들'이라고 부르지만 平南 西海岸 方言圈에서는 그러한 어휘를 사용하지 않는다.

4) 낸덜/낸들
내인(內人)+덜/들 〉 낸덜/낸들

아이의 성별에 따른 指稱語도 두 지역이 다르다. 平北 龍川은 남자아이를 '사나이', 여자아이를 '서나이'로 지칭한다. '사나이'와 '서나이'의 구분은 보고되지 않았던 것으로, 매우 국한된 지역에서만 인정되는 것이 아닌가 한다. 平南에서는 여자 아이에 대한 특별한 指稱語가 없는 반면, 남자 아이를 指稱하는 말은 '서나이', '서나', '선알미' 등으로 다양하다.

두 지역의 공통점으로 우선, 손아래 남동생의 처에 대한 指稱語·呼稱語인 '오리미', '오레미'를 들 수 있다. '장인'이란 語彙가 쓰이지 않는 것도 이 지역의 공통 특징이다. 남자 형제들 사이에서 손아래의 동생을 指稱·呼稱할 때 '아우' 대신 '적은아'를 적극적으로 사용한다는 점도 공통적이다. 다만 최근 '아우'가 왕왕 사용되고 있다. 시집간 딸에 대한 指稱·呼稱語로 '집난이'가 두 지역에서 공히 사용되고 있다. 이 외에 '오빠', '매형', '각시' 등의 어휘가 사용되지 않는 것도 두 지역의 공통점이다.

'一家'와 '親戚' 가운데 '親戚'이 血肉을 가리킨다는 점은 두 지역이 같다. 그러나 平南에서는 '일가'도 사용한다. 다만 그 意味가 '父系親戚'으로 한정된다. 安州 地域語에서 '동상'이 형과 동생을 모두 아울러 칭할 때 쓰이는 用語라는 점도 特記事項이다.

한편 呼稱語로 부를 수 없을 것 같은 語彙들, 가령 龍川의 '시형', '사우'나 義州의 '당신', '사외', 文德의 '젊은이' 등이 보인다. 被調査者들은 呼稱 狀況에 대해 명확하게 인지하고 있는 상태에서 답하였으므로 이런 이질감은 그 裏面에 존재하는 해당 語彙들의 用法上의 차이에 起因할 것이다. 이에 대해선 추가적인 方言調査를 기대할 수밖에 없다.

3. 先行 調査와의 對照

3.1 「남북한 친족 호칭·지칭어 비교 분석」(국립국어연구원, 1995)[12]

국립국어연구원(1995)와 본고가 든 자료들 사이에 나타나는 차이 중 일부는 文德과 安州가 平安南道의 最北端에 위치하여 平安北道와 地理的으로 가깝다는 이유 때문에 나타나는 것일 수도 있다. 가령 平安南道에 속한 文德과 安州에서 조사된 指稱·呼稱語가 국립국어연구원(1995)에서는 平安北道의 指稱·呼稱語로 소개되어 있는 경우가 종종 있다. 하지만 두 조사 사이에 차이가 나는 項目들에 대해 그런 관계를 상정할 수 없는 경우도 상당하다.

대조의 편이를 위해 본고의 조사에는 있지만 국립국어연구원(1995)에는 없는 어휘들을 표를 통해 정리하였다[13].

調査 地域 / 調査 項目	龍川/義州 指稱語	比較資料: 平北 指稱語	龍川/義州 呼稱語	比較資料: 平北 呼稱語
어머니	엄매	오마니		
고모	고무	고모	고무	고모
고모부	*고무부	고무부		
이모부	작숙/이모작숙	이모부	작숙/이모작숙	이모부
伯父	큰바바지	맏아바지/백부	큰바바지	맏아바지/백부
伯父(義州)			큰아바지	
伯母	큰지오마니	맏오마니	큰지오마니	맏오마니
伯母(義州)			큰지오마니/큰집오	

---

12) 국립국어연구원(1995)에는 이북 각 지역의 친족 指稱·呼稱語가 망라되어 있다. 이 자료는 '1.4후퇴'를 맞아 월남한 12명의 65세 이상 북한 해당 지역 출신 남녀 대상자를 조사한 것에다 1995년 당시 월남한 평양 출신 인사의 제보를 보강한 것이다.

13) 국립국어연구원(1995)의 어형 중에는 본고의 자료에는 나타나지 않은 다른 語彙들이 상당수임을 밝혀둔다.

			마니	
外叔			삼춘	외삼춘
형/언니	형	형	형, 형에	형
남매간 弟妻	오리미/오레미		오리미/오레미	자네(*평남 오르만*)
남편 손위 누이	형	고모/시누님	형님	고모/누님
남편 손위 누이 (義州)	시누이		누이	
자매간 여동생	적은이	[ ]	적은이	[ ]/동상
남편 妹	적은이	시누이/고모	적은이	시누이/고모
남편 弟	시아이/적은이	삼춘/아즈바이	도롱님	삼춘
고모	고무	고모	고무	고모
이모부	이모삼춘	이모부	삼춘	이모부
형제간 弟妻	데수	제수	데수	제수
남편 형	시형	(시)아즈바니	시형	(시)아즈바니
남편 형처	형	형	형	형
남편	넝감	양반		
남매간 妹			녀동생	누이동생
며느리	웃간아/메느리	메누리		
누나의 남편			매부	자형/매형
자매간 姉夫	아주바니	형부	아주바니	형부
남편 弟妻			아우동세	동세

표 4 〈국립국어연구원(1995)에 실리지 않은 平安北道 方言 語形〉
※ ① 해당 항의 語彙가 龍川과 義州에서 차이가 날 경우 두 번째 행에 義州의 어휘 표
시, ② '비교자료'는 국립국어연구원(1995)에서 취함.

국립국어연구원(1995)는 '고모부'를 平北 方言에서 사용하는 것으
로 보고하고 있으나 龍川, 義州 地域語에 대한 본고의 자료는 이 지
역에서 '고모부'를 사용하지 않는 것으로 나타났다. '큰바바지' 역시
平安北道 方言에 대한 이전 조사에서 提報된 적이 없는 어휘이다.
국립국어연구원(1995)에서 '兄'을 '형'이라고 칭하는 것으로만 조사
되었다. 그러나 西南·西北 方言에서 /h/ 뒤에 /j/가 오는 語形은 드
물다. 이 制約은 西南方言에서는 /ㅎ/을 /ㅅ/으로 변화시키는 변화

를 유발하고 西北方言에서는 /j/를 탈락시키는 변화를 유발한다. 이 점은 平安南道 方言에 대해서도 마찬가지이다. 형이 동생의 처를 부르는 말로 국립국어연구원(1995)는 '제수'를 싣고 있다. 본고의 자료에는 모두 '데수' 혹은 '데수'로 나타나 있다. 西北方言에는 'ㄷ' 口蓋音化가 일어나지 않는다고 보는 것이 일반적 견해이다. 본고의 자료에서 '적은이'는 兄弟 · 姉妹 · 男妹 사이에서만이 아니라 시동생들에 대해서도 사용하는 어휘인 것으로 나타났다. 국립국어연구원(1995)에서는 兄弟 사이에 동생을 칭할 때만 쓰이는 것으로 조사되어 있다. '웃간아'라는 稱號도 이전의 조사 자료에서는 언급되지 않았던 것이다.

調査 地域 / 調査 項目	文德/安州 指稱語	比較資料: 平南 指稱語	文德/安州 呼稱語	比較資料: 平南 呼稱語
아버지	아배	아바지		
어머니	엄매	오마니	엄매	오마니
백부			*맏아바지*	큰아부지
시아버지	시아부지	시아바지	아부님	아바님
삼촌	삼춘/작은아바지	작은아부지	삼춘/작은아바지	작은아부지
	삼천		삼천	
삼촌처	작은오마니/*아즈마니	아즈마니/숙모	작은오마니/*아즈마니	아즈마니/숙모
外叔	외삼춘	외삼춘	삼춘	외삼춘
남매간 형처	형님	형님	형님	형님
남편의 손위누이	형님	고마/시누님	형님	형님
남편의 여동생	시누이	고모		
남편의 남동생	시아우/아제/적은이	작은아부지	적은이/적은샌	시작은아부지
남편 남동생 처	동세	적은이	동세	아우동세/적은이
고모	고무	고모	고무	고모
	고무/고무		고모/고무	
고모부	*작숙/작숙이*	고무작숙	*작숙*	고무작숙
이모			이모/큰어마니	이모
이모부	*이숙*	이모작숙	*이숙*	이모작숙
제수	데수	제수	데수님	제수님

	데수		데수님	
남편 형			아주바니	시아주바니
	시형	시아주버니	아즈바니/아즈바님	시아주버니
남편 형 처	동세	성님	형님	형님
	동서			
남편	넘감/새스방		당신	여보
처	노친내/색시			
며느리			메느리/*젊은이*	메느리
여형제의 남편	매부/*매형	매형	매부/*매형	매형
남편 동생 처	동세	~애미/적은이	동생/동세	동생/아우동세/적은이
형제간 동생			적은아	동상
자매간 동생	적은아	아우	적은아	동상
자매간 언니	형	홍애	형	홍애
자매간 姉夫 (安州)	아제씨/아제비	형부	아제씨/아제비	형부

표 5 〈국립국어연구원(1995)에 실리지 않은 平安南道 方言 語形〉
※ ① 해당 항의 어휘가 安州와 文德에서 차이가 날 경우 두 번째 행에 安州의 어휘 표
　　시. ② '비교자료'는 국립국어연구원(1995)에서 취함. ③ 이탤릭체 어형은 국립국
　　어연구원(1995)에서 평북 방언으로 분류한 어형.

　본고의 자료에 따르면 安州・文德 지역에서는 삼촌의 妻를 부를
때 '아즈마니'를 사용하지 않는다. 그러나 국립국어연구원(1995)에서
는 平安南道에서 삼촌의 妻를 '아즈마니'로 칭하는 것으로 되어 있
다. 平安北道 方言에 대해서와 마찬가지로 국립국어연구원(1995)는
'형', '성', '제수' 등의 語形을 平安南道 方言으로 싣고 있다[14].

　한편, 두 자료가 보이는 차이 중에 국립국어연구원(1995)가 平安
北道의 指稱語・呼稱語로 분류했던 語形들이 安州・文德 地域語에
나타난 경우들이 있다. '맏아바지', '작숙', '작숙이', '이숙', '젊은이'
등 표에서 이탤릭체로 기입된 어형들이 이들이다. 앞서 언급했듯이,

---

14) 이는 국립국어연구원(1995)의 被調査者들이 이미 平安道를 떠난 지 거의 40년
　　이 지났기 때문인 듯하다.

安州와 文德은 平安南道의 最北端에 위치한 고장으로 平安北道와의 接境地라는 점이 참조된다.

3.2 「平安方言研究—資料篇」(김영배, 1997)[15]

김영배(1997)의 <人倫>, <育兒> 부분에서 보고된 平安南道 · 北道의 指稱語들이 있다. 이 역시 본고가 보고한 자료와 차이가 난다. 동일한 標題語에 실린 平安道 方言 語形 전체 중에서 본고의 보고에만 나오는 것을 부이면 아래와 같다. 김영배(1997)은 '指稱語'과 '呼稱語'의 구분이 없으나 대체로 指稱語를 다루었다.

調査 項目	龍川/義州 語彙	比較資料: 平安北道 <人倫> 語彙
어머니	오마니	
백부	큰지아바니/큰지아바지/큰댁/큰바바지	
백모	큰지오마니/큰집오마니	
조부	클아바지/클아바니/	
장인	가시아바지	가시아버지
계모	훈오마니/훈처/훈어마니	
형제간 손아래 사람	*아우	아우
남편의 여동생	적은이	
형제간 손위 사람	형	형
형수	형수	
남편(年老)	녕감	녕감
아들의 처	웃간아	
딸의 남편	사외	
여자아이	서나이(龍川)	
남자아이	사나이(龍川)	

표 6 〈김영배(1997)에 실리지 않은 平安北道 方言 語形〉

---

15) 김영배(1997)은 「朝鮮語方言の歷史(上)」(小倉進平: 1944)와 「平安方言의 音韻體系研究(자료편)」(김영배, 동국대한국학연구소, 1977), 「平安方言研究」(김영배, 동국대출판부, 1984), 「방언사전」(김병제, 1980) 및 김영배 교수 개인 조사 자료를 바탕으로 하여 작성된 것이다. 김영배(1977, 1984)는 平安道 출신으로서 현재 남한에서 사는 사람들을 대상으로 조사한 것이다.

調査 項目	文德/安州 語彙	比較資料: 平安南道 <人倫> 語彙
아버지	아배	아반/아뱅
백부	맏아바이	
조부	할반/할바니	하루바니/하루반
시동생	시아우/적은샌	구저그니/생완
형제간 손위 사람	형	형
제수	뎨수	제수
동서	동서	
영감	넝감	넝감
며느리	젊은이	

표 7 〈김영배(1997)에 실리지 않은 平安南道 方言 語形〉

김영배(1997)에 '형', '넝감' 등 西北方言의 音韻論的 制約이 무시된 語形이 나타난 점은 국립국어연구원(1995)와 다르지 않다. 또한 平安北道 方言과 관련하여서는 龍川·義州에서는 사용하지 않는 '아우'가 사용된다고 보고되어 있다. 平安南道 方言에서는 국립국어연구원(1995)에도 '아우'가 실려 있으나 平安北道 方言에는 실려 있지 않고, 본고의 자료에는 平安北道와 平安南道의 네 지역에서 공히 '아우'는 사용되지 않는 것으로 조사되었다.

3.3 21세기 세종계획의 韓國 方言 資料

21세기 세종계획 사업의 일환인 '한민족 언어 정보화' 사업의 성과를 '21세기 세종계획' 사이트(www.sejong.or.kr)에서 이용할 수 있다. 方言 資料의 수집도 포함된 이 사업의 결과물에서는 '형', '제수' 등 西北 方言의 音韻的 특징이 위배된 어형들은 거의 보고하지 않고 있다. 본고와의 차이는 주로 본고의 자료가 새로 보인 어휘들에 기인한다. 본고의 자료에서는 나타나나 '21세기 세종계획'의 자료에는 누락된 항목들을 정리하면 다음과 같다.

調査 項目	龍川/義州 語彙	比較資料: 21세기 세종계획
백부	큰바바지	
백모	큰지오마니, 큰집오마니	
	큰댁	'伯父家'의 뜻으로 등재
증조모	노클마니	
고조부	징조할아바이	
고조모	징조클마니	
외조	왜클아바지	
외조모	왜클마니	
이모부	이모삼춘	
남매간/ 여형제 남편	매부	함경방언으로 등재
시형	시형	함경방언으로 등재
결혼한 여성	집난이	평남방언으로 등재
조카	조카	남한방언으로 등재
며느리	웃간아	

표 8 〈'21세기 세종계획'에 실리지 않은 平安北道 方言 語形〉

調査 項目	文德/安州 語彙	比較資料: 21세기 세종계획
조부	할아바니	
	할반	
증조부	증조할아바니	
증조모	고조할아바이	증조할마니는 등재
맏이	맏아	평북방언으로 등재
시동생	시아우	
	아제	
남아(龍川:여아)	서나이	
이종사촌	이성사춘	
고종사촌	고사춘	
며느리	새기	
형제	동상	'동생'

표 9 〈'21세기 세종계획'에 실리지 않은 平安南道 方言 語形〉

4. 結論

本稿는 西北 方言의 指稱語 및 呼稱語를 제시하고 살피는 것을 목적으로 하여, 平安北道와 平安南道 각각에서 두 據點을 선정해 각 地域의 指稱語·呼稱語를 직접 조사한 자료를 이용하였다. 本論에서 새로이 확인된 사항을 간략하게 언급하면서 글을 마무리하겠다.

각 거점의 呼稱語·指稱語를 정리하는 것 외에, 두 地域 및 두 據點 사이의 類似點과 差異點들도 조금씩이나마 다루었다. 이를테면, 伯父 呼稱語의 다양성에 있어 義州와 龍川이 차이를 보인다. 龍川에서는 '큰바바지' 하나뿐이었던 것과 달리 義州는 '큰바바지'를 비롯하여 '큰지아바니', '큰지아바지', '큰댁' 등으로 다양하였다. 이 밖에 義州에서 '큰댁'이 伯父의 妻를 가리키는 것이 아니라 伯父를 가리킨다는 점은 특기할 만하다.

地域別 차이도 보인다. 예를 들어 高祖父에 대해 文德·安州에서는 접두어로 '高祖'가 쓰였지만 義州·龍川에서는 '징조'(<'曾祖')가 쓰였고, 義州·龍川에서는 쓰이지 않는 '동상'이라는 語彙가 文德·安州에서 쓰였다.

平安道 西海岸 方言이 다른 方言圈과 구별되는 특징도 보인다. '올케'가 쓰이지 않고 '오리미/오레미'가 쓰인다는 점이나, '체네'가 나이에 상관없이 未婚의 女性을 모두 指示한다는 점, '아우'가 쓰이지 않는다는 점, '婦女子'를 '집난이'라고 부르는 점 등이 그러한 예이다.

기존에 보고되지 않았던 어휘들도 다수 보고되었다. 예를 들어 '큰바바지'나 '웃간아' 등의 존재나, 龍川 地域語 資料에서 '사나이'와 '서나이'가 각각 男兒와 女兒를 가리키는 어휘로 나뉘어 쓰인다는 점, 義州 地域語에서 '동상'이 '형제'를 뜻한다는 사실도 새롭게 드러났다.

〈參考文獻〉

곽충구(1993), 「함경도방언의 (咸鏡道方言) 친족명칭과 그 지리적 분화 - 존속의 조부모 , 부모 , 백숙부모의 呼稱語를 중심으로 -」, <진단학보> 76, pp 209~239.

국립국어연구원(1995), 『남북한 친족 호칭·指稱語 비교 분석』, 국립국어연구원.

김영배(1997), 『平安方言硏究-資料篇』, 태학사.

안귀남(2007), 「방언지도를 통해본 문경지역 친족呼稱語의 분화 양상」, <어문논총> 46, pp. 29~72.

정 광(2006), 『역주 번역노걸대 노걸대언해』, 신구문화사, 서울.

정인호(2006), 『평북방언과 전남방언의 음운론적 대비 연구』, 국어학총서52, 태학사.

조항범(1987), 「국어친족呼稱語의 통시적 고찰 (3-2): [백·숙부], [백·숙모] 呼稱語를 중심으로」, <관악어문연구> 12, pp. 287-318.

        (1996), 『國語 親族 語彙의 通時的 研究』, 태학사.

최전승(1986), 『19세기 후기 全羅方言의 음운현상과 그 역사성』, 한신문화사.

참고웹사이트

http://www.sejong.or.kr/frame.php (21세기 세종계획)

ABSTRACT

A survey on referring terms and address terms of western coastal dialects of Pyeongan-do:
-Especially of Yongcheon and Uiju, and Mundeok and Anju-

This paper has three aims. One is to show referring-terms and address-terms of northwest coast's two regional dialect of Korean peninsula. On the basis of this, to compare these two regional dialects' data is another. And to compare this paper's data with related researches is the other. And of these, to introduce the new data is the most important. A major significance of this paper is that the material investigated here was collected directly in North Korea. One of us took part in this dialectal survey. Two regions where data are collected are northern parts of Pyeonganbuk-do and Pyeongannam-do. And in each region, two towns are selected: Yongcheon and Uiju in Pyeonganbuk-do, and Mundeok and Anju in Pyeongannam-do. Two regions dialects are somehow similar and somehow different. In our article, we try to show such things roughly. Because of materials' qualitative differences, there are some differences between this paper's descriptions and previous literatures' descriptions. These are also listed in the article.

國文抄錄

本稿의 목적은 다음의 셋이다. 1) 韓半島 北西 海岸에 위치한 두 地域의 指稱語와 呼稱語들을 정리하여 소개하고, 2) 이 두 지역 方言의 資料들을 간략하게 비교하고, 3) 이 地域의 指稱語와 呼稱語들을 그간 보고된 선행 연구의 자료와 대조할 것이다. 이중 가장 중요한 것은 기존에 알려지지 않은 이 지역의 指稱語와 呼稱語를 소개하는 것이다. 本稿의 調査 資料는 以北에서 직접 수집된 자료라는 것에 중요성이 있다. 자료가 수집된 두 地域은 平安北道의 北部와 平安南道의 北部 地域으로, 각 地域마다 두 마을이 調査 對象으로 선정되었다. 平安北道에서는 龍川과 義州, 平安南道에서는 文德과 安州가 選定되었다. 두 地域의 指稱語와 呼稱語에는 약간의 차이와 類似가 보이는데, 本論에서 그러한 점들을 간략하게나마 기술하고 있다. 또한 조사한 資料가 기존의 연구들의 자료와 질적으로 다르기 때문에 조사의 결과도 차이가 난다.

핵심어: 방언학(dialectology), 서북방언(northwest dialect), 서해안방언(west coastal dialect), 指稱語(address terms), 呼稱語(referring term), 평안도방언(Pyeongan-do dialect)

제5장
부 록

: 친족명칭 자료

서북방언의 친족어 연구

서북방언의 친족어 연구
제5장 부록
: 친족명칭 자료

1. 부계(父系)

고조부

고조클아바지[평북-룡천]
고조할아바이[평남-문덕]
고조할아바니[평남-문덕]
고조할아바지[평북-룡천], [평남
　　　　-안주]
고종클아바지[평북-룡천]
증조할아바이[평남-문덕]
증조할아버지[평북-의주]
징조클아바지[평북-의주]
징조할아바이[평북-룡천]
징조할아바지[평북-의주]
징조할아버지[평북-룡천, 의주]

고조모

고조클마니[평북-룡천]
고조할마니[평남-문덕, 안주]
징조클마니[평북-의주]
할마니[평남-문덕]

증조부

노큰아바지[평북-룡천]
노클아바지[평북-룡천, 의주]
노할아버지[평북-의주]
당할아버지[평남-안주]

증조할아바니[평남-문덕]

증조할아바니[평남-문덕]
증조할아바이[평남-문덕]
증조할아바지[평남-안주]
증조할아버지[평남-문덕]

증조모

노클마니[평북-룡천, 의주]
노큼마니[평북-룡천]
증조클마니[평남-문덕, 안주]
증조할마니[평남-문덕, 안주]
할마니[평남-문덕, 안주]

조부

큰아바지[평남-안주]
큰아버지[평북-의주]
클아바니[평북-의주]
클아바지[평북-룡천]
하루바니[평남-문덕]
하루방[평남-문덕]
하르바니[평남-문덕]
할바니[평남-문덕]
할반[평남-문덕]
할아버지[평북-의주]

조모

큼마니[평북-룡천]

클마니[평북-룡천, 의주], [평남
　　-안주]
할마니[평북-의주], [평남-문덕,
　　안주]
할머니[평남-문덕]

아버지

부친[평북-의주]
부친님[평북-의주]
아바니[평북-룡천, 의주]
아바지[평북-룡천, 의주], [평남
　　-문덕, 안주]
아배(이상사람이 아랫사람의 아
　　버지을 가리킬 때)[평남-문덕]
아버님[평북-의주]
아버지[평북-룡천, 의주], [평남
　　-문덕]
아부님[평북-룡천, 의주]

어머니

모친[평북-의주]
모친님[평북-의주]
어마니[평남-문덕]
어머니[평북-룡천, 의주]
어머이[평북-룡천]
엄마[평남-문덕], [평남-안주]
엄매[평북-룡천, 의주], [평남-
　　문덕, 안주]
오마니[평북-룡천, 의주], [평남
　　-문덕, 안주]
오마이[평남-문덕]
오만 [평남-문덕]

백부

맏아바지[평남-문덕, 안주]
맏아바이[평남-문덕]
맏아버지[평남-문덕]
맏큰아바지[평남-문덕]
큰바바지[평북-룡천, 의주]
큰아바니[평북-룡천]
큰아바지[평북-룡천, 의주], [평
　　남-문덕]
큰아버님[평북-의주]
큰아버지[평북-의주], [평남-문
　　덕]
큰지아바니[평북-의주]
큰지아바지[평북-의주]
큰지아버지[평북-의주]
큰집아바니[평북-의주]
큰집아바지[평북-의주]

백모

맏어마니[평남-안주]
큰엄마[평남-문덕]
큰오마니[평북-룡천]
큰지어머니[평북-의주]
큰지오마니[평북-룡천, 의주],
　　[평남-문덕]
큰집오마니[평북-룡천]

숙부

삼춘[평북-룡천], [평남-문덕,
　　안주]
숙부님(글체)[평북-의주]
작은아바지[평북-룡천, 의주],
　　[평남-문덕, 안주]
작은아버지[평북-의주], [평남-
　　안주]

숙모

삼춘어머니[평북-의주]

삼춘오마니[평북-룡천, 의주],
　　　　　[평남-안주]

작은어머니[평북-의주]

작은오마니[평북-룡천], [평남-
　　　　　문덕, 안주]

숭모(글체)[평북-의주], [평남-
　　　　　문덕, 안주]

숭모님(글체)[평남-문덕]

삼춘(결혼 전)

삼춘[평북-룡천, 의주], [평남-
　　　　　문덕, 안주]

고모

고무[평북-룡천, 의주], [평남-
　　　　　문덕, 안주]

• 가운데고무[평남-안주]

　막고무(막내고모)[평북-룡천,
　　　　　의주]

　막낭고무(막내고모)[평북-의
　　　　　주], [평남-안주]

　막내이고무(막내고모)[평남-
　　　　　문덕]

　맏고무(아버지 손위누이)[평남
　　　　　-문덕, 안주]

　작은고무[평북-룡천, 의주],
　　　　　[평남-문덕, 안주]

　큰고무[평남-안주]

고모부

고무작숙[평북-의주]

작숙[평북-룡천, 의주]

작숙이[평남-문덕, 안주]

• 막낭작숙(막내고모부)[평북-의
　　　　　주]

　맏작숙(아버지 손위누이 남
　　　　　편)[평북-의주]

고종사촌

고무사춘[평북-룡천, 의주]

고사춘[평남-문덕, 안주]

형

형[평남-안주]

형[평북-룡천, 의주], [평남-문
　　　　　덕, 안주]

형님[평북-룡천, 의주], [평남-
　　　　　문덕, **안주**]

• 마뎡(맏형)[평남-문덕]

　형에[평북-의주]

형수

아주마니[평북-룡천], [평남-문
　　　　　덕]

아주머니[평북-룡천, 의주], [평
　　　　　남-문덕]

아즈마니[평북-의주], [평남-문
　　　　　덕]

형수(글체)[평북-의주], [평남-
　　　　　문덕]

• 맏아주마니[평남-문덕]

　맏아주머니[평남-문덕]

　작은아주마니[평남-문덕]

누나

누님[평북-룡천, 의주], [평남-
　　　　　문덕, 안주]

누이[평북-룡천, 의주], [평남-
    문덕]

매형
맏매부[평남-안주]
매부[평북-룡천, 의주], [평남-
    문덕, 안주]
매부님[평남-문덕]
매형(경칭)[평북-룡천]
큰매부[평북-의주], [평남-문
    덕, 안주]

오빠
오래비[평북-룡천, 의주], [평남
    -문덕, 안주]
오빠[평북-룡천, 의주]
오라바니[평남-문덕, 안주]
오라버님[평남-문덕, 안주]
오라버이[평남-안주]

오빠의 아내(손위올케)
형님[평북-룡천], [평남-문덕,
    안주]
형님[평북-의주], [평남-안주]
아주머니[평북-의주]

언니
형[평북-룡천], [평남-문덕, 안주]
형님 [평남-문덕]
형에야[평남-안주]
형[평북-룡천, 의주], [평남-문
    덕, 안주]
형님[평북-룡천], [평남-문덕]
언니[평북-룡천, 의주], [평남-
    안주]

형부
아저씨[평북-룡천], [평남-문
    덕, 안주]
아제비(예전)[평남-문덕, 안주]
아제씨(예전)[평남-안주]
아즈바니[평북-룡천]

남동생1(형제간)
동생[평북-룡천, 의주]
적은아[평북-의주], [평남-문덕]
적은이[평북-룡천, 의주], [평
    남-안주]

제수
데수[평북-룡천, 의주], [평남-
    문덕, 안주]
데수님[평북-룡천, 의주], [평남
    -문덕, 안주]

여동생(오빠의 동생)
누이[평북-의주], [평남-문덕,
    안주]
누이동생[평북-룡천]
동생[평남-문덕]
적은아[평남-안주]

매부(여동생 남편)
매부[평북-룡천, 의주], [평남-
    문덕, 안주]
•가운데매부[평남-안주]
    작은 매부[평북-의주], [평남-
    안주]

남동생2(누나의 남동생)
동생[평북-룡천]
적은이[평북-룡천, 의주], [평

남-안주]

남동생 아내(올케)

아지미[평북-의주]

오레미[평북-의주], [평남-안주]

오리미[평북-룡천, 의주], [평남-문덕, 안주]

적은이[평남-안주]

여동생(자매간)

이우(지매간에서)[평남 문덕, 이우]

적은이[평북-룡천]

적은아[평남-안주]

아들

아들[평북-룡천], [평남-문덕]

큰아들

맏아[평남-문덕]

맏아들[평북-룡천], [평남-문덕, 안주]

마디(맏이)[평북-룡천], [평남-안주]

세채사람(애들앞에서)[평남-문덕]

장손

당손[평북-룡천], [평남-문덕, 안주]

당손이[평북-룡천]

맏손자[평남-문덕]

장손[평북-룡천]

막내아들

망내아들[평남-문덕]

망낭아들[평남-문덕]

망내이아들[평남-문덕]

며느리

메누리[평북-룡천, 의주]

메느리[평북-의주], [평남-문덕]

메니리[평북-룡천, 의주]

며느리[평남-안주]

새기[평남-문덕, 안주]

웃간 아[평북-룡천]

젊은아[평남-문덕]

젊은이[평남-문덕]

• 맏메느리(맏메느리)[평남-문덕]

맘메느리[평북-룡천]

큰메누리[평북-룡천]

새기야[평남-안주]

웃간 아야[평북-룡천]

맏젊은아[평남-문덕]

우리맏젊은이[평남-문덕]

우리작은젊은이[평남-문덕]

딸

딸[평북-룡천, 의주], [평남-문덕]

큰딸

맏딸(큰딸)[평남-문덕]

아개(맏딸)[평북-룡천]

둘째딸

아기[평북-룡천]

자간넨[평북-룡천]

작안네[평북-룡천]

막내딸

망낭딸[평남-문덕]

시집간 딸

집난이[평북-룡천], [평남-문덕]
맏집난이(시집간 큰딸)[평북-룡
천]

사위

사오[평북-룡천, 의주]
사외[평북-의주]
사우[평북-룡천, 의주], [평남-
안주]

조카

조카[평북-룡천, 의주], [평남-문
덕, 안주]
조카님(경칭)[평북-룡천, 의주],
[평남-문덕]
당조카(형의 맏아들)[평남-문덕]

질녀

질녀[평남-문덕]

손자

손주[평북-룡천, 의주], [평남-
문덕, 안주]

큰손자

맏손주[평남-문덕]
당손

2. 모계(母系)

외조부

왜큰아바지[평남-안주]
왜클아바지[평북-룡천, 의주], [평
남-문덕]
왜클아버지[평북-의주]
왜할아바니[평남-문덕]

왜할아바지[평남-안주]
왜할아버지[평북-의주], [평남-
안주]
클아바지[평북-의주]
할아바니[평남-문덕]
할아바이[평남-문덕]
할아바지[평남-안주]
할아버지[평남-안주]

외조모

왜큰마니[평북-룡천]
왜클마니[평북-룡천, 의주], [평
남-안주]
왜할마니[평남-문덕], [평남-문
덕]
왜할망구[평남-문덕]
왜할머니[평북-의주]
클마니[평북-룡천, 의주], [평남
-안주]
할마니[평남-문덕, 안주]

외숙부

삼춘[평북-룡천, 의주], [평남-
문덕, 안주]
왜삼춘[평북-룡천, 의주], [평남
-문덕, 안주]

외숙모

삼춘오마니[평북-룡천, 의주]
왜삼촌댁[평북-의주]
작은오마니[평남-문덕]

외사촌

왜사춘[평남-안주]

이모

이모[평북-룡천, 의주], [평남-
　　문덕, 안주]

큰어마니(어머니 언니)[평남-문
　　덕]

큰오마니(어머니 언니)[평남-문
　　덕, 안주]

•둘채이모(둘째이모)[평남-문
　　덕]

　맏이모(어머니 언니)[평북-룡
　　천, 의주], [평남-문덕]

　셋채이모(셋째이모)[평남-문덕]

　작은이모[평북-룡천, 의주],
　　[평남-문덕, 안주]

　짝은이모(작은이모)[평남-문덕]

　큰이모(어머니 언니)[평북-의
　　주], [평남-문덕, 안주]

이모부

이모부[평북-룡천, 의주]

이모삼춘[평북-룡천]

이모작숙[평북-의주]

이숙이[평남-문덕, 안주]

삼(촌)춘[평북-룡천]

•큰이모작숙(큰이모부)[평북-의
　　주]

　작은이모작숙(작은이모부)[평
　　북-의주]

이종사촌

이모사춘[평북-룡천, 의주], [평
　　남-문덕]

이성사춘[평남-문덕, 안주]

2. 부부계(夫婦系)

1) 시가쪽

시아버지

아버님[평북-의주]

아버이[평북-의주]

아부님[평북-룡천, 의주], [평남
　　-문덕, 안주]

아붓님[평남-문덕]

시아바니[평북-룡천, 의주]

시아바지[평북-룡천, 의주], [평
　　남-문덕, 안주]

시아버니[평북-의주]

시아버님[평북-룡천, 의주]

시아버지[평북-의주]

시아부니[평북-룡천]

시아부님[평남-문덕]

시어머니

어마니[평북-의주]

오마니[평북-룡천, 의주], [평
　　남-문덕, 안주]

시어머니[평북-의주]

시오마니[평북-룡천], [평남-문
　　덕, 안주]

시형

시형[평북-룡천],

시형[평북-의주], [평남-문덕,
　　안주]

아주바니[평북-룡천], [평남-문
　　덕]

아즈바니[평북-의주], [평남-문
　　덕]

아즈버님[평남-안주]

시형의 아내(손위동서)

형님[평북-룡천], [평남-문덕,
  안주]

형님[평북-의주], [평남-문덕,
  안주]

•마덩님(맏형님)[평남-문덕]

시동생

도롱님[평북-룡천]

생원이[평남-문덕]

시동생[평남-문덕]

시아[평북-룡천, 의주], [평남-
  안주]

시아우[평남-문덕]

시아우님[평남-문덕]

씨아우[평남-문덕]

아우[평남-문덕]

적은샌[평남-문덕]

적은생[평남-문덕]

적은생원[평남-문덕]

적은이[평북-룡천, 의주], [평남
  -문덕, 안주]

손위시누

시누[평북-룡천], [평남-안주]

시누이[평남-문덕, 안주]

누이[평북-룡천], [평남-문덕]

형님[평북-룡천]

형님[평남-안주]

형님[평남-안주]

손아래시누

누이[평북-의주], [평남-문덕]

누님[평북-의주]

시누[평북-의주]

동서1(처형이나 처제의 남편)

동서[평북-의주]

동서2(시아주버니나 시동생의
  아내)

동세[평북-룡천, 의주], [평남-
  문덕, 안주]

• 두채동세(둘째동서)[평북-의
  주]

둘채동세(둘째동서)[평남-문
  덕]

맏동세[평북-룡천, 의주], [평남
  -문덕, 안주]

망냉이동세(막내동서)[평북-의
  주]

셋채동세(셋째동서)[평북-의
  주]

작은동세[평남-문덕, 안주]

손아래동서

동세(아래동서를 부를 때)[평남-
  문덕, 안주]

동세야(아래동서를 부를 때)[평남
  -문덕]

동생[평남-문덕]

아우[평남-문덕]

아우동세[평북-룡천]

손위동서

형님[평남-안주]

형님(손위동서)[평남-문덕]

남편

남편[평북-룡천, 의주], [평남-문
　　덕, 안주]
넝감[평북-의주], [평남-문덕, 안
　　주]
두상대기(옛, 나이든 부부 사이에
　　서)[평북-룡천]
두상태기(옛, 나이든 부부 사이에
　　서)[평북-룡천]
첨디(옛, 나이든 부부 사이에서)
　　[평북-룡천]
새스방(젊어서)[평북-의주], [평
　　남-문덕, 안주]
서나[평남-문덕]
세대주[평남-문덕, 안주]
● (아무개) 아바지[평북-룡천, 의주],
　　　　　　[평남-문덕]
　　아바지(현재 호칭어로)[평북-
　　　　룡천]
　　아이아바지[평남-문덕]
　　언나아바지[평북-룡천]
　　우리주인[평남-안주]
　　우리집스방[평북-의주]

아내

색시(젊어서)[평북-의주], [평남-
　　문덕]
우리색시(젊어서)[평남-안주]
처[평북-룡천, 의주]
우리처[평남-안주], [평남-안주]
에미네[평북-의주], [평남-문덕]
이미네[평북-룡천], [평남-문덕]
낸들[평북-의주]
우리낸들[평북-룡천]

네펜네[평북-의주], [평남-안주]
노친네(나이든 부부 사이에서)[평북
　　-룡천, 의주], [평남-문덕]
● 우리노친네[평북-룡천], [평남-
　　　　안주]
　　아무개 어마니[평북-룡천]
　　아무개 엄매[평북-룡천]

2) 처가쪽

장인

가시아바니[평북-룡천]
가시아바지[평북-룡천, 의주], [평
　　남-안주]
가시아버님[평북-의주]
가시아버지[평북-의주]
아바니[평북-룡천]
아바님[평남-안주]
아바지[평북-의주], [평남-문덕]
아부님[평남-안주]
장인(옛)[평남-문덕, 안주]

장모

가소마니[평북-룡천]
가시어머니[평북-의주]
가시오마니[평북-룡천, 의주], [평
　　남-문덕, 안주]
오마니[평북-룡천, 의주], [평남-
　　문덕, 안주]
오마이[평북-의주]
장모(옛)[평남-문덕, 안주]

처남

처남[평북-룡천, 의주], [평남-문

덕, 안주]

3. 기타

가족

일가[평북-룡천]

계모

이붓어마니[평남-안주]

이붓어머니[평남-안주]

이붓오마니[평북-의주]

홋오마니[평북-룡천, 의주]

계부

이붓아버(바)지[평북-룡천, 의주],
　　　　　　　[평남-안주]

홋아바지[평북-룡천]

남

놈[평북-룡천, 의주], [평남-문덕,
　안주]

남자애

총각[평북-의주]

시나이[평남-문덕]

서나이[평남-문덕]

서날미[평남-문덕, 안주]

남정네(사나이)

서나(기혼 남)[평북-의주]

서나(사나이에 상당함)[평남-안
　　주]

남편 친구나 동년배

아저씨[평북-의주], [평남-안주]

아주바니[평북-의주]

아즈바니(경칭)[평남-문덕, 안주]

아제[평남-안주]

남편 친구의 아내

아주마니[평북-룡천], [평남-문
　　덕]

아주머니[평북-룡천, 의주], [평남
　　-문덕]

아즈마니[평남-문덕], [평남-문
　　덕, 안주]

● 아무개 아주마이[평북-룡천]

　아무개 엄마[평북-룡천]

노인

노인[평북-룡천, 의주], [평남-문
　　덕, 안주]

늙은이[평북-룡천, 의주], [평남-
　　문덕, 안주]

막내

막내~이[평북-룡천]

망낭[평남-문덕]

망내이[평북-의주], [평남-문덕,
　　안주]

막내동생

막내이동생[평남-안주]

막냉이동상[평남-안주]

바깥노인

넝감(흘하게)[평북-룡천], [평남-
　　문덕, 안주]

늙은넝감[평북-의주]

넝감태기(비칭)[평남-문덕]

늙은이[평북-룡천, 의주], [평남-
　　문덕, 안주]

본댁(정실)

맏댁네[평남-문덕]

본댁네[평북-룡천]

큰댁네[평북-룡천, 의주], [평남-
    문덕]

큰애미[평북-의주]

큰오마니(서자가 본댁네를 부를
        때)[평북-룡천], [평남-
        문덕]

부모

부모[평북-룡천, 의주], [평남-문
    덕, 안주]

부부

부체[평남-안주]

부처간[평북-의주]

부처끼리[평북-룡천, 의주]

사돈

사둔[평북-룡천, 의주], [평남-문
    덕, 안주]

사둔님[평북-룡천, 의주], [평남-
    문덕]

 • 안싸둔[평북-룡천], [평남-문
        덕, 안주]

   바깥사둔[평북-룡천], [평남-문
        덕, 안주]

   작은사둔[평남-안주]

사돈집 아이

사둔[평남-문덕]

사둔집아이[평북-의주]

사형간[평북-의주]

아무개 삼촌[평남-문덕]

서모

작은오마니[평북-룡천, 의주], [평
        남-문덕, 안주]

서자

둘째댁네아들[평남-문덕]

첩에 아들[평북-의주], [평남-문덕]

작은댁네아들[평북-룡천], [평남-
        문덕]

손님

나가네[평북-룡천, 의주], [평남-
        문덕, 안주]

시집

시집[평북-룡천, 의주], [평남-문
        덕]

식구

인간[평북-룡천]

신랑

새스방[평북-룡천, 의주], [평남-
        문덕, 안주]

새스방님[평북-룡천]

신부

색시[평북-의주], [평남-문덕]

새색시[평북-룡천], [평남-안주]

아낙네

집난이들[평북-룡천]

에미네[평북-의주], [평남-문덕]

이미네[평남-문덕]

아낙네[평북-의주]

동네아주마니[평남-문덕]

아주마니들[평남-문덕]

아즈마니[평남-안주]
우리색시들[평남-문덕]
아버지뻘 되는 사람
삼(촌)춘[평북-룡천]
아바니[평북-룡천]
아바이(현)[평북-룡천, 의주], [평
남-문덕, 안주]
아바니(예전)[평남-안주]
아바님[평남-안주]
아바지[평북-룡천], [평남-문덕]
아버지[평북-의주]
아버니[평북-의주]
아부님[평북-의주], [평남-안주]
아저씨
아저씨(젊은 남자를 좀 존대하여)
[평남-문덕, 안주]
안노인
늙은이[평북-룡천, 의주], [평남-
문덕]
노친네[평남-문덕, 안주]
노파(최근)[평남-문덕]
할마니[평남-문덕, 안주]
어머니 친구나 동년배
아무개찝오마니[평남-문덕]
누구집오마니[평남-문덕]
삼춘어머니[평남-문덕]
삼춘오마니[평남-문덕]
어머니[평북-의주]
오마니[평북-룡천, 의주], [평남-
문덕, 안주]
아무개 오마니[평북-룡천, 의주]

앞집(집의 위치에 따라)오마니[평
북-의주]
뒷집오마니[평북-의주]
큼마니[평북-룡천]
삼촌오마니[평북-룡천]
엄매[평북-룡천]
여성
너성[평북-의주]
여자
너자[평남-문덕]
네자[평북-룡천], [평남-안주]
여자[평북-룡천, 의주]
오누이
오누이[평북-룡천, 의주], [평남-
문덕, 안주]
일가
일가[평북-룡천, 의주], [평남-문
덕, 안주]
동상(부계 혈통)[평남-문덕, 안
주]
장례체네(곧 결혼하게 될 처녀)
[평북-룡천]
처갓집
처갓집[평북-룡천, 의주], 평남-
문덕]
처녀
체네[평북-룡천, 의주], [평남-문
덕]
첩
작은댁네[평북-의주], [평남-문

덕, 안주]
작은에미[평북-의주]
작은오마니[평북-룡천, 의주]
첩[평북-룡천, 의주], [평남-문덕,
　안주]
총각
총각[평북-룡천, 의주], [평남-문
　덕]
친정집
본가[평남-문덕]
본갓집[평북-룡천, 의주], [평남-
　문덕, 안주]
친척
친척[평북-룡천, 의주], [평남-문
　덕, 친척]
할아버지뻘 되는 사람
아바니[평남-안주]
아바님[평남-안주]
아버니[평북-의주]
아버님[평남-안주]
클아바지[평북-룡천, 의주]
할아바이(가장 나이 많은 바깥노
　인) [평남-문덕]
할아바지[평남-안주]
할아반[평남-문덕]
할아버지[평북-룡천, 의주]
할머니뻘 되는 사람
할마니[평북-의주]
할머니[평북-의주]
노친네(좀 헐하게)[평북-의주]
클마니[평북-룡천]

● 지명+집할마니[평남-문덕]
　정주찝할마니[평남-문덕]
홀아비
홀애비[평북-룡천, 의주], [평남-
　문덕, 안주]
홀어미
과부[평북-룡천, 의주], [평남-문
　덕, 안주]
과부대[평북-룡천]
홀로 따로 사는 어머니
홀에미[평남-안주]
효녀
호녀[평북-의주], [평남-문덕]
호네[평남-문덕], [평남-문덕, 안
　주]
효녀[평북-룡천, 의주]
효자
효자[평북-룡천, 의주], [평남-문
　덕, 안주]
호자[평북-룡천], [평남-문덕, 안
　주]

저자약력

황대화(黃大華)

- 중앙민족대학교 조선어학과 졸업
- 김일성종합대학 준박사·박사 학위 취득
- 중앙민족대학교 조선언어문학학부 교수
- (현)중국해양대학교 한국어학과 교수

✍ 저서 및 논문
- 「동해안방언연구」(1986)
- 「조선어 동서방언 비교연구」(1998)
- 「조선어방언연구」(1999)
- 「황해도방언연구」(2007) 외 방언학 관계 논문 다수

양오진(梁伍鎭)

- 中央民族大學 民族語文學科 卒業
- 北京大學 東方言語文學科 文學碩士
- 高麗大學校 國語國文學科 文學博士
- 北京大學 東方語文學科 敎授
- 現在 德成女子大學校 中語中文學科 敎授

✍ 저서 및 논문
- 「現代 朝鮮語文體論 槪觀」(1992)
- 「老乞大 朴通事 研究」(1998)
- 「孝經直解」의 언어 연구(2001)
- 吏文과 吏文諸書輯覽의 言語(2002)
- 중국어 기초어휘·상용어휘와 단계별 어휘 교육(2005) 외 다수

서북방언의 **친족어 연구**

초판인쇄 2009년 4월 27일
초판발행 2009년 5월 22일

저자 황대화·양오진

발행한곳 제이앤씨
책임편집 김진화
등록번호 제7-220호

우편주소 서울시 도봉구 창동 624-1 현대홈시티 102-1206
대표전화 (02) 992 / 3253
팩시밀리 (02) 991 / 1285
홈페이지 http://www.jncbook.co.kr
전자우편 jncbook@hanmail.net

ⓒ 황대화·양오진 2009 All rights reserved. Printed in KOREA

ISBN 978-89-5668-706-3 93810   **정가** 25,000원